苗怀明 著

夢斷靈山

妙语读西游

知·趣

浙江古籍出版社

图书在版编目(CIP)数据

梦断灵山 : 妙语读西游 / 苗怀明著. —杭州 : 浙江古籍出版社, 2018.11
ISBN 978-7-5540-1410-3
(知 · 趣丛书)

Ⅰ. ①梦… Ⅱ. ①苗… Ⅲ. ①《西游记》-文学欣赏
Ⅳ. ①I207.414

中国版本图书馆CIP数据核字(2018)第247812号

梦断灵山：妙语读西游

苗怀明　著

出版发行	浙江古籍出版社 (杭州市体育场路347号)
网　　址	www.zjguji.com
责任编辑	陈小林
文字编辑	沈宗宇
责任校对	余　宏
书籍设计	张弥迪
责任印务	楼浩凯
照　　排	杭州兴邦电子印务有限公司
印　　刷	浙江新华印刷技术有限公司
开　　本	787mm×1092mm　1/32
印　　张	10.625　插　页　4
字　　数	194千字
版　　次	2018年11月第1版
印　　次	2018年11月第1次印刷
书　　号	978-7-5540-1410-3
定　　价	50.00元

唐僧取经图（榆林窟）

《唐僧取经图册》（局部）

清彩绘全本《西游记》

世德堂本《西游记》插图

李卓吾先生批评《西游记》插图

李卓吾先生批评《西游记》插图

西游记不是低幼读物（代前言）

正式开聊之前，先来说说《西游记》到底是一部什么样的书，该怎样去阅读欣赏，所谓磨刀不误砍柴工。

就一般人的认知而言，这是一部描写唐僧师徒西天取经，一路降妖除怪的神魔小说，是四大名著之一。

如果你问一个人读过《西游记》吗，他一定不太高兴，因为他会觉得这问题有些侮辱性质，《西游记》这样一部家喻户晓的小说，自己怎么可能没有读过？不过，据笔者多年的了解，实际情况是，不少人，甚至可以说是大多数人对《西游记》的印象并不是通过阅读小说获得的，而是通过看电视剧得到的。

这里就有了一个问题：欣赏电视剧《西游记》等于阅读小说《西游记》吗？或者说，欣赏电视剧能替代阅读小说吗？

答案是否定的，改编再成功的电视剧也不能替代小说原作的阅读。

原因也很简单，小说与电视剧属于不同的文艺形式，有各自的表现手法及其特点，不可相互替代。举个例子来说，孙悟空的长相，尽管小说作品中描写得很详细，但都是通过抽象的文字传达的，仍留给读者很大的想象空间，每个人心目中都有一个属于自己的孙悟空。但在电视剧中，孙悟空的形象就具有了唯一性，带有强制色彩，不管你喜欢不喜欢，他就是屏幕上的那个模样，除非你关掉电视，眼不见心不烦。

实际上小说作品中的孙悟空长得并不美，一副雷公模样，一般人见了都感到害怕，纷纷躲避，而在电视剧中，不管是哪个版本，其形象都要好看很多，与小说中所写的差别甚大。

尤其值得注意的是，电视剧还对小说原作进行了不同程度的改编。这种改编主要包括两个方面：

一是对作品中的人物情节进行删减，比如作品开头部分对天下万物生成演进、仙石来历及世界版图的介绍，比如作品中的大量诗词及对人物长相、器物、风物的描写，都是很难甚至无法用电视镜头呈现的，只能删去。

二是对作品的内容进行修改。首先编剧根据自己对《西游记》的解读，写成剧本；然后导演根据自己对作品和剧本的理解进行拍摄；接着，演员们根据导演的指示和自己的理解进行表演；最后再由剪辑人员对拍摄的内容进行剪辑。

由此不难想象，从小说到电视剧，经过了编剧、导演、演员、剪辑等多人多次的增删修改，再尊重原著，也会与原著之间存在很大的差别。

显然，欣赏电视剧不等于阅读小说，更无法替代小说的阅读。了解欣赏《西游记》这部传统文学名著，应从阅读作品开始。

当然笔者也承认，电视剧有助于普及小说，扩大小说的影响，但其替代原著阅读的负面影响也是显而易见的，那就是《西游记》在无形中变成了一部低幼读物。

电视剧有意突出《西游记》降妖除怪的神魔情节，强调了斗法、变化的游戏因素，删减了人情世故、现实批判的成分，结果让不少人产生了《西游记》是青少年读物的印象，影响所及，它逐渐演变成主要由幼儿园及小学低年级学生欣赏的文学作品，甚至年龄稍大的中学生都不大愿意看，更不用说成年人了。

需要说明的是，将《西游记》当作低幼读物也没有什么不好，让孩子从小接受传统文学名著，也是值得提倡的。问题在于，《西游记》除了适合低幼孩子接受的部分之外，还有其他更为丰富复杂的内容。

从整体而言，《西游记》是一部写给成年人阅读的小说，里面有很多内容是电视剧没有拍出来或有意忽略的，如果只是一味强调其低幼元素的话，无疑是对该书的歪曲。因此，笔者提倡阅读原著，也是为了还原这部小说的真面目，让读者更为全面深入地领略这部名著的思想及艺术魅力。

如果抛开电视剧，直接阅读原书，就会发现，这部小说可以称得上博大精深、风华绝代。整部小说表面上写的是神仙妖魔，在其背后则是世态百相。鲁迅先生认为这部小说写的是人情世故，笔者很认同这一点。本书后面的讲述大体上按照这种基调和思路进行。

总的来看，《西游记》是一部通过神仙妖魔摹写人情世故的小说，其中交织着修行、成长、世态等话题，从中既可以领略传统文化的独特魅力，也可以感悟社会人生的丰富内涵。

这部书有太多值得深思的问题，比如取经既然这么高尚，为什么没有人愿意去，只好临时找了五位有罪之人？既然灵山如此令人向往，为何住在西天的人却希望托生在东土？还有，西天路上为何有很多妖怪是从天庭或神仙洞府跑出来的？为何神仙愿意做妖怪，而妖怪却死活不愿意做神仙？

自然，更不应该忘记，这是一部独具特色的文学精品，中国古代小说从两汉到清代，将近四千部，神怪题材的作品多的是，但如此幽默风趣、活灵活现，如此家喻户晓、人见人爱的，则仅此一部。

受学校教育的影响，我们平常阅读的中国古代小说乃至其他古代文学作品，大多有着较为沉重的主题，不是揭露这个黑暗，就是控诉那个暴政，要么是抒发悲愤的情感，给人的感觉是，中国古代作家无论是诗人还是小说家，都可怜兮兮的，满满一肚子牢骚，所写的也大多是饱含泪水的文字。

在这种背景下，嬉笑怒骂皆成文章，以风趣幽默取胜的《西游记》就显得不同凡响，它让我们看到了中国小说乃至整个中国文学的另一面。因此，阅读《西游记》所获得的，不仅仅是知识，不仅仅是启发，不仅仅是享受，更为重要的是我们由此看到了另一种人生态度，获得了非同寻常的人生感受，这种感受令人刻骨铭心、终生难忘。

这实际上也回答了另一个核心的问题，那就是，在科技发达的大数据时代，我们为何还要阅读这部产生于古典时代的小说作品。

科技给人类的生活带来了太多的改变，但它并不是万能的，比如人的情感、比如人对传统文化与文学名著的眷恋和喜爱，都是不可改变的，被改变的只是阅读和接受的方式。只要中国人还在，《西游记》就注定是人人爱读的文学名著，从这一点上来说，这部名著是永恒的。

让我们一起关掉电视，关掉手机，沏上一杯清茶，手捧《西游记》，平心静气坐在书桌前或阳台上，细细品味这部风华绝代的文学名著。

目　录

神仙世界的人情世故

神魔国里的玄妙天机

西天路上的凡夫俗子

艰难的成长历程

——孙悟空形象新说

谁是《西游记》一书的真正主角？是孙悟空还是唐僧？读者的说法历来不一。之所以要提出这个问题，是因为主角的确认会影响到对全书主旨的准确理解和把握。就全书的实际描写来看，笔者倾向于孙悟空主角说。否则就很难理解，作者为什么一开卷即用八回的篇幅来专门为孙悟空树碑立传。这八回构成了一个独立的单元，与后面的取经故事放在一起，就产生了一种特别的寓意和效果，而这个寓意和效果是由孙悟空而不是唐僧生发的。同时，这八回也是作者最下功夫、全书最为精彩的部分。相比之下，唐僧出身的描写连一回的篇幅都不到，两者的轻重是显而易见的。

西天取经路上，露脸最多、最出风头的也是孙悟空。虽然唐僧是取经队伍的头号人物，但全书的重点却在降妖除怪的过程描写，在这个过程中，唐僧是没有任何用武之地的。当孙悟空在外面与强敌恶战，打得难解难分之时，唐僧不过在妖魔洞穴里呻吟两声而已。在更多的时间里，唐僧不过是个和白龙马一样的道具和配角，露脸的机会还没有猪八戒和沙僧多，真正唱大戏的则是孙悟空。

作者如此浓墨重彩，将孙悟空推到舞台的中心，显然是有其用意在的。

西天取经，在旁观者看来，不过是一场艰难而漫长的集体行走，但对参与取经的各位成员来说，却有着特别的意义，其意义就在行走本身。从东土大唐到灵山乐土，这是一个不断探索的生命历程，也是一个逐渐成长的人生历程。其间，有肉体上的折磨和考验，更有精神上的修炼和升华，正如一位研究者所形容的，这是一次奇特的精神漫游。这在孙悟空身上，体现得更为明显。

从大闹天宫到西天取经，从齐天大圣到斗战胜佛，一部《西游记》，就是一部孙悟空的成长史。

之所以这样说，是因为以被压五指山为界，此前此后，孙悟空的身份发生了根本转变，更为重要的是，他的思想、性格、精神世界前后也存在着巨大的反差。与猪八戒、沙僧、唐僧等人禀性品格于出场时便定型，其后基本不再变化不同，孙悟空的性格是随着时间的推移、环境的变迁而不断改变的。俗话说，环境改变人。这话在人间社会合适，到神仙世界中也同样适用。

大闹天宫时期的孙悟空尽管武功高强，打遍天庭无敌手，但其为人处世、思考方式却完全像一个天真烂漫的孩子。三百多岁的年龄，在人间肯定是旷世奇闻，到了动辄以千年万年计时的神仙社会里，根本不值得一提，只能算是孩童。就连五庄观的清风、明月两个小童子，还一个一千三百二十岁，一个一千二百岁呢。

天地化育的奇特出身尽管赋予孙悟空许多先天的优秀品质，但也给他留下了不少缺憾，他无法像正常的生灵那样得到父母的教诲和呵护，获得长辈用阅历得来的教训和经验，只能靠自己的本性和童真摸索着适应这个五光十色，让他感到困惑的世界。从菩提祖师那里学到七十二般变化、筋斗云，学到长生不老之术，和苦熬多年仍没有结果的众师兄师弟相比，孙悟空已经算是很幸运了。他哪里会想到，仅有这些真功夫是远远不够的，生活在这个世界上，还需要另外一套为人处世的本领。因为没有这套本领，孙悟空付出了惨重的人生代价。

在人生阅历和社会经验几乎是一片空白的孙悟空眼里，这个世界是如此虚伪欺诈，是如此不可理喻。热情和真诚换来的却是愚弄和屈辱：卖力地养马，到头来只能证明自己是个顺从的奴仆，齐天大圣的名号，竟然连一张蟠桃会的入场券都不值。一连串残酷的事实终于使他明白：这是一个既得利益者把持的世界，它没有为自己这样的新生力量留好位置，整个神仙社会都不欢迎自己，岂止是不欢迎，更有歧视和排斥。这里早已迷失了本性，丧失了童真，到处充斥着欲望和邪恶，而这一切，是靠一套严密的等级制度来维持的，它的代表者就是天庭。于是，起初的好奇和烂漫变为委屈和愤怒，他要向这个与自己格格不入的世界发起挑战，以重新洗牌的原始方式为自己找到位置。

对孙悟空这样的新生力量来说，摆在面前的道路有两条：一是改变自己，以适应这个世界。就像天庭的大多数神仙那样，从最基层的神仙公务员做起，管他是养马还是看桃园，多年的媳妇熬成婆，只要熬的时间足够长，没有功劳也有苦劳，最后总能熬出点名堂。好在天上有的是时间。二是改变这个世界，让它按自己的意愿来运转。这是一条从来没有人能走通的道路。

初生牛犊不怕虎的孙悟空毫不犹豫地选择了后者。尽管他取得了暂时的优势，但失败的结局自在意料之中，因为他对抗的并不单单是一个玉皇大帝，而是以玉皇大帝为代表的整个天庭世界和统治秩序。一个人无法改变整个世界，过去如此，现在如此，将来也是如此。残酷的现实告诉孙悟空，此路不通。在五指山下失去自由的五百年寂寞时光里，他肯定痛苦地意识到这一问题。否则就难以解释为什么观音让他保护唐僧取经，孙悟空会答应得如此爽快。佛祖如来以独特的方式亲自为孙悟空上了一堂课，一堂难忘的人生成长课。

答应保护唐僧取经，这对压在五指山下，度日如年的孙悟空来说，不过是换取人身自由的一种权宜之计。但是，拉弓没有回头箭，孙悟空实际上是签定了一份无法反悔的人身契约，契约的另一方是以如来为代表的神仙统治秩序。既然签约，就必须承担相应的责任和义务。善于算计的如来和观音绝不会给孙悟空以反悔的机会，于是便有了紧箍咒，这是履行诺言的一种必要保证。紧箍咒的出现具有象征意义，它在给孙悟空带来巨大痛苦的同时，也告诉他一个无比残酷的事实：他所获得的不过是一种带有苛刻附加条件的自由，这与大闹天宫期间那种无拘无束的自由完全不同。如果孙悟空预知后来所发生的一切，他还会答应得这么爽快吗？

正是这顶不起眼的紧箍，彻底改变了孙悟空的人生。一念咒语，不用如来、观音出面，就连手无缚鸡之力的唐僧都足以制服他，让他乖乖听命。于是，他别无选择，不得不学会忍耐、顺从，不得不去做许多自己原本不愿做，甚至反对的事情。改变天庭秩序的雄心壮志早已让位于对社会秩序的认同。世间种种或迂腐或荒谬的道德规范，他必须遵从；许多摆不上台面的潜规则，他必须接受。真理在握并不等于胜券在握，坚持正义并不等于公正执法。西天取经路上，他学会了适应环境，学会了人情世故。

尽管还是那么活泼好动，还是那么喜欢捉弄人、开玩笑，言行之间还残留着一股孩子气，但孙悟空的思想和性格却在西天取经路上悄悄发生着改变。在一次次的教训之后，他开始变得比较世俗，甚至圆滑起来，知道如何应付师父的合理或不合理的要求，知道如何对付那些有来头的妖怪，知道原来神圣无比的经文还得靠紫金钵盂来换取。明白了这些，自然就会在神仙堆里应对自如，游刃有余，聪明如孙悟空，做到这一点并不难。既然不能改变这个世界，就让这个世界改变自己，莫非这就是成长的必由之路？

作品的结尾是皆大欢喜。贿赂也罢，交易也罢，反正经文终于到手，弄到了立足神仙社会的本钱。孙悟空被如来按功行赏，封为佛爷，成为神仙社会的上层人物。让他念念不忘、吃尽苦头的紧箍终于脱落了，失去约束的孙悟空会不会再次成为威胁神仙社会的危险人物？老谋深算的如来并没有为此担心。因为他明白，虽然有形的紧箍脱落了，但无形的紧箍他却戴得更紧，它戴在了孙悟空心灵的深处。这位曾与天庭格格不入的美猴王已适应了这个世界，成为这个世界的既得利益者。利益决定立场，若干年之后，如果再有哪位后起之秀因拿不到蟠桃会的入场券而大闹天宫，也许镇压的队伍中会出现一个熟悉的身影，而这并不让人感到意外。

高升佛爷后的幸福生活是可以想象的：尊崇的地位、富足的生活、良好的人际关系、无数的崇拜者……

但问题在于，有了这些，孙悟空还是孙悟空吗？

一个供人膜拜的佛爷的诞生，就意味着一只活泼可爱、行侠仗义的猴子的消失。世间的成败得失有谁说得清呢？

孙悟空长大了，成熟了，我们该为此庆贺，还是该感到悲哀？

一位被误解的圣僧

——唐僧形象新说

大凡读过《西游记》一书者，恐怕没有几个人会对唐僧产生好印象，历来对《西游记》人物形象的研究大多集中在猪八戒和孙悟空这两位身上，少数谈及唐僧的文章也几乎是毫无例外地采取贬斥态度。有趣的是，读者不喜欢唐僧的原因好像也比较一致：一是嫌其过于懦弱迂腐、胆小怕事，动不动就掉眼泪，缺少男子汉大丈夫所应有的阳刚、豪爽之气。二是嫌其人妖不分，丧失原则，关键时刻总是与降妖除怪的孙悟空作对，偏袒贪婪自私的猪八戒。

如果仅仅是文学欣赏的话，这种看法倒是没有什么问题的。但倘若我们要探求作者著书本意、深入理解作品的话，问题就来了：作者本人也像读者这样不喜欢唐僧吗？如果真是如此，他为什么要让一个懦弱无能的愚人来承担如此重大的取经重任，而且还让他统辖几位武功高强的徒弟？不可否认，作品中也有针对唐僧的不敬之辞，但为什么在更多的时候作者又对其赞不绝口？一位如此不讨人喜欢的人物，为什么天上地府、仙界佛门的神仙都如此心甘情愿地帮助他，心高气盛、恃才傲物的孙悟空之外，连观音菩萨、太白金星也跟着忙得不亦乐乎？为什么这位人妖不分的糊涂僧人最后修成了正果，而且排名还在孙悟空之前？有了这些疑点，我们不能不继续追问下去：是不是作者的主观创作意图与作品的客观接受效果之间出现了偏差？是不是作品的表达与读者的理解之间出现了歧异？是不是我们对唐僧其人存在某种偏见？这些问题都是无法回避的。

在西天取经过程中，无论是身为护法、勇往直前的孙悟空、猪八戒、沙僧、白龙马，还是专门拦路打劫、惹是生非的各路妖魔，个个长得奇形怪状、面目狰狞，无论是武功，还是法术，都能来上几手，说起来皆非等闲之辈。特别唐僧的几位徒弟，不管是齐天大圣、天蓬元帅还是卷帘大将、西海龙太子，人人都有一个值得炫耀的出身和一段传奇故事。尽管他们道行不一、法术各异，但即使是其中的本事平平者，本领也非一般俗人所能望其项背。可偏偏就在这个神通广大、各有绝活的神仙妖怪堆里，安置了这么一位手无缚鸡之力、文质彬彬的僧人，而且还是一位需要大家鞍前马后、围着忙乎的核心人物，这也许就是佛家所说的命中注定的缘分吧。

这种极不协调、反差很大的人物设计和配置不仅增加了全书的戏剧效果，还是小说展开故事的一个基本前提。否则，如果唐僧也像电视剧《西游记后传》中所刻画的那样，武艺高强，能腾云驾雾，三五个妖怪近不了身，取经变成小事一桩，小说自然就写不下去了。即使勉强写出，也会寡淡无味，没有人爱看。有了这个基本前提，我们才能对这位僧人的无能和懦弱多一分理解和同情。有这么一帮上天入地、法力无边的仙佛神怪整天围在身边，再威猛的凡人也会显得无比低能，何况唐僧远称不上威猛神勇，不过是一位文弱善良的僧人，他的长处在文而不在武，我们不能从武的一面来苛求他。

从作品的实际描写来看，佛祖如来第二高徒的光荣出身并没有给这位不断陷入人生困境的苦行僧人带来任何实惠。因为是肉眼凡胎，自然无从知道自己前生的显赫地位，听别人谈起，也像是在听一个古老的传奇故事，似乎跟自己没有太大关系。毕竟曾经拥有的种种法术和神通都留在了灵山，远水解不了近渴，依然要面对现实的种种麻烦和苦恼。所谓的十世修行，意味着曾经十次伴随着不幸来到这个世上。最后还要历尽十四年的艰辛，才能回归那已经变得陌生的神仙生活。为一点上课不用心听讲之类的细小过失，竟然要付出如此沉重的人生代价，可见佛门戒律的严苛。不过细究起来，这似乎也不大符合佛家常讲的慈悲情怀，也许是佛界对层次不同的僧人有宽严不一的要求吧。里面到底隐藏着什么玄机，只有那位高高在上、神妙莫测的如来心里才最清楚。

除了对佛教的诚信与对经典的烂熟外，这位苦命的僧人似乎连最基本的生存能力都不具备，这有西天取经路上独自化斋的碰壁惹祸为证，至于武功之类，更不必谈。但就是这么一位在常人看来颇有些窝囊的僧人，却偏偏长着一身无比高贵稀奇的好肉，他的肉可以使所有的生灵长生不老，与天地同寿，他的元阳则具有使女妖一步登天的奇效。平凡与神奇、无能与尊贵，就这样荒诞而又巧妙地融合在一人身上。这就构成了全书展开故事的第二个前提。如果唐僧没有这身无比奇妙的肉体，和正常人完全一样的话，西天路上的妖怪们也就没有必要冒那么大风险，费那么大工夫，挖空心思地想得到他。对他们来说，到处都是人，随便找个替代品解馋就是。

有了这么一位肉眼凡胎却又对妖怪有着强大诱惑力的师父，十万八千里的西天取经之路自然就变得格外坎坷和漫长。因为是个不具备任何法力的凡人，在如狼似虎的神仙堆里，无疑会显得懦弱无能，既不能降妖除怪，也不能腾云驾雾。离开徒弟，就只能任人宰割，受人摆布，处于时时受保护的尴尬境地；因为是个圣徒，在众妖魔看来是魂牵梦绕的宝贝，可对几位徒弟来说，则意味着无穷无尽的麻烦和灾难。自然，这一切都是命运的安排，怨不得这位老实的僧人。就像年轻漂亮的女孩子容易招惹是非，但罪过并不在其本身一样。生来就是肉眼凡胎，当然看不出妖魔种种惟妙惟肖的变化，不光自己看不出，就连猪八戒、沙僧也同样看不出，更不用说他不具备孙悟空那种能看会闻的超级本领了。

肉眼凡胎本身并不是错误，不能将因降妖除怪受挫产生的怒气全都撒在这位可怜、无辜的僧人身上。

话再说回来，即使是作恶多端、祸害四邻的妖魔，也并不一定要斩尽杀绝。这里就有一个立场和视角的问题。佛教讲究的是超升度化，世上无不可度之人，众生平等，皆有超度的机会。毕竟经过坚持不懈、行之有效的劝善教化，有些妖魔还有悔过自新的机会。至于给不给这个机会，要不要留一线生机，立场不同，做法自然各异。出家人毕竟不是维护社会秩序的清官，也不是扶弱抗暴的侠客，他们之所以出家，既是为了自度，也是为了度人。正所谓苦海无边，回头是岸；放下屠刀，立地成佛。话虽然讲得很直接，很简单，倒也符合佛家的立场。将妖怪斩草除根，这在世俗之人看来自然是大快人心，并无什么不妥，但它不是佛教徒的立场。不管同意也罢，不同意也罢，因为西天取经队伍的领袖人物是一位虔诚的佛教徒，这就决定了这支团队的基本立场，他们要以佛家的眼光来看西天路上的那些妖魔，至于能否做到，如何去做，就是另外一个问题了。

从俗世的立场来看，唐僧的怜悯行为无疑是没有原则，显得虚伪、迂腐，但在佛教徒的眼里，情况则完全不同，唐僧的言行不但没有过错，相反，还应该受到褒奖。不少读者对唐僧的误解在很大程度上与这种立场的歧异、看待问题的视角差异有关。以一个俗人的视角来观照一位佛教徒，肯定会发现种种不是；同样，以一个佛教徒的立场来看俗人，自然可以挑出更多的毛病。在作品中，唐僧不仅前生是佛祖如来的高徒，即使是在人间，也是一位天生的佛教徒，虽然这是家庭苦难使然。他是一位虔诚本分的僧人，自然要有僧人的立场，这是他的教徒身份所决定的。他和孙悟空的根本矛盾也就在于此，我们同情孙悟空，是因为我们和他一样，也是站在俗世的立场。我们可以不赞成唐僧的观念和做法，但应该有一种理解、同情的态度，尊重其选择。毕竟社会是多元的。

也许唐僧的宽容和善良在那个实用功利的时代里甚至是当下，显得有些迂腐可笑。但也必须承认，这一切都来自他虔诚的信仰和理念，而不是为博取名声、荣誉所进行的表演，其宽容和善良发自内心，并不存在伪善和做作。对发自本心的信仰和理念，我们有理由保持一份敬意。

唐僧的人格也许存在着一些缺陷，但同时也要看到，这位僧人身上还是有不少闪光点的。比如作品多次展现了其坚强、执着的一面，其取经立场是无可动摇的，多次的诱惑和苦难也未能改变。尽管西天取经路上生病时偶尔也会产生一点思乡的念头，但这是人之常情，完全可以理解。恰恰是这些细节，凸现了唐僧人性中美好、善良的一面，虽然这并不符合佛家对一位僧人的严格要求。

在美色的诱惑面前，唐僧也许显得有些笨拙，但取经的信念并没有因此而产生丝毫的改变；在妖邪的洞穴，他固然表现得过于脓包，但对西天的向往没有在恐惧中消退。确实，以欺骗的手段让孙悟空戴上紧箍之举，显得不够光明磊落；和孙悟空多次发生冲突，屡屡以念紧箍咒相要挟；对猪八戒也不乏偏袒之处。但细究起来，责任也并不全在唐僧一方，孙悟空也不能说完全没有过错，其急躁和冲动之举往往成为矛盾激化的重要因素。

需要说明的是，不少读者只记住了唐僧念紧箍咒的场面，却忽视了他更多的时候不念紧箍咒。西天取经路上，唐僧念紧箍咒的次数确实是有限的，而且多是事出有因，大多是在处理妖魔的方式上产生分歧，属于立场冲突，并非个人恩怨。随着相互间沟通的增加和了解的深入，师徒二人逐渐建立了相互信任的关系。显然，只看到两人的冲突，看不到两人间的友爱和信任，也是不够全面的。

最后还要说明的是，读者对唐僧这一人物形象的误解和反感，除观念立场之外，也与小说的描写技法有关。中国通俗小说受民间文学影响甚大，在塑造人物时，往往采用较为夸张的脸谱化手法，好人极力写其好，坏人则极力写其恶，分寸常常失当，一旦超过必要的限度，就造成人物形象的失真。鲁迅先生在《中国小说史略》一书中评述《三国演义》时，就曾十分精辟地指出这一点："至于写人，亦颇有失，以致欲显刘备之长厚而似伪，状诸葛亮之多智而近妖。"

《三国演义》如此,《水浒传》也是如此。这两部小说中的主要人物刘备、宋江不也像唐僧一样,写得十分脓包、虚伪、不讨读者的喜欢吗?《西游记》一书也不例外,作者本想极力写出唐僧的慈悲和善良来,但写过了头,反倒失真,结果人物形象显得迂腐和虚伪,面目可憎。这显然与作者的主观意图是相违背的。在这个问题上,当代的作家们也许能得到一些启发和借鉴。

西天路上的凡夫俗子

——猪八戒悲剧新说

尽管相貌奇丑、面目可憎，一露面就能将人吓得失魂落魄，四处逃散，但猪八戒绝对是《西游记》一书中的正面角色，属于取经队伍中的重要一员。俗话说，人不可貌相，海水不可斗量。与西天取经路上那些专门打家劫舍、祸害四邻的妖魔鬼怪相比，也许猪八戒的相貌和他们没有什么差别，但两者的立场和原则却有着本质的不同。不过，不管是在作品内还是在作品外，猪八戒作为正面角色并没有得到应有的尊敬和地位。相反，他得到的只是不断的捉弄和嘲讽。人人都承认他是《西游记》一书中写得最生动的人物，但并非个个都喜欢他，说他的好话。在很长的一段时间里，猪八戒一直被当作落后农民的典型形象，受到指责和批判。

俗话说，三十年河东，三十年河西。这句老话正可用来描述文坛上的风云变迁。近些年，随着人心世态的变化，猪八戒忽然吃香起来。曾有人在网络上进行过调查，让女性网友选择西天取经队伍中的一名成员来做终身伴侣。结果，出人意料的是，百分之九十以上的现代女性将猪八戒作为心目中较为理想的丈夫形象，这正应了一句曾广为流传的歌词：“我很丑，可是我很温柔。”

这一现象看起来有些荒唐，实则耐人寻味。对同一文学形象前后褒贬的变化往往昭示着社会历史的内在发展，具有鲜明的时代色彩。在这个流行“包二奶”“招三陪”的社会里，像猪八戒这样恋家胜过取经的模范丈夫确实是比较少见了。从对猪八戒评价的起伏落差不但可以读出时下的世态人心，更可以通过这一现象来反思一下我们用以评价文学形象的标准和立场。在笔者看来，猪八戒是一个解读民族文化的活标本，从他身上可以看到不少潜藏在人们灵魂深处的东西，更可以通过其极富戏剧色彩的个人境遇，悟出一些人生真谛。

在西天取经的五人队伍中，除唐僧作为发起人，真心实意地想西行取经外，其他几位都是由“天庭罪犯”转化而来的，取经不过是对往日罪过的一种痛苦赎救。他们未必真正理解取经的伟大意义，只能说是于受惩、苦行之间，两者相较取其轻而已，很难说是心甘情愿的取经者。

特别是猪八戒，准确地说，只能算是一个胁从的“革命者”。因为他从来就没有普度众生、修成正果的雄心壮志，同样，也缺少实现这一宏愿所需要的信心和毅力。他虽然有着猪一般的相貌，但更像是一位普普通通、安守本分的农民，人性多于猪性。三十亩地一头牛，老婆孩子热炕头，这就是他人生的最高理想。唯一不同的就是那古怪丑陋的长相和惊人的饭量。但就是这样，他还是在观音菩萨的劝诱和孙悟空的逼迫下，极为无奈地成为取经队伍中的一员。

在神圣的取经队伍中，夹带着这么一位并不情愿、时时要打退堂鼓的凡夫俗子，担任着尴尬角色，干着牵马、挑行李这类用力而不显功劳的窝囊活儿。这固然在寂寞乏味的取经旅途中增加了许多笑料，但对猪八戒来说，更多的是悲剧。取经完满后，他虽然也算修成了正果，但原来的性格禀性并没因九九八十一难的结束而发生丝毫改变。对猪八戒而言，净坛使者的意义，不过是吃喝更有保障而已，为这么一个管顿饱饭的职位，竟然要付出永远放弃家庭的巨大代价，可谓得不偿失。老实说，这样的待遇他原本不需要通过西天路上的艰难跋涉来换取，先前在高老庄轻而易举就能得到。

特别是到作品最后，当如来的两位侍者伸手索要贿赂，并得到佛祖如来的纵容和默许时，取经的庄严和神圣感顿时消解，猪八戒的悲剧也因此得到更为有力的确认。因为这样的结局不比他西天取经路上一再提及的散伙分家好到哪去。曾经一心向往的西天并非一方净土，照样充斥着俗不可耐的欲望，只不过有人更善于隐藏，更善于作秀而已。更进一步的深究同样令人失望，西天取经队伍为之自豪的的降妖除怪，又真正除掉了几个妖精？不过是打死了几个没有靠山的乡怪野鬼，那些有来头的妖怪还不是照样逍遥法外？何况其中还有不少是来自西天佛界。

一个一心想守着老婆过日子的庄稼汉，就这样一不留神、稀里糊涂地成为供人祭祀膜拜的净坛使者菩萨，这在猪八戒本人，固然是一种不幸，但对安居西天世界的佛祖和选择取经人选的观音菩萨来说，又何尝值得炫耀？靠几个并不虔诚的教徒来完成如此严肃艰难的取经事业，说是度人，实则害人，这对他们不也是一个莫大的讽刺吗？

在西天取经队伍的诸位成员中，猪八戒无疑是最有人情味的一个。从他身上看不出多少神性或妖气，确切地说，他不过是一个长着猪模样、有点小神通的凡夫俗子。他不像孙悟空那样，有着神奇不凡、可以随时炫耀的出身和阅历，自己虽然也曾做过级别、待遇都不低的天蓬元帅，但并没有多少值得一说的辉煌业绩。自从他被贬下界，不幸投成猪胎，人们更多的是将他当猪来看。他也不像师弟沙僧，后者没有什么精神寄托，因为曾经是侍卫出身，便永远将侍卫事业进行到底。

偷吃人参果的那一回，最能说明取经成员思想性格的差异。沙僧以其多年来人家宴饮他服侍的经历，从没想到自己还会有一尝人参果的福分；孙悟空不过是为了满足好奇心，天上几千年一开花、几千年一结果的蟠桃都吃过，这几个果子又算得了什么？但猪八戒不同，他实实在在是为了填饱肚子。济公似的放荡者和唐僧式的苦行僧，看似天差地别，但都能到达西天极乐世界，修成正果，这莫非就是作者所提供的人生得道捷径？

猪八戒虽然是个丑角，但丑得有特点，有个性。并不让人感到可恨，反而使人觉得可爱，猪八戒的可爱就在于他的直率。他有着正常人所具有的一切欲望，包括缺点和不足，并且几乎从不隐瞒。

他确实喜欢吃，但不能理解为贪得无厌，这是因为他的饭量大；他没有更高的理想，是因为最基本的生理需求还没有得到真正解决。仓廪实而知礼节，这句老话对人对神都很有效。看看中国古代的神话传说，那些神仙为什么令人羡慕，不就是生活更有保障，更有情调吗？猪八戒毛病虽多，但他有自己的道德底线，那就是即使肚子再饿，也不会像妖怪那样，打人的主意，何况他还守着一位吃了可以长生不老、与天地同寿的师父唐僧。

爱吃贪吃并不可笑，不管别人的肚子，强行逼迫人家假充斯文的人才真正可笑。这种永远填不饱肚子的猪的形象，不正是几千年来中国古代农民的形象写照吗？话虽说得有些难听，却是实情。那么多前辈先烈造反改良，打打杀杀，努力了几千年，不就是为了解决这一问题而做不到吗？只要了解中国的国情，就会知道饥饿一词里含有多少难言的辛酸。

猪八戒确实喜欢和女性套近乎，但这是男性的普遍弱点，并不是他独有的。只是因为取经队伍的其他几位成员不近女色，显得比较突出罢了。何况猪八戒也只是得些嘴上的便宜，从来没有强迫过人家，就像《金瓶梅》里的西门庆那样，一个个非要搞到手才算过瘾，在高老庄的时候，就没听说他有这个毛病。因为是人，所以有很多是人就会犯的错误。唐僧是人，却一心想除去自己的人性，所以他可敬而不可爱。正常的生理欲望都未能得到满足，却让他从事压抑人性的取经活动，这难道只怪猪八戒吗？其偷懒、自私行为固然可以理解为一种消极的反抗，但这种反抗却是可以理解乃至宽恕的。这并非大是大非上的原则性错误，不过是一些难以克服的小毛病，不过别人多喜欢掩饰，猪八戒则表现得更为直接而已。正是因为这些小毛病，读者才觉得猪八戒可爱，富有人情味。

如此正面评价或肯定猪八戒，对笔者来说，并没有为其开脱平反、哗众取宠的野心，实际上也没有这个必要，不过是想以更多的理解和同情之心，重新看待猪八戒这个文学形象而已。

值得注意的是，以今人的眼光苛求、责备古人，这似乎已成为多年来人们评价古代文学人物形象的一个惯例。比如苛责宋江的接受招安、岳飞的愚忠、贾宝玉的不跟家庭决裂等。这种凭借时间优势去俯瞰古人的态度是不公平的。文明毕竟一直在进步，每一个生活在特定历史时空的人只能走到社会文化条件所能允许的极限，而不可能走得更远，否则就是超人或神仙。人毕竟是人，不是超人和神仙，是人就有局限。

在回头嘲笑、责备古人时，也许应该有意识地向前看一看，看一看那一双双来自未来的质疑眼光。

大内高手不简单

——沙僧形象新说

研究者通常用“无性格”一词来概括沙僧这一人物形象，应该说这个概括还是有一定道理的。当然，无性格并不等于没有性格，只是说性格特征不太明显，个性表露不太鲜明而已。的确，很难用一个准确的词汇来描述沙僧的特征。在取经队伍中，总是能时时感觉到他的存在，而他的存在却又不那么为人所注目。

之所以如此，自然与沙僧特殊的职位有关。作为一名与主人形影不离、照料生活起居、负责安全保卫的高级侍从，不管服务的对象是玉皇大帝还是唐僧，都让人感觉不到自己的存在，这正是他工作称职的表现。毕竟这是一个注定要做绿叶的职位，如果一位侍从频频露脸，抢镜头，主人却被冷落在一边，那就本末倒置了，说明保卫工作存在着问题。无性格恰恰说明沙僧的工作是称职、合格的。

不过，无性格只是表面现象，倘若要以此证明沙僧这位大内高手四肢发达、头脑简单，则又失之偏颇了。这显然是小看了这位在天庭服务多年、曾见过世面的卷帘大将。虽然他在全书中出场的次数、受关注的程度远不如孙悟空、猪八戒，也没有多少话语权，但决不能因此说他没性格，其实这位老兄一点都不傻，其内心世界还是蛮复杂、蛮丰富的。

和大师兄孙悟空、二师兄猪八戒相比，沙僧有许多先天的劣势。他虽然称自己早年曾访仙求道，得到过异人的真传，但从作品的实际描写来看，其武功实在平平，不仅在西天路上根本不起眼，就是在天庭里，也照样排不上号。否则，他也不会去做卷帘大将，而该是天王、元帅之类的显要了。侍从并不见得一定就武功盖世，等到他们去冲锋陷阵的时候，往往也就无补于事了。忠于主人，永不背叛，这才是侍从最重要的素质。

众仙聚集的蟠桃会上，连吃一颗仙桃的资格都没有；失手打坏一个酒杯，竟然会受赶到下界的严厉惩罚。从中也不难看出沙僧在天宫较为卑微的地位。孙悟空齐天大圣的名头和大闹天宫的威风自然是他望尘莫及的，就是猪八戒的天蓬元帅一职，也比卷帘大将尊贵许多。西天取经路上，屡屡与妖怪对阵，尽管也用卖弄的口气讲过几次自己的身世，但可以炫耀的地方实在太少。效果远不如孙悟空，人家把大闹天宫的辉煌历史不时说上几句，还能起到震慑妖怪的作用。

用句当下颇为时髦的话说，西天取经是一项风险很大的集体工程。虽然大家都是取经队伍中的重要一员，但由于出身、阅历的差异，每人面对风险的承受能力也各不相同。说起来，孙悟空、猪八戒都是有老本可吃、有退路的，即使取经不能成功，也可以回花果山、高老庄，重温先前那种幸福、快乐的世俗生活。沙僧则不然，对他来说，天庭肯定是回不去了，流沙河显然也不是留恋之地，穷山恶水间的饥饿、寂寞生活还不如西天取经来得热闹、有保障。也正是因为这个缘故，他的取经立场也比孙悟空、猪八戒要来得坚定，与唐僧也有更多的共同语言。

在这个取经集体中，要想获得发言权，说话算数，要靠实力、资历和声望。但无论是哪个方面，沙僧都无法与孙悟空、猪八戒这两位师兄相比。在自己前面，既有一言九鼎的师父，又有两位难伺候的师兄，他十分清楚自己在这个奇特集体中的位置，由于没有多少本钱，干什么，不干什么，并不能由自己说了算，他只能选择沉默和服从。否则，缺乏底气的指手画脚只能是自取其辱。自己所能做的，就是少说话，多干活，安守本分。在西天取经路上，沙僧也正是这样做的。

自身的条件和位置实际上也就决定了个人的思想和立场。在取经队伍的各个成员中，除了唐僧，取经意志最为坚定的就要数沙僧了。取经对他的意义与孙悟空、猪八戒截然不同，这是其改善处境、提升人生的唯一途径。不管是美德也罢，是性格也罢，他的忠诚给读者留下了十分鲜明的印象。这种忠诚既是对取经事业的，在很多时候也是对唐僧本人的。正是因为忠诚，他才会不辞辛劳地服侍唐僧，这正如如来后来在“取经表彰会”上所总结的：“诚敬迦持，保护圣僧，登山牵马有功。”孙悟空曾主动出走过，后来还被唐僧赶走了两次，猪八戒更是动不动就提散伙，一心想回高老庄做回炉女婿，甚至就连身为取经领队的唐僧都时常抱怨路途遥远，心急焦躁，不时生出思乡之情，但沙僧从没有说过类似的话，似乎连这样的念头都没有。

无论是在天庭，还是在取经路上，沙僧干的都是同一种工作，他已经完全适应了，并不觉得有什么不妥，顺从、本分和勤勉已经内化为一种本能。挑担、牵马、伺候师傅，这些孙悟空和猪八戒都不愿意干的苦活和累活，沙僧一一都做了，而且一做就是十几年，做得非常称职，从没有牢骚和怨言。仅从这一点来说，沙僧实在是取经队伍中不可缺少的一员。这是沙僧可贵的美德，也是他的难得之处。别说孙悟空、猪八戒不愿意做这些，即使愿意，也未必能做得这么好。这与沙僧的思想、性格有关，自然也得益于他在天庭做卷帘大将期间得到的锻炼。

西天取经路上，除了做好服务师父的本职工作，沙僧也时常要冲锋陷阵，得到不少降妖除怪的机会，为孙悟空打打下手。由于武功平平，尽管每次都很卖力，但所起的作用实在有限，只能说是精神可嘉。按照取经队伍的分工安排，沙僧意味着保护唐僧的最后一道防线，一旦前面两位师兄抵挡不住，轮到他出场作战的时候，常常已无济于事。到了这种时候，他也只能起到延缓师父受罪时间的作用。

阅读《西游记》一书，不能不注意各位取经成员之间的微妙关系，这也是一个很有意思的话题。在取经成员中，有两组最为明显的矛盾：一是孙悟空与唐僧之间的矛盾，二是孙悟空和猪八戒之间的矛盾，后一组矛盾在一般情况下常常从属于前一组矛盾。这里只说前一组。就沙僧本人而言，为人低调、本分、顺从的他和其他三位成员之间很少发生冲突。但作为取经队伍中的一员，当别人之间产生矛盾时，他是不可能置身事外的。

一般情况下，如果冲突不太严重，沙僧通常会出来打打圆场，进行调和。不过，沙僧的调和只是在一定范围内起作用。当矛盾变得十分尖锐、涉及原则问题时，沙僧也就不再和稀泥了，他实际上还是有原则，有立场的，那就是忠于唐僧。这在唐僧两次驱逐孙悟空的过程中表现得十分明显。

从沙僧平日的言行来看，他对大师兄孙悟空还是十分钦佩和信任的，并时常在妖魔面前炫耀。但是一旦孙悟空和唐僧发生矛盾，情况就完全不同了，他的感情天平就会不自觉地偏向唐僧这一边。即使他意识到唐僧的判断存在失误，也不会像孙悟空那样坚持自己的立场。自然，他更不可能公开站在孙悟空一边。于是，他选择了沉默，沉默本身就是一种表态。

孙悟空对沙僧的这种愚忠表现是不满的，他曾这样埋怨这位师弟："你这个沙尼！师父念紧箍儿咒，可肯替我方便一声？都弄嘴施展！"到了这个时候，沙僧也只能尴尬地要求孙悟空"君子人既往不咎"了。好在取经过程中这种尖锐的冲突并不是太多，沙僧平时为人低调，沉默总比猪八戒的煽风点火要好。孙悟空对沙僧的印象很不错，曾当面称赞他是好人，对此也就没有多计较。

尽管大家都是苦行僧，但比较而言，这个词用在沙僧身上更为贴切。不过，这位老兄也并非整天板着脸，一副苦大仇深的样子。西天取经路上，他也时常和大师兄孙悟空一起，开开猪八戒的玩笑，小集体里不时出现的和谐氛围，也有他的功劳，这显示了其可爱、幽默的另一面。不过就是在这种时候，他也把握着一个原则，那就是基本上不主动，只是在旁边帮帮腔、敲敲边鼓而已，甚至可以用"小心翼翼"一词来形容，这里面是不是也有些圆滑世故的成分呢？

沙僧这个人不简单。

真正的幕后英雄

——白龙马形象新说

提起西天取经队伍的组成，人们通常的说法是唐僧师徒四人，其实这一说法不够准确，也不够公允，因为它忽略了另外一位重要成员，那就是白龙马。

自然，人们忽略这位成员也有其道理，他出场的次数虽然颇多，但很少引起注意，人们的目光都聚焦在唐僧等人身上，谁会关注一匹默默无语、没有什么故事的白马？人们通常说沙僧是苦行僧，夸他任劳任怨、吃苦耐劳，其实严格说来，真正的幕后英雄应该是这位白龙马。

与孙悟空、猪八戒、沙僧相比，白龙马的工作是最辛苦、最单调，也最为寂寞的。只要唐僧等人一开路，他的工作也就随之开始，不管是高山还是荒漠，不管是晴天还是雨中，无论是多么险峻、坎坷、危险的道路，他都得一步一步地走下去。走路，走路，除了走路，还是走路，不停地走路，日复一日，年复一年，这就是白龙马十四年取经生涯的全部。走路，这就是白龙马的价值所在，不可能变出什么花样来。低调如沙僧，还能时不时与两位师兄开个玩笑，和师父聊聊天，得些心理的安慰和调节。但白龙马不同，在绝大部分时间里，他只能默默生活在无声世界里，不管是欢乐还是痛苦，是欣喜还是忧愁，都只能深深埋在心底，这才是真正的苦行僧。

干着最苦最累的活，却享受着最低最差的待遇，甚至连个起码的名分都没有，这正是白龙马西天路上的尴尬处境。这里有一个不容忽视的问题，那就是，白龙马到底算不算唐僧的徒弟？他是不是取经队伍的正式组成人员？从唐僧、孙悟空、猪八戒、沙僧等人日常的言行来看，他们更多的时候是将白龙马当作普通的脚力，在向别人介绍取经成员时，一般都不把白龙马算上。不过，从观音当初的安排、佛祖最后的封赏以及白龙马个人的认知来看，他确实应该算是唐僧的徒弟，一个身份特殊的徒弟。

这可以从降伏黄袍怪部分的描写中看得出来。在这段故事中，白龙马突破了他的脚力角色，有着十分精彩的表现。作者之所以这样写，有提醒读者注意白龙马角色的用意在。在和猪八戒对话，劝他到花果山请孙悟空的过程中，白龙马明确称孙悟空、猪八戒两人为师兄，这说明他本人很清楚自己的身份，否则，他就没有必要如此卖力地去搭救唐僧。要知道白龙马可不是一般的凡马，他是龙王太子，身份并不比猪八戒、沙僧低贱。能拥有一匹如此高贵的白龙马，绝对是唐僧十世修来的福气。在做脚力之外，他也能冲锋陷阵，为孙悟空等人做个帮手，显然，白龙马并非取经路上可有可无的角色。有他的时候，大家不觉得怎样；没他的时候，大家才会意识到他的存在。神魔世界如此，人间又何尝不是这样。

介绍取经队伍，屡屡忽略同为重要成员的白龙马，唐僧等人对待白龙马的这一态度应该说是不够公平的。好在这位太子出身的白马修养确实不错，总是顾全大局，没有一次当面纠正过。作者似乎也意识到了这一问题，在降伏黄袍怪那部分，破天荒地给了白龙马一次表现自己的机会。

自然，轮到白龙马出场，意味着取经形势已经坏到不能再坏的程度：唐僧被黄袍怪变成老虎，困在笼子里，人不人，鬼不鬼，这是他刚愎自用的代价；沙僧被关在波月洞中，一筹莫展；猪八戒则刚刚打完败仗，早已丧失斗志，只剩下散伙回家的念头；孙悟空早已被开除出取经队伍，在花果山过着悠闲的山大王生活。可以说，这是西天取经路途中最为严重的一场危机。

在这一关键时刻，用挺身而出来形容白龙马也并不为过，他本来可以保持沉默，袖手旁观的，因为出谋划策并非其职责所在，当初给他的任务就是当脚力，再说他也很清楚，自己不是黄袍怪的对手。但白龙马没有这样做，这主要是出于他的责任感和良知。不管别人承认不承认，他确实是把自己看作取经队伍的一员，取经对他的意义和孙悟空、猪八戒、沙僧一样重要。取经事业中途夭折，大家散伙了，对谁都没有好处，也许猪八戒是个例外。

变成宫女刺杀黄袍怪的行动失败了，这不是因为白龙马的计策不好，而是两人实力悬殊，猪八戒、沙僧两人联手都斗不过黄袍怪，何况他是单枪匹马。营救活动虽然失利，但给人印象至深，它显示了白龙马对取经事业的忠诚和高尚的品德，也让人们看到，他并不仅仅是一匹普通的白马，而是唐僧的徒弟，是取经队伍的一名成员。

武功不是白龙马的强项，临阵不乱、镇定自若，则显示了白龙马的另一面，毕竟是龙王家教育出来的。按说刺杀黄袍怪他已经尽到最大努力了，即使观音、如来最后追究取经失败的责任也找不到他。但白龙马没有放弃，他想到了大师兄孙悟空，知道症结所在，于是劝说猪八戒到花果山搬救兵。可见他不仅对取经队伍每位成员的特点十分了解，对当时形势的判断也十分准确。

如果没有白龙马的劝说，猪八戒恐怕早已回到高老庄，做他的野女婿了。可以想象，这位屡屡鼓动唐僧念紧箍咒的老兄是不会主动去请孙悟空的。他之所以愿意到花果山，一是觉得白龙马所言很有道理，二是为白龙马的真诚所打动。连一匹脚力都如此卖力，自己如果再逃避责任，确实是说不过去了，毕竟猪八戒还是有良知的，他还没糊涂到丧失原则的份上。降伏黄袍怪，出面的虽然是孙悟空、猪八戒、沙僧，但白龙马着实要记上一大功。毫不夸张地说，是他在关键时刻，挽救了取经事业，为取经队伍找到了一条出路。他实际上成为了取经队伍的最后一道防线。

遗憾的是，白龙马出场的机会实在是太少了。此后，除了在朱紫国为国王配药时，说了两句话，贡献了一些马尿外，再没有表现的机会。这不免让人觉得有些遗憾，以其在宝象国的不俗表现，本来他还可以有更多戏份的。

白龙马才是真正的幕后英雄。

昏庸无能的天庭统治者

——玉皇大帝新说

说到《西游记》，自然不能不提起那位曾被孙悟空赶得无路可走，差点被夺去宝座的玉皇大帝。尽管这位神仙社会的最高统治者出场次数不多，但他的影响无处不在，时时可以感觉到。因此，玉皇大帝在作品中虽然不是主角，但也不是那种可有可无的龙套人物。没有他，《西游记》里的许多好戏根本演不起来。

相信《西游记》一书的读者没有几个会对这位高高在上的神仙头子有好印象，这家伙既不可敬，也不可爱，要才能没才能，要品德没品德，几乎找不到什么优点。甚至就是坏，也坏得没有特点。人们之所以还能记得他，完全是因为他的职位。如果单就个人的性格和品质而言，这位玉皇大帝给人的印象只有两个字，那就是：模糊。

这样一来，就让人产生了一个疑问，玉皇大帝既然这样无能，没个性，他是怎样坐上天庭老大宝座的呢？要知道天庭可是个大林子，藏龙卧虎，什么鸟都有，高手多得是，能混到神仙头子这个位置，怎么说也得有些能唬住臣下的资本才行。按常理，要想让托塔天王、哪吒、二十八星宿、四海龙王、阎罗冥王以及三山五岳、天南地北的神仙们服服帖帖，唯命是从，没两手绝活显然是不行的。这可不像人间，实行的是世袭制，只要有幸降生到帝王家，管他是弱智还是混蛋，都有可能坐到皇帝的宝座上。

这个问题其实早在大闹天宫期间，孙悟空就已经正式提出过。为此他还曾和佛祖如来进行过一番辩论。孙悟空的理由很简单："皇帝轮流做，明年到我家。"天庭老大的宝座不能由哪个人所独占，大家都有份，轮流坐庄，谁有本事谁来做。话听起来似乎有些强词夺理，但不能说没道理，而且它点到了问题的实质，那就是玉皇大帝的正当性和资格。

与孙悟空所言相比，如来为玉皇大帝辩护的理由则更为简单。据他介绍，这位玉皇大帝"自幼修持，苦历过一千七百五十劫。每劫该十二万九千六百年"。不算不知道，一算吓一跳，这位玉皇大帝着实不简单，竟然已经修行了两亿两千六百八十万年。不知道如来所说的是天庭时间还是人类时间，因为两者差距极大。

俗话说，天上一天，人间一年，天上一年相当于人间三百六十五年。如果玉皇大帝是在天上修行的话，换算成人间的时间则是八百多亿年。也就是说玉皇大帝开始修行的时候，别说地球，就连太阳系、银河系都没有形成。要知道从神奇的大爆炸算起，整个宇宙的年龄也不过才一百三十八亿年。这样的数字让人根本无法产生感性认识，这个时候连盘古都还没影呢，为了避免时空错乱，还是委屈玉皇大帝在人间修行吧，就这已经足够让读者目瞪口呆了。

如果按人间时间计算，从故事发生的时间大唐王朝往前推，那时候地球上正是恐龙兴盛的年代，还没有人类，不知道玉皇大帝与恐龙是什么关系。恐龙后来大灭绝，而玉皇大帝却能存活下来，这绝对是一个亘古未闻的奇迹。别的且不说，仅就科学研究而言，这种活化石的价值意义也是无法估量的。

不管是那一种时间，玉皇大帝的年龄之长都是十分惊人的。这样的辈分，刚三百多岁的孙悟空喊他祖宗，并在前面加多少“太”“老”之类的修饰词都不过分。但问题在于，在神仙社会里，个人的职位、名望是由年龄决定的吗？

无意之中，如来向孙悟空透露了一个天庭运作的潜规则，一个神仙社会的大秘密。他在介绍玉皇大帝的来历，为其地位正当性进行辩护时，只强调其极为漫长的修行时间，而不谈其他，比如武功、法力、品德等。事实上，《西游记》一书频频提到玉皇大帝，但从来没写到他的这些方面，可见他在这些方面都是空白。这清楚不过地证明：天庭的交椅是按辈分来排的，而不是靠法力、武功、品德之类。只要活的时间足够长，辈分足够高，就能成为天庭老大。如来的言下之意很明白：有本事，你孙悟空也像玉皇大帝那样修行个两亿年、三亿年，否则免谈改换门庭的事情。

依照这种按资排辈的潜规则，刚刚三百多岁的孙悟空在神仙社会连说话的资格都没有，更不用说什么轮流坐庄了。实际上，在天庭靠年龄捞资本的也不光是玉皇大帝一个，比如那位太上老君，也是老得一塌糊涂。早在开天辟地、混沌初分的时候，他就已经开始走江湖了。趁当时人烟稀少，从昆仑山捡了不少宝贝。正是因为这个缘故，他在天庭的地位也十分尊崇。

孙悟空大闹天宫，想取玉皇大帝而代之。但他没有想到，自己要挑战的，并不仅仅是玉皇大帝的皇位，更是天庭运行了不知道多少年的潜规则。规则一改，肯定要重新洗牌。天庭的那些老头子们、小老头子们如太上老君、托塔天王之类，自然就不愿意，拼命阻拦。因为规则一改，他们可能连做弼马温的资格都没有。如来也是开天辟地时地球上不多的生灵之一，当时他“在雪山顶上，修成丈六金身”。和玉皇大帝、太上老君一样，他也是按资排辈的受益者。孙悟空对天庭秩序的挑战也威胁了他在灵山的地位，难怪玉皇大帝那边一请，他就立即出马。

细细想来，这位玉皇大帝也确实是个蠢货。西天取经路上，就是那些小妖怪，修行个千儿八百年的，也都能得些神通，会上两手。而这位老兄整整修行了两亿多年，却没见练出什么花样来。哪怕学得慢些，一万年学一样本领，都不得了，甚至是像太上老君那样，到昆仑山捡两样宝贝也行。但令人惊讶的是，他好像什么都没有得到。面对新生代孙悟空的威胁，这个超老的家伙一点办法都没有，最后还得厚着脸皮向如来求救。

可见这位玉皇大帝要么是智力有问题，要么是太懒惰。实在难以想象，两亿多年极为漫长的时光，他是怎样打发的。除了辈分老之外，他什么资本都没有。倚老卖老，这是他在天庭当老大的唯一法宝。

本来排排座、吃果果的天庭平安无事，运转正常，新生代孙悟空这么一闹，使人看出许多隐藏在背后的猫腻来。特别是这位玉皇大帝，在孙悟空的一番折腾之下，终于露出了真面目。从作品的描写来看，用昏庸无能、腐败堕落之类的字眼来形容他，一点都不过分。

别看老家伙经常表现得漫不经心、敷衍了事，把天庭弄得一团糟，但他对那些冒犯自己威严、威胁自己统治的事情却一点都不含糊，抓得很紧。服侍自己多年的卷帘大将不慎将一个玻璃盏打碎，竟然要“打了八百，贬下界来”，这还不算，又要七天一次，将飞剑穿胸百余下。这样的惩罚也太过严苛了，只能用酷烈一词来形容，难怪沙僧一听观音说可以用西天取经的方式赎罪，马上答应。天竺国凤仙郡的郡侯夫妻吵架，无意间推倒供桌，泼了素馔，唤狗吃了。就这么一点小事，这位玉皇大帝竟然让当地的全体人民一起受罚，三年不雨，并设置了三个十分苛刻的条件，这只能用“惨无神道”来形容了。显然，作者是有意突出这一点的，他不但不喜欢这位玉皇大帝，对人间的统治者也都写得很不堪，要么是可怜兮兮，连老婆、孩子都看不住，要么是荒淫无道，连正常人的道德水准都达不到。

欺软的人往往怕硬，这在玉皇大帝身上表现得特别明显。对听话的顺民如卷帘大将，他严苛至极。但在孙悟空、二郎神这样的“刁民”面前，他又是另外一副面孔。对孙悟空，玉皇大帝起初极为鄙视，根本不当回事。后来打不过，就不断让步，以至于在天庭设立“齐天大圣特区”，就像二郎神在灌江口地方割据，听调不听宣一样。如果孙悟空不是要直接推翻其宝座，这位老兄肯定还会让步的。

作者在《西游记》一书中从孙悟空的角度对这位玉皇大帝进行了无情的嘲讽。大闹天宫期间，把他赶得魂不守舍，狼狈不堪不说，就是西天取经路上，孙悟空也不时到天上骚扰一下，弄得他一点办法没有，只能想方设法将孙悟空打发走。然后再换副面孔当皇帝，吓唬手下那些顺民。

不可否认，西天取经路上，玉皇大帝也提供了不少帮助，但也是有条件的，那就是大逆不道的孙悟空必须接受招安，被纳入神仙社会的管理体制。这一工作是由如来、观音和唐僧合伙完成的，一副紧箍将孙悟空牢牢地锁住。到了这个份上，孙悟空也不过是讨得一点嘴上的便宜，对玉皇大帝已经没有任何威胁了。

经过一番闹腾之后，一切归于平静，神仙社会反倒因此增加了一位保护神。严苛、陈腐的天庭运作机制并没有因大闹天宫而发生任何改变，靠年龄混资历的玉皇大帝依然在天庭老大的宝座上悠闲地坐着，照样定期举办他的蟠桃大会，照样发号施令，照样接受着天上人间的祭祀和膜拜。

这就是现实，人间和神仙都不得不面对的现实。

老谋深算的西天佛祖

——说如来

在《西游记》一书中，佛、道两教得到了较为充分的描写，且都受到作者不同程度的调侃和嘲讽。不过相比之下，作品对佛教还是给予了更多的肯定，从对佛、道两教教主形象的塑造上就体现出这一态度。

与太上老君的昏聩、小气，屡屡被孙悟空戏弄相比，如来的形象要庄重、威严得多，这可以从他的出场描写中看得出来。如来是在孙悟空打上灵霄宝殿、太上老君等神仙束手无策的关键时刻被玉皇大帝派人请来的，可谓神仙社会的最后一道防线。如果连如来都对付不了，整个天庭真的要改换门庭，全部姓孙了。道教众仙解决不了的问题，要请佛祖出面。天庭这么一请，如来就比太上老君高了一个档次。一出场，佛祖就比道教教主占了上风，这是很明显的。

如来出场后，不费一兵一卒，谈笑间就将无法无天、神通广大的孙悟空压到山下，正所谓，高手一出手，就知有没有，此刻太上老君的八卦炉还倒在地上，等待厂家派人维修。两教教主法术、手段的高下，一下就显了出来。随后召开的安天大会可谓道教众仙的“追星盛典”，大家争着送礼、献殷勤，忙得不亦乐乎，此时的如来成为众仙追捧的明星，好不风光。只是不知道此刻那些道教众仙的真实心理状态如何，会不会有一种酸溜溜的感觉。具有改变天庭秩序性质的大闹天宫最后以如来的一场表演秀结束，相信这不是玉皇大帝、太上老君这些道教高层领导所希望看到的。

自己常常炫耀的筋斗云竟然连如来的手掌心都翻不出去，这对心高气盛、恃才傲物的孙悟空无疑是一个沉重打击，山外有山、人外有人的大道理一下变成了活生生的残酷现实。严重的挫折加上五百年漫长岁月的煎熬，使孙悟空对如来产生了一种敬畏之感，这也是可以理解的。尽管口头上还不时能讨到一点便宜，但他内心对如来还是相当服气的。否则，本为“无党派人士”的他也不会轻易皈依佛门。孙悟空之所以答应跟唐僧到西天取经，与其说看唐僧、观音的面子，不如说源自对如来的敬畏。天上地下，神仙的数量虽然不少，但真正让孙悟空服气的，大概只有如来一个。

在《西游记》一书中，如来虽然出场的次数并不多，但性格比较鲜明，给人印象深刻。这是一位法力高强、老谋深算的老者形象。打遍天下无敌手且不说，这位老先生还特别善于经营，处处维护自己教派的利益。

孙悟空大闹天宫，对抗天庭，犯的可是十恶不赦的重罪，是要被处以极刑的。此前玉皇大帝抓到孙悟空时也正是这样处理的，刀砍、火烧、雷劈，甚至连太上老君的八卦炉都用上了，只是由于法术不高、水平有限，才让孙悟空捡了条性命。如来制服孙悟空后，并没有将其处死，而是压在五指山下。这是不是佛祖慈悲，不伤性命，处理方式与道教不同呢？不能说没有这一因素在。但显然，如来还有另外的考虑。

观音受如来之命，沿西天取经路途实地考察，组建取经班底，其中沙僧、猪八戒、西海龙太子都是路上偶然碰到的，但孙悟空的情况却不是如此。观音路过五指山的时候，特意做了停留，不仅上山观看帖子，而且还“叹惜不已，作诗一首”。由此才和孙悟空搭上话，劝说这位“十万军中无敌手，九重天上有威风”的齐天大圣皈依佛门。观音行旅匆匆，何以有闲暇在五指山特意停留，这是无意识的吗？恐怕不是。

在笔者看来，这应该是如来的一种有意安排，甚至早在降伏孙悟空的时候，他就有了这样的打算。西天取经路上，妖魔当道，危险丛生，如来对此情况哪能不知道？让观音寻找取经人时，他特意吩咐：“这一去，要踏看路道，不许在霄汉中行，须是要半云半雾，目过山水，谨记程途远近之数，叮咛那取经人。”其实取经的领队，他早有人选，那就是他的二徒弟金蝉子。让这样的一个肉眼凡胎、肉身和元阳又如此珍贵的僧人到西天取经，那是根本无法完成的任务，除非有神通广大的护法和帮手。如来特意让观音半云半雾，目过山水，目的主要是这个，其中重点就是孙悟空。至于猪八戒、沙僧、西海龙太子，都是路上偶然碰到的，多一个少一个都无所谓。可以想象，如果观音沿途再碰到行凶的妖魔，她同样会劝其入伙。

对此暗示，身为大徒弟的观音自然是心领神会。果然，路过五指山的时候，观音就停下来不走了，显得很有闲情逸致，又是叹惜，又是作诗。有了上述背景，不难看出观音的这番用意。叹惜、作诗之类不过是做秀、设局，意在引孙悟空上钩。毕竟主动拉孙悟空入伙，面子上有些挂不住，得让这猴子主动说出来。当孙悟空说出“但愿大慈悲指条门路，情愿修行”这样的话时，看看观音的反应吧——“那菩萨闻听此言，满心欢喜。”为何兴奋到这种程度？原因很简单，她完成了如来交给的一项重要任务。为招降孙悟空，如来和观音这对师徒进行了一场十分精彩的双簧表演。如果孙悟空是那种宁死不屈的主儿，真不知道这场“取经招聘会”该如何收场。

将孙悟空网罗门下，成为佛教护法，对如来来说，绝对是一笔很划算的买卖。他是天地孕育而生，具有先天的绝佳素质；能翻筋斗云，会七十二变，再加上拥有金箍棒，这样的高手天下再也找不出第二个来。天庭本来有多次很好的机会可以安抚孙悟空，但它机构臃肿，作风官僚，等级森严，且缺乏诚意，将一个难得的人才拱手让给了佛门。手下有孙悟空这样优秀的精英人才，不琢磨如何量才使用，反而把脑筋用在如何欺骗、戏弄人家上，这样的天庭也确实需要孙悟空来教训一番。在神仙人才的争夺中，道教远不是佛教的对手。

如来的手腕远比玉皇大帝高明，软硬两手，应用自如。先给苦瓜，把孙悟空压到五指山下，套上紧箍，逼迫他死心塌地地为自己卖命。然后再给甜枣，按功行赏，一点都不含糊。取经成功后，该成佛的就让成佛，该封菩萨的就封菩萨。赏罚分明，让人挑不出理来。这样一来，就牢牢地笼络住孙悟空，让他心甘情愿地继续为自己卖命。如来心里清楚得很，他永远不会做赔本的买卖。

取经事业的实际执行者是唐僧师徒，但背后的策划者和指挥者则是如来，是他一手导演了这场轰轰烈烈的取经盛典。对唐僧、孙悟空等人来说，取经是一个赎罪的过程，意味着十四年的艰辛和磨难。但在如来眼里，这可是一次宣传佛教形象、扩大教派影响的绝好机会。孙悟空曾经埋怨过如来，假如真心要拯救人类，这位老先生完全可以亲自把经文送到东土大唐，不必如此折磨自己。但他哪里知道，如来要的就是这个效果，因为他要通过唐僧师徒取经的艰辛使天下众生对佛教产生敬畏之心，借机多收几个虔诚的门徒。取经的过程实际上也是一个传教的过程。不知不觉中，孙悟空等人就变成了佛教的传教士。他们西天取经耗费的时间越长，所走的路途越遥远，宣传的效果就越好。

一切都在如来的控制之中，一切都按事先的设计顺利进行。既不能让唐僧师徒轻易走到灵山，不把取经当回事，也不能让他们过于绝望而放弃。于是，经他的暗示，至少是默许、纵容，在观音的统筹安排下，一些狮子、白象之类的坐骑纷纷下凡，为取经制造障碍。与此同时，他又不失时机地偶尔露一下脸，让唐僧师徒感受到教主带来的温暖和鼓励。如来通过如此高明的手腕，牢牢地遥控着这支取经队伍。这正是一个领导驾驭部下的巧妙手段，如来深谙此道，用老奸巨滑来形容他也不为过。刚刚出道的孙悟空哪里会是他的对手？没日没夜地为他当了十四年的苦力。自然，这一切都是以武力为后盾的，如果如来不是用法术震住孙悟空、把他压了五百年的话，这位猴王哪里会买他们的账?

此外，这位老先生做事也有一些让人非议之处。比如赏罚不公，唐僧的前生金蝉子仅仅因为不认真听课这点很小的过失，就受到十世为人这样严厉的惩罚，而那些私自下凡的狮子、白象、大鹏之类，尽管作恶多端，伤害生灵，却安然无事，这也未免有失公正。如果要认真追究的话，如来也要负责任的，金蝉子听课不认真，固然应该受罚，但做老师的，课讲得枯燥乏味，学生不爱听，这是不是也要受到惩处呢?可见西天实行的也是人治而非法治，与作风官僚、人浮于事的天庭只有程度上的差异，并不存在本质上的区别。

在作品的结尾，本来极为神圣的取经事业眼看就要圆满完成，却突然节外生枝，出现了敲诈取经人的事情。敲诈者不是别人，正是如来最为亲近的两位侍从。让人更为震惊的是，如来不仅默许、纵容侍从的这一违法行为，而且还为他们进行辩解，讲了一套不能白传经文的大道理，别说说服不了孙悟空，恐怕连他本人都未必相信。按照这种逻辑，孙悟空作为取经的护法，一路上降妖除怪，受尽磨难，如来是不是也应该付给他一些辛苦费或劳务费呢？西天路上，唐僧师徒实际上担任了佛教传教士和宣传员的角色，为佛门做了大量工作。已经无偿让人家干了这么多活，最后还要收人家的经文费，这也太说不过去了，如来此举实不可取。如来聪明一世，糊涂一时，最后时刻露出了自己的马脚，也暴露了自己的底线。

收费的背后是如来对取经人的歧视态度。同为佛门弟子，如来对老人、新人的态度还是明显不同的，对那些老部下，不管是自己的亲随，还是门下弟子的坐骑，如来都是袒护的。但对孙悟空这些入门不久的新人，不仅怀有很深的戒心，比如观音组织的两次毫无必要的测试，如来不可能不知道，而且要求十分严格。这分明是将取经人员当作外来户来对待，这不能不让孙悟空感到寒心。

一场轰轰烈烈的取经事业最后蜕变为一次廉价的经文交易，如来固然贪了一点小便宜，但他损失的更多。有这样的老师必然会有这样的徒弟，他的大弟子观音不也是利用取经事业揩了不少油吗？说起来，如来比太上老君也好不到哪里去，都是一样的货色。

是六根清净的菩萨还是善于算计的大妈

——说观音

轰轰烈烈的西天取经事业从表面上看是唐僧师徒跋山涉水、历经艰辛完成的，不过细细想来，它实际上是一项由众多神仙参与的庞大工程，可以说天上人间、三界神灵，都被充分发动起来了，以西天路上情况之复杂、妖魔之狠毒，有些问题光靠唐僧师徒几个是无法独立解决的。在这项庞大的取经工程中，唐僧师徒是前台表演者，在其背后有一大批幕后英雄，说起这些幕后英雄，可以开列一个长长的神仙名单，从西天佛祖到道家掌门，从天上到冥界，从四海龙王到五岳散仙，堪称超豪华阵容。如果将如来比作这一工程的总设计师的话，观音就是名副其实的操盘手了。

观音何时从印度传来，本尊到底是男是女，其间的演变轨迹如何，背后隐藏着什么奥秘，对这些问题，研究者已有相当深入的研究，有兴趣者不妨找来读读。这里且不去管她，只说《西游记》这部小说中所塑造的观音形象。从作品的实际描写来看，这位观音与民间传说还是较为符合的，是个颇为美貌的女性形象。虽然出场的次数不如孙悟空、唐僧等人之多，但处处可以感觉到她的存在，这就是所谓的潜性在场吧。

取经事业虽然由如来一手策划，但发起者却是观音。早在唐僧上路之前，她已经做了不少准备工作，包括接受佛旨、寻找取经人等。作为如来的大徒弟，她不仅要寻找合适的取经人，将取经这件苦差事分配给他们，而且还要承担保驾护航的任务，遇到紧急情况还要出面摆平。可以说，取经成功也有观音的一份功劳。

如来之所以指派观音指挥西天取经工程，一来是她自告奋勇，喜欢揽事；二来据如来说是观音神通广大。至于观音的神通怎么广大，大到什么程度，小说中并没有特别具体的描写。她始终没有像孙悟空那样冲锋陷阵，与对手正面厮杀，大多是靠宝贝和法术取胜的，有些宝贝比如收服红孩儿所用的天罡刀还是从托塔天王那里借来的，估计她除了那个随手携带的净瓶外，并没有多少家当。说起来也是个穷菩萨，否则也就不会把如来赏赐的取经专用的宝贝据为己有了。

这位观音菩萨说起来还是有些真本事的，否则在藏龙卧虎、论资排辈的西天那里是很难得到如来赏识、得到露脸机会的。比如五庄观医活人参树就是一个例子，那么多神仙都束手无策，唯独她不费吹灰之力，几滴甘露就能将死树医活，着实让人大开眼界。没两手绝活，心高气盛、恃才傲物的孙悟空也是不会服气的。至于观音能否算顶级高手，从如来那里学了多少本事，可就难说了，毕竟没有开过神仙比武大会，弄出个神仙龙虎榜之类的东西以供参照。这位如来的大徒弟并非万能，也有失手的时候。比如她面对六耳猕猴的巧妙伪装，和唐僧等人一样束手无策；孙悟空奈何不了的蝎子精，她也同样对付不了。她之所以能辖制孙悟空，主要还是靠感情上的笼络，当然最为重要的还是紧箍咒。

在作品中，观音并没有被塑造成庄重威严的菩萨形象，相反，她还被写得颇有人情味，仿佛神仙堆里的一位家庭妇女。之所以这样说，是因为这位菩萨虽然道行高深、法术高强，但六根未净，尘心未泯，身上仍有着烟火味。她虽然肩负着取经的指挥重任，但在尽职尽责的同时，也不忘记拿点小回扣，占点小便宜，打点儿个人的小算盘。这固然算不上什么大错误，但以其身份、修养和职责来说，也不能说是合情合理。确切地说，这类小便宜应称作隐性收入或灰色收入。

作品对观音的占小便宜之举有相当多的描写。当初如来派她寻找取经人选时，曾给了她几件宝贝，要求专物专用。比如紧箍，如来说得好好的，“假若路上撞见神通广大的妖魔，你须是劝他学好，跟那取经人做个徒弟。他若不伏使唤，可将此箍儿与他戴在头上，自然见肉生根”。如来的话说得十分明白，必须专箍专用，将它用到唐僧徒弟身上。按照这种安排，孙悟空、猪八戒、沙僧，正好每人一个。但观音实际上并没有这样分配，结果呢，除了孙悟空之外，其他两个都被观音挪作私用了。黑熊精和红孩儿都不是唐僧的徒弟，却每人各得一个，两人后来都成了观音的手下。这样紧箍转了一个圈，又回到了观音手里，成为私人物品了，可谓生财有道。

观音之所以敢这样做，自然有她的算计。如果唐僧的几个徒弟都是不服管的主儿，个个武功高强，非紧箍咒不能降服，观音的这个小便宜也就占不成了。问题在于，观音已经算准，紧箍只用一顶就够了。唐僧的徒弟虽然好几个，但只要制服了孙悟空，其他的都好对付。虽然最为捣蛋的是猪八戒，他是最应该戴紧箍的，但只要管住孙悟空，他坏也坏不到那里去。至于沙僧，立场坚定，让人放心，戴不戴紧箍都是一个样。这样，只用一顶，足以保证取经队伍的稳定，不会出乱子。有了这个前提，观音才没有全拿出来，而是将另外两顶挪作私用，揩了点小油。

取经对唐僧、孙悟空等人来说，意味着磨难和考验，但在观音这方面，未尝不是一个占小便宜的好机会。紧箍的私自挪用不说，利用取经路上的降妖除怪，为自己招兵买马，网罗几个得力助手，这同样是观音所打的如意小算盘，算是额外创收吧。在神界中，但凡有些地位的，都有自己的地盘，落迦山是观音的一亩三分地，大概是地盘太大，较为偏远的缘故吧，缺乏人手，正好利用指挥唐僧取经的机会，补点空缺。这样，观音屡屡出面帮助唐僧、孙悟空，既完成了如来的任务，还能捞点意外收获，难怪她每次都那么积极。

自然，观音对此事也是颇有算计的：那些有来头、有主人的妖怪不收，如金角大王、银角大王之类，以免引起矛盾。破坏神界的安定团结；没有本事的妖怪不收，这样的妖怪随处都有，弄到家里，既白白消耗口粮，又浪费用人指标，没必要在取经路上找。观音的目标很明确，专收那些本领高强的土著妖怪，比如黑熊精、红孩儿等，收降这样的妖怪最划算，省去一大笔人才培养费不说，而且这样的妖怪因为吃过苦头，还特别好管理。如来对观音的这种小猫腻自然是心知肚明的，但他也没有追究。按说以观音的身份做这种占小便宜的事情是不合适的，唐僧在前世当二徒弟听如来说法时，不过是打了一个盹，就受到贬入下界这样严厉的惩罚，对观音的损公肥私行为却不管不问，这似乎不够公平，大约因为观音是女性，如来对她有点偏爱吧，可见在西天乐土也是难以做到法律面前人人平等的。

利用取经帮忙的机会去占小便宜不说，这位菩萨也显得相当小气，给人一种看家婆的印象。帮孙悟空收服红孩儿明明是她份内的事情，却不舍得使用自己的宝贝，还要通过徒弟的关系到天上去借天罡刀；本来让悟空带着龙女和净瓶去就可以解决问题，却又担心孙悟空起贼心。可见这位观音个人的小算盘打得很精，让她吃亏赔钱的事情是绝对不干的。而且还以己推人，将光明磊落、毫无私心杂念的孙悟空也想得如此不堪，思想境界着实有些问题。这似乎不是一个菩萨应该做的事情。难怪作者时不时地借孙悟空之口，嘲讽她几句。

俗话说，占小便宜吃大亏，这话在观音身上似乎也得到了应验。取经成功后，如来按功行赏，唐僧师徒几人各有封赏，特别是唐僧、孙悟空两个，竟然高升成佛，与此形成鲜明对比的是，观音的名次还是原样，也没见有任何赏赐，大约如来觉得她小便宜占得已经够多，就把这算作对她的奖励吧。要利就不能再要名，便宜不能都让观音一个人占了。可见如来还没有老糊涂，很会在徒弟中间搞平衡。

天庭里的鸽派

——太白金星形象新说

提起玉皇大帝及其领导下的天庭政府，《西游记》的读者们恐怕大多都没有什么好印象，在新生代神仙孙悟空的映衬下，其管理机制的野蛮、荒谬、古板、迂腐等种种弊端一一暴露出来，用《红楼梦》里元妃的话来形容，天庭可谓“不得见人的去处”。就连其内部成员都不喜欢这里枯燥乏味的生活，奎木狼等神仙的屡屡私自下凡就很能说明这一问题。

不过，以天庭之大、神仙之众，不见得个个都是脓包，面目可憎，里面也还是有高人在的。比如有这么一位老神仙，官阶挺高，但没有官僚气，人缘挺不错，不仅读者感到亲切，就连心高气盛、恃才傲物的孙悟空也觉得投缘，对他也比较客气。此人就是太白金星。

对太白金星的具体官衔，作品中没有明确交代，但似乎还不算低，大概是个丞相之类的文职官员。玉皇大帝对他的话还是比较信从的，两次招安孙悟空的建议都得到采纳，这说明他在天庭还是有些发言权的。

从言谈举止、办事风格上来看，这位太白金星与托塔天王等天庭武将明显不同，他做事稳妥，为人温和，更讲策略，也更具灵活性，容易使人接受，可谓天庭里的鸽派人物。如果没有他，孙悟空大闹天宫的时间肯定会提前。是他两次为玉帝出谋划策，建议以招安的形式和平解决纠纷，从而暂时缓解了孙悟空与天庭的矛盾。

与讨伐相比，招安的好处是显而易见的，不仅可以避免冲突，而且还能借机罗网人才，最起码有利于树立政府的正面形象。正如太白金星所说的：“一则不动众劳师，二则收仙有道也。”一旦动起刀兵，就没有回旋余地了，损兵折马不说，万一不能取胜，那人可就丢大了，要知道天庭是丢不起人的。

太白金星的两次招安换来的不过是短暂的和平，并没有取得真正的成功。天庭僵化、混乱的管理机制决定了招安的失败。冲突到头来仍不可避免，这也怨不得孙悟空，大闹天宫的局面完全是天庭一手造成的。既然是招安，总得对人家有所了解。即使没亲眼看过孙悟空的表演，从龙王和阎王的申诉中不难想象孙悟空的能量。让这样一个武功高强，连龙宫和地府都不放在眼里的人去喂马，明摆着是玩弄人家，孙悟空不造反那才奇怪。

第一次讨伐失败后，那些不可一世的天庭官员们终于领教了孙悟空这位神仙新秀的厉害。在太白金星的劝说下，玉皇大帝尽管答应了孙悟空封齐天大圣的条件，但仍然让他干着和养马差不多的工作，而且连蟠桃会的入场券都不给一张。可见玉皇大帝并没有真正采纳太白金星的建议，做的都是表面文章，缺乏诚意，戏弄人家。结果聪明反被聪明误，差点葬送了自己的皇位。

招安失败，太白金星也是有责任的。齐天大圣“有官无禄”的主意就是他想出来的，所谓“有官无禄”，用太白金星的话来解释，就是“名是齐天大圣，只不与他事管，不与他俸禄，且养在天壤之间，收他的邪心，使不生狂妄，庶乾坤安靖，海宇得清宁也”。听起来头头是道，好像很不错，但根本就行不通，孙悟空是何等聪明？瞒得了一时，骗不过一世。最后还是露馅，自食其果。孙悟空哪里知道太白金星的这些猫腻，将所有的账都记在了玉皇大帝身上，鸽派的欺骗性和可怕性也正表现在这里。

温和也罢，强硬也罢，说起来大家都是为玉皇大帝打工，太白金星与托塔天王等武将尽管办事风格各异，但最终目的是一致的，即维护天庭的统治秩序，不过是分工不同，一个唱白脸，一个唱红脸而已。

太白金星的所谓宽容也是有限度的，因为他也受制于天庭的管理机制，不过是在有限范围内做一些调整而已。一旦孙悟空不满意这些缺乏诚意的工作安排，天庭现有的机制又无法接纳这位武艺高强的新生力量，他也就无能为力，只能借助武力了。但不管怎样，温和总是比强硬好，对话总是比对抗容易被人接受，毕竟它在形式上还保留一些机会。孙悟空虽然对天庭诸神不放在眼里，对太白金星的印象倒还不错。

搅乱蟠桃会，偷吃仙丹之后，孙悟空与天庭的矛盾一下变得十分尖锐，不可调和，太白金星这样的鸽派也就没了用武之地。

太白金星再次出场，是在西天取经路上。也许是主管西方、职责所在的缘故吧，太白金星对唐僧师徒的取经事业还是相当关注的。天庭的其他神仙，除非孙悟空求助，一般不会主动提供帮助的。太白金星则不然，不仅府中没有童子、坐骑之类的在职人员私自逃到下界为妖，而且还屡屡主动上门提供降妖服务。

唐僧西天取经，刚出边界，走到双叉岭，就遇到妖魔，两个随从丧命。如果不是太白金星相助，取经大业早就夭折。这位太白金星不仅救了唐僧一命，而且还给其鼓劲，告诉他"前行自有神徒助，莫为艰难抱怨经"。看来观音菩萨曾将寻找取经人的情况向天庭禀报过，否则，太白金星怎么会知道前面自有徒弟相助？

由于是文职人员，太白金星所能提供的帮助不过是传递情报，毕竟他对西方情况熟悉。比如在车迟国和狮驼岭，都是他事先通风报信，给孙悟空一个准备的机会。效果如何暂且不论，这种好意无疑是值得肯定的。如果按照天庭那种人浮于事的办事风格，太白金星完全可以不管这些事情，等孙悟空找上门来求助时，再出面不迟。可见他帮助唐僧师徒是真心实意的，固然是职责所在，但也有个人热心、负责的成分。不像观音那样，表面上对取经事业大力支持，背后则经常弄些手脚，不是联合其他神仙戏弄一下唐僧师徒，就是弄些妖怪来为难他们；也不像太上老君，需要提供帮助的时候推三阻四，还放纵手下的童子、坐骑屡屡到下界为妖，给取经事业制造了很多障碍。

值得一提的是，太白金星两次通风报信，采用的方式却各不相同，作者写得颇为风趣。在车迟国是采取托梦的形式，事先通报孙悟空到来的消息，以安慰那些受苦受难的僧人。孙悟空知道这一情况，自然比较高兴，因为这是“替老孙传名”。

更为精彩的是在狮驼岭。这一次太白金星全然没摆天庭重臣的臭架子，而是进行了一场十分风趣的化装表演，不乏幽默感。按说给唐僧师徒通风报信，老老实实告诉他们，前面有什么妖魔就行了，但这位老先生偏偏不这样，而是想玩点小花样，藏头露脸的，非要和孙悟空斗上一番口舌才肯露出真面目。

故事刚开始，太白金星便以一个老者的形象出现，“鬓蓬松，白发飘搔；须稀朗，银丝摆动；项挂一串数珠子，手持拐杖现龙头”。一上来就是一通猛喊，结果效果奇佳，喊得唐僧跌下马来，“挣挫不动，睡在草里哼”。就是这点小招术，竟然瞒住了火眼金睛的孙悟空。天生爱玩的他哪能错过这样的好机会？于是变成一个俊俏斯文的小和尚，帮助太上老君把这场戏演下去。

接下来的表演就像说对口相声。一个极力说妖魔如何厉害；一个极力夸海口，说自己如何有神通。玩了一会儿，孙悟空现出本相，要求老先生告知“委的有多少怪”。谁知太白金星还没玩够，“战战兢兢，口不能言，又推耳聋，一句不应”，应该说演技还是相当不错的。

猪八戒的上场将这场小喜剧推向高潮，他得到妖魔的真实情况，同时也被“唬出屎来了”，提出“各自顾命”的散伙主意，弄得唐僧也感到毛骨悚然。

本来是通风报信，结果竟搅乱了取经队伍的军心。于是，孙悟空也没有心思开玩笑了，赶紧进行安抚。太白金星此时大概也觉得玩笑有些过火，干脆走人。被孙悟空赶上后，才揭穿谜底。

这段描写是狮驼岭大战前的一个小插曲，这也是全书中最为精彩的段落之一。此时的风趣、幽默与后面的严肃、紧张形成鲜明对此，作者深得作文张弛、动静之法。狮驼岭通风报信是太白金星戏份最多的一场戏。在这场化装小品中，太白金星竟然骗住了孙悟空，表演可谓十分成功。读者由此也可对这位天庭重臣有更为全面、深刻的认识，单看他和孙悟空、猪八戒的斗嘴，不难看出其幽默、可爱的一面，这位老先生还是有些童心的。

可惜，太白金星在书中只是一个配角，没有什么重头戏，否则，以其性格和脾气，定能生发出许多有趣的故事。

神仙堆里的土财主

——说太上老君

按照《西游记》一书对神仙谱系的设计和安排，太上老君在天庭的地位似乎有些微妙。这位老先生资格特别老，从开天辟地之初就开始走江湖，趁人烟稀少的机会在昆仑山之类的地方捡了不少宝贝，捞足了倚老卖老的本钱。在神仙堆里混，武功、宝贝、法术固然重要，资历也同样不可缺少。正是因为资格老、道行深，太上老君在神仙社会中的地位也就十分尊崇。

问题在于，太上老君在神仙社会的地位到底尊崇到什么程度？他与另一位资历同样很老、担任神仙首领的玉皇大帝究竟是什么关系？是上下的臣属关系，还是平起平坐的关系？这些问题说起来在道教史上也是一段公案，一时恐怕难以说清。这里不去考证其间的错综关系，只以《西游记》一书为据，做点分析。

从作品的描写来看，太上老君既是道教的创始人，也是该教的教主，住在三十三天之上的兜率宫里。玉皇大帝是道教之神，整个天庭政府的组织结构也是按照道教的思想理念建立和运作的。这样一来，天庭众神都应该尊太上老君为老大，玉皇大帝身在教门，自然也不例外。

但另一方面，玉皇大帝又是天庭政府的最高统治者。太上老君住在玉皇大帝的地盘上，按理说应该受他的节制。

看来天庭政府实行的不是政教合一制度，太上老君和玉皇大帝到底是什么关系还真有些说不清，作者对此基本上是含糊其辞。既然如此，我们这些做读者的也只好跟着含糊。大概只能这样理解：两位同是道教领袖，但分工不同，太上老君是精神领袖，玉皇大帝是实际的统治者，就像车迟国、比丘国里国师与皇帝的关系吧。这两个国家的管理模式估计是跟天庭学的。

好在太上老君与玉皇大帝彼此尊敬，相安无事，并未发生勾心斗角，否则不用孙悟空大闹，天庭自己就会乱作一团。作品对此有所描写。比如孙悟空偷吃金丹，太上老君向玉皇大帝告状的那一段。先是四大天王一起禀报："太上道祖来了。"随即玉皇大帝与王母娘娘一起出迎，可见礼遇规格之高。见到玉皇大帝，太上老君先行朝礼后说话，可见他对玉皇大帝也是很给面子的。

太上老君位居教主，身份尊崇，按说应该深居简出、沉默寡言才是。轻易不露山水，也可以给手下一种神秘莫测感，让信徒更加虔诚地膜拜。但在作品中，这位老先生的戏份倒还不少，出头露面的机会远比佛教教主如来多。当然，这一切都是因为孙悟空。在这位机智活泼、促狭顽皮的猴子面前，他根本无法像平时教训弟子那样，摆架子，抖威风。在作者笔下，这位老先生与其说是教主，不如说是一位神仙堆里的土财主。

之所以说太上老君像个土财主，主要是基于以下两点：

一来这位老先生家底颇厚，府中到处都是宝贝。从他这里私自下凡的童子、坐骑，没有一个是空着手跑到下界的。金角大王、银角大王两位小童子，一拿就是五件宝贝。那位青牛精虽然只偷了一件，但已足以让孙悟空伤透脑筋。仅此一端，不难想象兜率宫里藏有多少稀世珍宝。且不说这位老先生还开了一个仙丹生产基地，八卦炉日夜开工。如果要列一个“福布斯神仙排行榜”，太上老君肯定会高居榜首。

二来这位老先生虽然十分富有，但出手并不大方，甚至可以说比较吝啬。孙悟空大闹天宫期间，太上老君表现很是积极，并亲自参战。他先是扔下金刚琢，砸了孙悟空一跤，后又主动提出将孙悟空放到八卦炉里煅烧，对孙悟空可谓充满仇恨。

太上老君此举固然有维护天庭统治秩序的堂皇理由，但其中更有说不出口的个人恩怨。原因很简单，孙悟空偷吃了他整整五葫芦的仙药。这些仙药名为九转金丹，本为玉皇大帝丹元大会唯一指定产品，一下被连参加蟠桃会资格都没有的孙悟空全部吃尽，可以想象太上老君的恼火程度。

孙悟空被抓到后，刀砍斧剁，雷打火烧，都一毫无损。见此情景，太上老君赶紧提了一个新奇的主意，把孙悟空放到八卦炉里煅烧，名义上是用酷刑杀死孙悟空，实际上还是为了自己的那些金丹。从他的话里自不难看出猫腻：“我那五壶丹，有生有熟，被他都吃在肚里，运用三昧火，煅成一块，所以浑做金刚之躯，急不能伤。不若与老道领去，放在八卦炉中，以文武火煅炼。炼出我的丹来，他身自为灰烬矣。”说来说去，就是为了回收自己的那五葫芦金丹。

当然，结果是太上老君万万不会想到的。孙悟空不仅没有化为灰烬，反而炼出火眼金睛。这还不算，临走前还一脚把八卦炉踢翻，差点砸了老先生的吃饭家伙。有了这层恩怨，太上老君对孙悟空的恼恨程度只会加深，而不可能减少。

让太上老君恼火的还远不止这些。

大闹天宫，一个刚刚出道的野猴竟然将天庭搅得七零八落。太上老君鞍前马后，忙乎了半天，又是金刚琢，又是八卦炉，结果孙悟空不但毫发未伤，反而功力大增。最后玉皇大帝只得厚着脸皮派人到灵山搬取救兵。人家如来出场后，不慌不忙，谈笑间，就将孙悟空牢牢压在五指山下。两位教主的手段高下立判。天庭虽然恢复了往日的平静，但太上老君的脸上显然是挂不住的。一场战斗下来，财物损失不说，还出尽洋相，今后还怎么和人家佛教竞争?

也正是为此，太上老君对孙悟空的态度一直很不友好，大闹天宫期间如此，西天取经路上也是如此。别说像太白金星那样不时为唐僧通风报信，太上老君根本做不到，能不给取经队伍制造麻烦，就已经很不错了。

唐僧师徒在西天取经路上所遇到的妖魔中，有些直接与太上老君有关，比如平顶山的金角大王、银角大王，就是他手下两位看炉的童子。虽然太上老君将责任全都推给观音，声称“不干我事，不可错怪了人”，但追究起来，他也是负有责任的。唐僧师徒取经本来就不容易，还放纵自己的童子去制造麻烦，这不是一位教主应该做的，正如孙悟空所说的：“纵放家属为邪，该问个钤属不严的罪名。”同样，坐骑青牛的私自下凡，太上老君也有管教不严的责任。

不仅不愿意主动提供帮助，就是孙悟空亲自到府上去求，太上老君也同样采取不配合的态度。从孙悟空为救乌鸡国国王讨仙丹之事就可看出这一点。起初，尽管孙悟空说明来意，但他还是很生硬地拒绝了。后来之所以勉强给了一粒，也不是出于人道的考虑，而是担心孙悟空再次来偷。当孙悟空把金丹放在嘴里，开个玩笑时，太上老君竟然骂骂咧咧，动手打人，很不体面。难怪孙悟空嘲笑他：“嘴脸！小家子样！那个吃你的哩！能值几个钱！虚多实少的。”

对太上老君这种不友好的态度，孙悟空心里很清楚。当然，他也不是好惹的，总是找机会戏弄这位土财主。取经路过车迟国的时候，孙悟空拉着猪八戒、沙僧，三兄弟变成太上老君等三清的模样，不仅将他们的塑像扔到“五谷轮回之所”，还把其门徒们好好嘲弄了一番。

除此之外，太上老君对其手下门徒失于管教，有放纵之嫌。唐僧师徒在西天取经路上遇到的道教信徒，除五庄观的镇元子等少数几位外，大多数都存在道德缺陷。比如车迟国的几位国师，就被写得极为不堪。至于比丘国的那位国师，更是心狠手辣，作恶多端。这些人都是以道教教徒身份出现的，这无疑有损整个教派的形象。门徒如此，教主太上老君的脸上自然不会好看。

相比之下，唐僧师徒西天取经路上遇到的众和尚，尽管也有败类，比如观音院那位为得到别人袈裟不惜杀人放火的老和尚，但大多是以正面形象出现的。作者的感情倾向由此可见。太上老君如果有机会阅读《西游记》，想必不会太满意。

老于世故的地方首领

——说龙王家族

在《西游记》一书中，龙王虽非着力描写的核心人物，但也不是可有可无的龙套角色，无论在大闹天宫部分还是西天取经部分，他们都是十分重要的配角，贯穿整部作品。在阅读作品时，对这类人物不能不给予关注。

如同牛魔王家族的写法，作品是将龙王家族作为一个整体来描写的。不过龙王家族无论是在数量上还是实力上，都非牛魔王家族可比。为首的四海龙王不说，每条河流甚至每口水井比如乌鸡国御花园的井，都有专门进行管理的龙王。江河湖海，沟渠井塘，大大小小的龙王和他们的子孙、部属，构成了一个庞大的龙王家族，管理着水中的一切。这些龙王相互之间有着千丝万缕的联系，构成了一张十分严密的关系网，比如泾河龙王是西海龙王的妹婿，黑水河龙王是西海龙王的外甥。

龙王家族虽然接受玉皇大帝管辖，承担着播云降雨的任务，但实际上又自成一体，具有较强的独立性。在江河湖海这样的水中世界，他们是拥有绝对发言权的。在管辖的地盘上，他们都建立了自己的小朝廷，这和西天路上占山为王的妖魔们倒颇为相似，不过他们比那些妖魔们的日子要好过得多。在神仙社会中，他们属于最富有的一群，多的是奇珍异宝，难怪孙悟空专门跑到东海去借兵器，果然借到了称心如意的金箍棒。更为重要的是，他们的小朝廷都是合法的，尽管偶尔有些麻烦，但不会为天庭剿灭这类问题担忧。

从作品的具体描写来看，这些大大小小的龙王在自己的一亩三分地上，还是相当蛮横的，这可以从泾河龙王私自改变玉帝降雨意旨一事上看得出来。这位老兄显然是作福作威、发号施令惯了，都弄不清楚自己到底是谁，以至于得意忘形、头脑发热，为了和人打赌，竟然随意改变行雨的时辰和点数来。等到算命先生点拨，才醒悟过来，知道自己上面原来还有一个玉皇大帝。大祸闯下，再去低三下四地哀求平时未必看得起的魏徵，为时已晚。这也怨不得别人，可谓罪有应得。

基层的龙王如此，上层的龙王也好不到哪里去。黑水河河神的水府被人夺去，按说这是一项性质相当严重的犯罪行为，但由于抢夺者是西海龙王的外甥，结果没有人出面来管，黑水河河神就连告状的地方都找不到，水底世界之黑暗，由此可见一斑。毫无疑问，这里面有舞弊的成分在，西海龙王放纵、包庇自己外甥的罪行是很明显的。西天取经路上，孙悟空遇到不少出身水族的妖怪，其中不少和龙王有着这样或那样的联系。

水中世界毕竟是个小天地。龙王家族人数虽然不少，管辖的地盘也不能算小，但武功、法术出类拔萃者几乎没有，最起码在《西游记》里找不到一个。神仙世界是靠实力说话的，缺少底气，在神仙中的地位自然也就高不起来。这种尴尬的局面养成了龙王们欺软怕硬的性格。平日对手下发号施令，好不威风，一旦碰到像孙悟空这样惹不起的主儿，或是出了自己的一亩三分地，他们马上就会换上一副面孔。

总的来看，四海龙王对孙悟空还算不错，在其出道之初就提供帮助。西天取经路上，唐僧师徒也不时得到他们的支援。

孙悟空学艺回家，在四老猴的指点下，到东海龙宫去求兵器。“求”不过是客气的说法，实际上是去强索。一个名不见经传的猴子竟然跑到龙宫里来要兵器，这是很有挑衅意味的。奇怪的是，此举并没有遇到东海龙王的正面抵制，反而得到他的配合，一件一件拿出来让孙悟空挑试。何以如此？笔者以为，这正见出东海龙王待人接物的厉害。

东海龙王这样做，显然有他自己的考虑。以龙王势力之大，孙悟空如果没点真本领，是不敢找上门来要兵器的。由此一端即可知道这类耍横的主儿是招惹不得的。再说，兵器拿出来一试，就可以看出来访者手段如何，如果真是个志大才疏来骗宝贝的，等露馅了再处理也来得及。孙悟空这么一试，连叫兵器太轻，可见其实力之不俗，这更证明龙王做法的正确。如果他起初一听孙悟空的来意就勃然大怒，来个先下手为强，那可真是要赔了夫人又折兵了。

事情到了这个份上，不拿出真宝贝是送不走孙悟空的，于是定海神针才有了出世的机会。东海龙王这样做，看起来是个赔本的买卖，实际上仍是稳赚不亏的。道理很简单，定海神针虽然是件稀世的宝物，但龙宫里没人拿得动，放在那里也没有什么用。不如做个顺水人情，有这么一个强悍的猴王做邻居，将来遇到麻烦时说不定还可以有个照应，反正龙宫里宝贝多的是。

从孙悟空到龙宫开口求兵器，到得到定海神针；从孙悟空得寸进尺索要披挂，到一路舞着金箍棒打出去。在整个过程中，东海龙王始终表现得很克制。显然，他是不会心甘情愿这样做的，不过是慑于孙悟空的武力，暂时应付而已。前面刚把孙悟空打发走，转眼就到天庭去告状，把难题推到上边去。上边如果能解决问题，金箍棒自然会物归原主；如果上边都对付不了，自己也就没必要做无谓的抵抗。东海龙王的这种两面派做法玩得真是得心应手、滴水不漏。由此可见这位老龙王很不简单，在官场混久了，精于人情世故，圆滑得让人抓不到破绽。

当面做好人，奉送定海神针，背后却偷偷跑到天庭告御状，东海龙王所玩的这种太极手法，刚刚出道的孙悟空哪里明白？好在大家始终没有闹翻脸，看在金箍棒的份上，孙悟空对东海龙王的印象似乎还不坏，后来的相处也算比较融洽。孙悟空第一次离开唐僧时，直接跑到东海龙宫而不是其他地方喝茶诉苦，就证明了这一点。

唐僧的絮絮叨叨听不进去，东海龙王的几句劝告却很有效果，让孙悟空很快回到唐僧身边。可见，在做思想工作方面，唐僧还要向东海龙王多学习。孙悟空之所以愿意接受龙王的劝告，固然是因为他的话有道理，但也不可否认，此前的送宝情谊也是一个重要因素。有金箍棒在，孙悟空对东海龙王自会有相当的好感，对他的劝告也比较容易接受。

孙悟空大闹天宫之后，龙王家族算是真正领教了他的实力，对其采取百依百顺的谦恭态度。西天取经路上，龙王家族对孙悟空十分配合，要人出人，要力出力，无论是收服红孩儿，还是降服青牛精，都是随叫随到，不辞辛劳。西海龙王的儿子还变成白龙马，加入取经队伍，为唐僧取经立下了汗马功劳。孙悟空似乎也十分乐意找龙王家族帮忙，每当遇到困难，总是想到他们。也正是为此，孙悟空对龙王家族也颇为关照，比如抓到黑河怪后，本来可以一棒子打死，但看在西海龙王当年奉送披挂的份上，让他们家族自行处理，可以说是很给面子了。

由于技艺不精、法术不高，龙王家族虽然多次出面帮忙，但效果有限，在降妖除怪过程中，大多未能起关键作用。不过没有功劳，也有苦劳，龙王家族这种随叫随到的敬业精神着实可嘉，作为水底世界的一方诸侯，被孙悟空这么呼来唤去的，还真是不容易，说起来龙王家族为取经事业还是立下了不少功劳的。

可爱的碎嘴子师父

——说菩提祖师

孙悟空虽然集天地之精华，得日月之灵气，先天素质极为出色，非寻常生灵可比，但他的各种神通和本事却并非与生俱来，而是靠后天拜师父、自己努力学成的。说起孙悟空的师父，倒是一个很有趣的话题。

按照《西游记》的描写，孙悟空有两位师父：一位是出境率很高的唐僧，另一位是神龙见首不见尾的菩提祖师。

唐僧这个师父当得颇为容易，除了爬上五指山，揭去如来的那个金字压帖，帮孙悟空获得自由之外，并没有教给这位高徒什么本领，武功、法术自不必说，就连其强项念经的水准似乎也很有限。虽然唐僧曾担任过大唐水陆法会的坛主，据说“千经万典，无所不通；佛号法音，无般不会”，不过盛名之下，其实难副，因为他对《心经》的理解竟然还不如未受过专门训练的孙悟空。有孙悟空这样的徒弟，可以说是唐僧十世修来的福分，绝对捡了个大便宜。没有教给徒弟什么本事，挂个空名倒也罢了，竟然凭自己对孙悟空的那点恩情，将其长期当苦力使唤，还不时进行精神和肉体上的折磨，老实说，这样的师父是不合格的。如果没有那顶要命的紧箍，孙悟空早跑得没影了，根本不会买账。说是师徒，不过有个名分而已。

相比之下，孙悟空的开蒙老师菩提祖师倒真是一位不折不扣的师父，虽然这位老先生也有点像唐僧，平日絮絮叨叨的，是个碎嘴子，但人家说归说，肚子里装的可都是真货。孙悟空的七十二变、筋斗云等功夫，都是跟这位师父学的。没有这位菩提祖师，孙悟空的人生将会是另一番景象，自然，也就不会有后面那些轰轰烈烈的大闹天宫、取经降妖故事。主动拜认的师父和勉强维持的师父就是不一样，善读《西游记》者，不可不注意此点，这可是孙悟空用血泪换来的人生经验。

由于出场次数较少，交代不清，这位菩提祖师的面目似乎有些神秘莫测。比如他的身份，仅从名字来看，显然是属于佛家的，而且还是如来的十大弟子之一，和唐僧、观音师出同门。但从其平日做派、法术路数来看，则更像是道教人士。他起初让孙悟空选择学习的科目，就有术字门、流字门、静字门、动字门等，大多是道教的东西。好在孙悟空抱定了只学长生之道的心态，没有受上述门派的限制，否则只学其中一样，本事也就有限了。细究起来，长生之道也是道教讲得最多的。

从他佛教、道教通吃的行为方式，和不在任何场合露面的情况来看，这位菩提祖师显得颇为另类，很难在神仙谱系中为他找到一个恰当的位置，大概算是神仙社会里的一位隐士吧，而且是那种真正的、隐得很深的隐士。不过，对天地孕育而成、没有生身父母的孙悟空来说，这样没门没派，又在门在派的师父正合适，只要学得到真本领，能长生就可以了。作者为故事主角孙悟空找这样一位师父，自然是有其用意。至于笔者是否说到了点子上，那又是另外一回事了。

别看这位菩提祖师出场次数不多，性格倒是挺鲜明的。给人印象最深的就是他的唠叨。任何事情，不管是道术的传授还是孙悟空的名字，他都要唠唠叨叨地说上半天，难怪有的研究者称其为“碎嘴子师父”。孙悟空出师后，经常和各路神仙、妖魔斗嘴耍笑，嬉笑怒骂，口才相当厉害，这大概是受乃师的影响吧。不过，嘴碎也并不是什么坏事，对一位带了几十名徒弟的老师来说，多说点，多重复些，学生就可以多听些，多学习些，以此加深印象，倒也不错。再说孙悟空刚到这里不久，没见过什么世面，求学心切，初听师父的这些话，说不定还感到新鲜呢。最为重要的是，这位师父既不是江湖卖药的郎中，也不是天桥的把势——光说不练，人家可是有真本事的，否则门下的几十个徒弟早就跑光了。幸亏是跟了他，如果换成别的什么人，孙悟空未必能学到这么多本领，甚至学成旁门左道也都有可能。看来孙悟空“扫地锄园，养花修树，寻柴燃火，挑水运浆”之类的苦活累活没有白干，不像后来跟着唐僧，本事没有学到一点，能不念紧箍咒已是万幸，至于埋怨、牢骚更是家常便饭。

这位菩提祖师十分了解徒弟们急于学艺的心理特点，故弄玄虚是他的拿手绝活。不时让徒弟们看到希望，但又不轻易传授本领，总要卖点关子。老先生虽然嘴碎，但还是很有原则的，不该说的东西，话说得再多也透露不出来。比如他给孙悟空开小灶的那个暗示，如果不是孙悟空聪明灵慧，及时觉悟过来，像他的众多师兄师弟那样蒙在鼓里，肯定白白错过一次良机。这种玄虚既能让徒弟对自己怀有一种神秘感和敬畏感，也有助于发现可教之才。

菩提祖师着实是位了不起的神仙教育家，他采取因材施教的方式，让聪明的徒弟多学一些，给孙悟空以脱颖而出的机会。否则按资排辈，孙悟空要想出头，不知还得苦熬多少年。看得出，这位师父还是挺喜欢孙悟空的，和天下教师一样，谁都喜欢聪明上进的学生。不过，在给聪明学生开小灶的同时，他也适当顾及其他徒弟，不让他们产生师父偏心的感觉。相比之下，唐僧就做得很糟糕，他经常偏向猪八戒，给其他徒弟留下话柄。

孙悟空学到本领，辞别下山，以此为标志，他与菩提祖师的师徒缘分就此划上一个句号。此后，再没听到这位祖师的任何消息。之所以如此，固然是因为这位师父做事低调，不参与神仙社会的一切事务，同时也与他对孙悟空的告诫有关，否则以孙悟空日后的显赫名声，必然会带来师父知名度的提高，想不让人知道都不行。

孙悟空临下山之际，按通常的规矩，师徒一场，菩提祖师应该送点物品作为纪念，哪怕是给句忠告。但他没有，出乎意料地只说了几句话，话说得很重，也很绝情，他不准孙悟空说出自己的师承，否则会对其进行严厉惩处。他预料到这位高徒下山后，“定生不良”，将来会“惹祸行凶”，因此提前打预防针，避免日后带来麻烦，打破自己的平静生活。

不过此举也有让人感到疑惑的地方。既然知道这位徒弟将来要闯祸，有可能连累自己，为什么还如此卖力地向其传授技艺？以佛祖如来神通之广大，要想查出孙悟空的师承关系，并不是一件难事。封住孙悟空的口并不等于师徒关系不存在，菩提祖师此举并不会有多大的效果。好在孙悟空无论日后惹多大的祸，都没有人去追究这位师父教徒不严的责任，否则，不用孙悟空开口，人家也照样能找上门来。一切都是缘分，来是缘，去也是缘。缘分已尽，就什么都不存在。孙悟空与菩提祖师的师徒关系也许只能这样理解。

孙悟空下山后，这位个性鲜明、颇为讨人喜爱的菩提祖师就再没有露过面，消失得那么彻底。西天取经路上，遇到难以对付的妖魔，孙悟空经常外出搬救兵，无论形势多么危急，无论如何走投无路，他从来没有去找过师父，哪怕是自己的师兄弟，似乎连这样的念头都没有起过。

这位老师父不仅不出场，似乎也从来没有人提到。喜爱卖弄的孙悟空经常在人面前炫耀自己的才艺和兵器，但他始终牢记师父的叮嘱，绝不说出其名字，好像一切都没有发生过。非常之人必有非常之举，什么样的师父教出什么样的徒弟。何以如此？着实难解。确实，有些事情不是我们这些凡夫俗子所能理解的，否则就没有天机不可泄露这句话了。人家师徒都不说，倒是我们这些做读者的，心里痒痒的，时常会想起这位碎嘴子师父，想起这位神龙见首不见尾的菩提祖师。

不可小看的地方割据势力

——说牛魔王家族

在《西游记》一书中，除唐僧师徒几人被着力描写，性格较为鲜明外，其他人物多是一笔带过，形象较为模糊。特别是西天路上遇到的各类妖魔，多只有粗线条的勾勒，加之戏份不多，登台不久便销声匿迹，故此给人印象不深。不过也有写得较为出色的，比如读者们常爱谈起的牛魔王家族。

从谋篇布局方面来看，《西游记》采用的是漫游体结构，即以唐僧师徒为核心，串起一个个降妖除怪的故事。唐僧师徒不仅是作品中的核心人物，也起到结构上的连接功能。西天取经路上，他们几个人是固定不变的，而一路上所遇到的妖怪则不断变换，围绕他们展开故事，随兴随灭。中国古代小说史上，采用这种结构形式的作品还有不少，如《施公案》《三侠五义》《彭公案》等。漫游体是中国古代小说的一种常见结构形式。

这种结构形式与作品的内容是适应的。唐僧师徒到西天取经，是个动态的过程，随着时间的推移，地点在不断变动之中，因此所接触的人物、场景也在不断改变。这样，作品的结构就只能像糖葫芦那样，以几个核心人物为主线，贯穿起一个个故事。不过，这种结构形式也有其缺陷，那就是各个故事彼此是独立的，相互之间缺少必要的联系，显得不够严密贯通。就《西游记》一书来说，唐僧师徒在西天路上遇到的妖怪固然不少，但相互之间没有什么联系，给人的感觉是结构上有些松散。不过这只是就作品的整体情况而言的，因为书中也存在例外，比如牛魔王家族。

之所以称牛魔王家族，是因为作品不仅着力描写了牛魔王，而且写到了牛家的其他家庭成员，包括妻妾、儿子、弟弟等。虽然各自出场的时间不一样，被作者分成三个大的故事段落集中描写，但各个故事间存在着内在的呼应关系，比如如果没有火云洞的收降红孩儿，后面的落胎泉取水和火焰山借芭蕉扇将是另外一种场景。这种前后勾连照应的写法显然有利于结构的严整和周密。和全书其他降妖除怪的故事相比，涉及牛魔王家族的部分写得还是相当不错的。

从作品的描写来看，牛魔王家族不在官方的神仙体制中，属于地方割据势力，一家人分散在多个地方，占山为王，身上带着浓重的匪气。在江湖上混，是要靠实力吃饭的。有了实力，就可以将其转化为财富。牛家对此道是十分精通的，他们特别善于吃独食，即霸占公共资源，利用人们对公共资源的依赖敛财，过着十分富足的生活。在西天路上的众妖魔中，牛家算是比较富有的。

本来火焰山的形成已经给当地居民带来了很多麻烦，用以灭火的芭蕉扇从道理上讲应该属于公有财物，大家免费使用才是。牛魔王、铁扇公主却凭武力将其据为己有，变为私有财产，这是一种十分霸道的行为。当地居民为了种地，只能采取有偿的方式使用，生产成本大大增加，牛家也因此财源滚滚。同样，落胎泉的泉水应是属于女儿国全体国民的，但它也被牛魔王的弟弟把持着，当地居民要准备贵重的礼物才能弄到一点，这是不折不扣的强盗行为。就连没有公共资源可占的地方，牛家的第二代红孩儿也有生财之道，那就是从基层神职人员——山神、土地身上打主意，对其进行无情盘剥。牛家人的上述行为表现出一些共同特点，那就是蛮横、霸道、贪婪。

孙悟空和牛魔王本为结拜兄弟，在西天取经路上是不该发生冲突的。孙悟空出道之初，曾与牛魔王等众兄弟度过一段十分快乐的逍遥时光。尽管孙悟空大闹天宫时，这些兄弟全都没了踪迹，但相互间的情谊还是有的。按说孙悟空路过牛家的地盘时，应该受到热情招待才是，何以彼此反目成仇，成为不共戴天的敌人，屡屡发生恶战？这里面也是有原因的。

最先挑起矛盾的是红孩儿。孙悟空与牛魔王结拜是他出生以前的事情，显然牛魔王没有给儿子讲过这件事。因此当孙悟空满心欢喜地叙旧时，这小子根本不买账，也不相信。不过话再说回来，以这小子贪婪、狠毒的性格，即使他相信孙悟空和自己的父亲是结拜弟兄，也未必会放过唐僧一马。这场冲突是红孩儿挑起来的，他一心要吃唐僧肉，孙悟空没有别的选择，只能撕破脸皮，决一死战。

如果孙悟空最早遇到的是牛魔王，情况也许会好些。牛魔王即使有非分之想，但碍于结拜兄弟的情面，也是不会再打唐僧主意的。事实上，唐僧师徒走到火焰山的时候，他和铁扇公主也确实没有产生这个念头，倒是红孩儿捉到唐僧后想请他一起分享。

冲突的结果有些出人意料，这位心狠手辣的小妖怪虽然让孙悟空吃尽苦头，却并没有被剿除，而是被观音看上，收为善财童子。西天取经路上，没有来头的妖怪通常是性命不保的，红孩儿作恶多端，即使是被处死，也不算冤，最后还能有个被招安的结局，已经算是比较幸运了。

不过老牛家的人可不这么想。虽然善财童子也是一个不错的差事，但跟着人家打工，毕竟不如自己占山为王来得自由、痛快。于是，他们认定是孙悟空害了自己孩子，要找机会报仇。至于红孩儿和孙悟空的冲突是因何而起的，孙悟空如何吃尽三昧真火的苦头，他们反倒闭口不谈。总之，火云洞一战，孙悟空和牛家结上了冤仇。有了这一过节，落胎泉取水、火焰山借芭蕉扇便没有那么顺利了。

有了火云洞的激烈战斗在先，解阳山、火焰山的两场冲突也就无可避免。与西天取经路上常见的唐僧肉之争不同，这两场冲突实际上是掺合着私人恩怨的公共资源之争。从表面上看，这是孙悟空与牛家的恩怨；往深了看，则是打破牛家对公共资源的垄断之战。在这两场冲突中，孙悟空不经意间扮演了当地居民代言人的角色。

牛家霸占公共资源，不仅增加了当地居民的生产生活负担，而且也影响到唐僧师徒的取经大业。唐僧、猪八戒吃了子母河的水，必须用落胎泉的泉水化解；孙悟空等人要过火焰山，必须使用芭蕉扇。有了这些前提，孙悟空与牛家的冲突便无法避免。孙悟空为了取经大业，只能和牛家人交涉。如果没有与红孩儿的冲突在前，问题也许要好解决一些。现在有了这层恩怨，问题就变得复杂了。

显然，孙悟空和牛家的冲突不能简单地理解为个人间的恩怨，因为它们还具有另外一层意义，那就是公共资源的再分配，不管孙悟空有没有意识到这些。原因是可以想见的，如果牛家不霸占公共资源，孙悟空也就不会找到他们的门上。大家没有见面的机会，即使存在个人恩怨，也就不会产生冲突。

值得一提的是，两场冲突的结果并不一样，一个留下遗憾，一个则较为完满。

解阳山的冲突只能说是小摩擦，远不如火焰山的战斗那么紧张、激烈，因为双方的实力悬殊。孙悟空看在结义兄弟牛魔王的面子上，只是教训了如意真仙几下，并告诉他："已后再有取水者，切不可勒措他。"并没有采取任何措施。可以想象，孙悟空走后，这位如意真仙仍会继续把持落胎泉，勒索当地居民。

相比之下，火焰山的问题解决得要彻底些。孙悟空斩草除根，干脆熄灭了火焰山。火焰没有了，芭蕉扇也就失去了价值。对当地居民来说，这是一件功德无量的善事。失去了发家致富的门道，牛家也要另寻谋生的途径了。有人说西天取经也是一次行侠仗义的历程。从这个角度来看，确实有其道理。

激烈的战斗之后，孙悟空等人又踏上了新的旅程，但牛魔王家族的生活却发生了彻底的改变。

有头无尾的把兄弟

孙悟空好动不好静，性格外向，喜欢结交各类朋友。这固然是性格所致，但也不能说与他的出身无关。与其他神仙妖魔相比，孙悟空有一个先天的缺憾，那就是自己是从石头缝里蹦出来的，说得动听些，是天地孕育而生，素质超群，但在现实生活中，却没有实在的好处。生下来就是没有父母的孤儿，没有父母，自然也就没有兄弟姐妹，七大姑、八大姨的亲戚更是一概没有。要想在神仙堆里混出点名堂，谁也指望不上，干什么都得靠自己。

好在孙悟空遇到菩提祖师，得其真传，学到一身真功夫，有了走江湖的本钱，加上为人豪爽，讲义气，所以人缘还不错。人家既敬重其本领，也乐意与其交往，于是很快打开局面，编织了一个神仙关系网，还一度引起天庭的不安。孙悟空做齐天大圣的时候，刚刚出道，对什么都感到新鲜，广交天下朋友，“与那九曜星、五方将、二十八宿、四大天王、十二元辰、五方五老、普天星相、河汉群神，俱只以兄弟相待，彼此称呼”。以至于许旌阳真人悄悄向玉皇大帝打小报告，反映孙悟空“日日无事闲游，结交天上众星宿，不论高低，俱称朋友。恐后闲中生事”，建议“与他一件事情，庶免别生事端”。结果证明这是一个馊得不能再馊的主意，孙悟空整天闲逛，大家倒还相安无事，一有事干，反倒生出大闹天宫的大麻烦来。天庭如果进行大闹天宫事故调查的话，这位许旌阳真人是要被追究责任的。

在孙悟空的人际关系网中，除菩提祖师、唐僧是师父，属长辈外，其他则基本上是同辈朋友，还有不少属结义兄弟。有些兄弟只是泛泛而称，比如和天上的众神仙，那是当不得真的。这种兄弟是有保质期的，过期作废。就像人们在酒桌上称兄道弟一样，有酒的时候，嘴上说的比唱的都好听，什么愿都敢许。离开酒之后，则一概不算数。刚才还信誓旦旦为朋友两肋插刀，一旦你真出了什么事，他比谁躲得都远，不在背后捅你一刀，已经算是对得起朋友了。果然，到孙悟空大闹天宫的时候，天庭上那些热乎劲还没过去的所谓兄弟们脸变得比谁都快，一个个愤怒讨伐孙悟空，比谁都起劲。可惜这些家伙学艺不精，水平有限，都不是孙悟空的对手，否则，孙悟空肯定死在这些“兄弟”的手里。因此严格算来，天庭上的这些神仙们都不是孙悟空的真正朋友。

不过，能称得上孙悟空结义兄弟的倒也有几个，比如猪八戒、沙僧、白龙马，靠取经的缘分，这些本来素不相识的落魄神仙惺惺相惜，被观音菩萨拉到了一起，拼凑成一个取经班子。他们既是一个师门下的师兄弟，又是西天取经路上的好搭档。其间虽然也有过不少摩擦，但更多的是相互帮助、共同对敌。十几年的共同生活，使大家真正成为同甘苦、共患难的异姓兄弟。

这种师兄弟，孙悟空当年投到菩提祖师门下的时候有几十位，大家虽然在一起混了好几年，但并没有形成像他和猪八戒、沙僧、白龙马一样的深厚交情。这大概是由于处境不同的缘故吧。当时大家都在学艺阶段，都想从师父那里多学些本事，彼此是竞争关系，相互提防，难以交心。否则很难理解，为什么菩提祖师教孙悟空真本事的时候，还要打哑谜，偷偷摸摸的。再说，临下山时，菩提祖师已经跟孙悟空彻底断绝了关系，这些师兄弟们虽念旧情，但碍于师父的情面，自然也就只能老死不相往来了。西天取经路上的情况则明显不同，唐僧虽然也是师父，但这不过是个名分，大家从没有指望从他身上学到什么本领。人又是穷光蛋一个，大家更没奢望从他那里捞到什么好处。相反，面对妖魔的不断骚扰，大家的利益空前一致，一个人倒霉，大家跟着遭殃，因此反而能团结一致，相互帮助，形成真正的兄弟情谊。利益一致才能有真正的朋友，神仙们也不例外。

西天取经路上，孙悟空还不打不相识，结交了一位很有来头的兄弟——镇元子。两人由人参果结缘，经过一番闹腾，彼此敬重，最后成为把兄弟，成为西天取经路上的一段佳话。让人感到美中不足的是，这位功夫和孙悟空不相上下的地祖后来再没有出场，孙悟空到处搬救兵时，似乎也没想到这位结拜兄弟。对作者来说，费了这么大功夫，塑造了一位不同凡响的人物，不加以充分利用，有头无尾，似乎有些浪费创作资源。

除了上面所介绍的这些之外，孙悟空还有几位结义兄弟不能不提。令人感到遗憾的是，这几位结义兄弟如同五庄观的镇元大仙，在作品中也是神龙见首不见尾，让人看后印象模糊。

这几位结义兄弟可谓孙悟空刚出道时结交的第一批草野朋友，共有六位，他们分别是：牛魔王、蛟魔王、鹏魔王、狮驼王、猕猴王和猬狨王。从这些名号上不难看出他们的本来面目。以孙悟空高强的本领，他能看得起、愿意成为兄弟的，估计也都有两下子，这可以从三调芭蕉扇那场恶战中对老大牛魔王的武功描写中看出来。七兄弟的排名顺序颇为新鲜别致，好像是据身材而定，而不是像通常所见的以年龄或武艺为序，这有孙悟空事后的追忆为证。据他介绍："一般五六个魔王，止有老孙生得小巧，故此把牛魔王称为大哥。""惟有老孙身小，称为齐天大圣，排行第七。"身材小，就当老七，可以想象当年哥几个拟订排行榜的时候，该是一幅多么好玩的场景。

不管怎样，和这几位结义兄弟在一起，孙悟空度过了他一生中最美好的时光，"遨游四海，行乐千山。施武艺，遍访豪杰；弄神通，广交贤友"。"日逐讲文论武，走斝传觞，朝去暮回"。多么潇洒自在。从这几句简单的交代中，不难想象孙悟空当年的神仙生活有多么快乐。

但是好景不长，悠闲自在的幸福生活总是那么短暂，很快被孙悟空和天庭间的激烈冲突所打破。继孙悟空自封齐天大圣之后，其他几位结拜兄弟也纷纷效仿，分别自封平天大圣、复海大圣、混天大圣、移山大圣、通风大圣、驱神大圣。名头都很大，大有平分天下的豪迈气势。自然，这也可以理解为对孙悟空的一种声援，七位兄弟俨然结成了一个反抗天庭的联盟。

让人看不明白的是，在孙悟空大闹天宫期间，这六位结拜兄弟似乎表现得过于文雅，动口不动手，除了在孙悟空打败巨灵神、哪吒后，向他道了声喜，每人自封一个称号之外，就再不露面了，玩了个彻底蒸发，即使是在孙悟空最为艰难的时刻也是如此。这些兄弟究竟到哪去了？作为平日“讲文论武，走斝传觞”的铁哥儿，如此冷漠、绝情，也实在说不过去。这和二郎神带领梅山兄弟，团结一心、对付外敌的情景形成了极为鲜明的对比。

西天取经路上，孙悟空和当年的结义大哥牛魔王及他的家人屡屡相遇，尽管他怀念旧情，想以此求得一些帮助，但不管是牛魔王的公子红孩儿，还是他的老弟如意真仙，都根本不买账，说翻脸就翻脸。人情冷暖，以至于斯。

路过火焰山的时候，孙悟空终于见到了大哥牛魔王，但这位老兄竟然像根本不知道这回事似的，还在装糊涂：“我闻你闹了天宫，被佛祖降压在五行山下，近解脱天灾，保护唐僧西天见佛求经。”作为大哥，对小弟的情况如此不关心，哪里还有什么江湖义气？这样的结义兄弟不过是徒有虚名，否则，彼此都念旧情，大家也就不会反目成仇了。为了一把芭蕉扇，结义兄弟成了不共戴天的仇敌。神仙之间的交友之道不过尔尔。

事实证明，这是一场失败的结义。孙悟空当年涉世不深，缺乏经验，交友过多过滥，才会出现这种令人尴尬的局面。读到“三调芭蕉扇”的时候，总觉得有些不过瘾。光牛魔王和他的两个老婆出面还不够，如果这个时候，其他五位结义兄弟能一下子全部冒出来，或支持孙悟空，或帮助牛魔王，哪怕是都站在牛魔王一方，大家打上一阵子，为这场结义做个了断，那该多热闹，多有看头，多有意义。从艺术表现的角度看，这样也可以与前文的描写形成呼应，在结构上显得更为严整。

说起来，《西游记》对孙悟空结交六兄弟的描写也算一个小小的疏漏，按说既然有了这段对结交的描写，后面是应该有所照应的，哪怕是一两句话交代一下也行。否则，神龙见首不见尾的，让人读后感到迷糊。大概作者在创作时，曾有比较周全的考虑，后来思路有所变化，又未来得及调整。这样的疏忽在《西游记》一书中还有一些，显得不够精细。虽说全书所写多为神魔世界，不必拘泥于现实生活，但其中的情理和逻辑还是要讲的。阅读《西游记》，不能不注意这些细节问题。

西天路上的小妖精

西天取经路上被剿除的妖精，除少数有名有姓的魔头之外，大多是一些喽罗级的无名小妖，它们虽然也有那么一点道行，但不过是略知皮毛，有些连兽形都还未脱，更不用说升仙成道了。别看这些小妖本领不高，能量可不小。它们跟着主子狐假虎威，煽风点火，祸害地方，为非作歹。每到排兵布阵，就跟着摇旗呐喊，虽然起不到什么大作用，但至少也能给主子造造势、壮壮胆。最后，这些小妖的结局也大都一样，不是在魔头被擒后作鸟兽散，就是被孙悟空、猪八戒一窝端，全部丧命。

这些小妖在《西游记》一书中大多是以群体形象出现的，不过其中也有一些因与孙悟空发生联系，或其他原因，得到了几次出头露脸的机会。尽管只是地地道道的配角，但也有不少写得颇为传神，给人印象较深。这些小妖的存在，为《西游记》一书增加了许多变化和情趣。善读《西游记》者，对这些小妖不可不留意。

这里选取几个有名有姓，具代表性的，也为它们扬扬名。

不自量力的虎先锋

比起那些不堪一击、一打就倒的小妖怪，这位虎先锋还是有些功夫的，他不仅可以与孙悟空、猪八戒这样的高手叮叮当当地干上一阵子，而且脑子也挺好使，会使用金蝉脱壳计，竟然能在作战间隙把唐僧抓走，这确实让心高气傲的孙悟空感到有些难堪。在黄风怪手下众多的小妖中，这位虎先锋是最为能干的，否则他也混不到先锋的份上。

小妖毕竟是小妖，道行不深，没见过世面，整天在穷乡僻壤混日子，干点偷鸡摸狗、小打小闹的勾当还可以，一旦正儿八经地干大事，可就不行了。

首先是缺少见识。抓到唐僧后，连黄风怪都觉得孙悟空不好惹，很是棘手，这位虎先锋却不当一回事。估计他是不看电视不上网，似乎压根儿就没有听说过孙悟空其人，对其大闹天宫的辉煌历史根本不了解。俗话说，无知者无畏。不了解，自然也就没有什么畏惧感。

其次是不自量力。在自己经常活动的一亩三分地里，可谓黄风怪之下、众妖之上，感觉自然不错。这次竟然歪打正着，抓到唐僧，感觉则更为良好，甚至达到膨胀的程度。一时兴起，就忘了自己能吃几碗干饭了。当孙悟空打上门来，黄风怪感到左右为难时，这位虎先锋豪情万丈，奋勇请缨：

“大王放心稳便，高枕勿忧。小将不才，愿带领五十个小校出去，把那甚么孙行者拿来凑吃。”黄风怪自己发怵，只好让这位虎先锋送死去了。其实他心里对胜负结果很清楚，于是给虎先锋开了张空头支票：“只要拿住那行者，我们才自自在在吃那和尚一块肉，情愿与你拜为兄弟。”好在他的良心还未全部泯灭，对这位虎先锋也算是有点儿感情，把后果也提前进行告知：“但恐拿他不得，反伤了你，那时休得埋怨我也。”可以想象，如果虎先锋真能拿住孙悟空，有了这种高水准，他也不用跟着黄风怪跑前跑后的，自己都可以另立山头了。

大话既然说出，自然很难收回。虎先锋只是和猪八戒过了几招，还没有领教过孙悟空的厉害，因此也就不会感到惧怕。直到和孙悟空对阵时，还大话不断：“你识起倒，回去罢！不然，拿住你，一起凑吃，却不是‘买一个又饶一个’？”西天取经路上，孙悟空遇到的大小妖怪说起来成千上万，但像虎先锋这样将牛皮吹得如此之大者却很少。好在双方对垒，是不是吹牛皮，立即现形。结果还没斗上几个回合，这位虎先锋就不行了。本来他可以逃回山洞，捡条性命。但大话既然说出，又不好回去，只得硬着头皮来撑，结果也是可以想象到的。走投无路的虎先锋碰到了猪八戒，被一钯“筑得九个窟窿鲜血冒，一头脑髓尽流干”。

落到这般下场，也怨不得别人，只能说是活该。

忠心养家的精细鬼、伶俐虫

从名字的字面意思来看，精细鬼、伶俐虫应该是小妖中的佼佼者，不仅精细、伶俐，而且颇受金角大王、银角大王的信任，否则，拿“紫金红葫芦”“羊脂玉净瓶”去捉孙悟空这种既重要又容易见功劳的好差事，也轮不到他们两位头上。可惜，他们遇到了比自己更为精细、伶俐的孙悟空，只好作为配角，配合真正的主角上演了一出令人开怀的轻喜剧。

以这两位小妖的智慧和本领，要不进孙悟空的圈套是不可能的。首先，他们出去执行任务时，得到的消息是孙悟空已被压在三座大山下，只要拿着宝贝喊一声，问题就全部解决了。任务如此简单，对即将面临的风险显然估计不足，缺乏必要的警惕性，根本想不到孙悟空法术高强，早从山下脱身并等着他们。其次，两位小妖道行不深，还都是肉眼凡胎，就像唐僧看不出他们二老板银角大王的变化一样，他们也根本看不出孙悟空的变化，加之他们的主子喜欢全真道人，所以也亲亲热热地把孙悟空所变的老道士当作自己人，泄露了许多重要情报，结果被孙悟空随机应变，抓住机会。

更为重要的是，这两位小妖不同于他们的两位主子，出自太上老君门下，整天在神仙堆里混，见多识广。他们很可能一辈子都没有离开过平顶山，正儿八经的神仙都没有认识几个，更谈不上见过什么大世面，因此对外界的情况相当陌生，被孙悟空东拉西扯的一番话忽悠得一愣一愣的，就差拜师了。看似精细、伶俐的小妖在孙悟空面前如同两个少不更事的小学生，傻头傻脑的，着实让孙悟空开了一回心。

孙悟空在逗两个小妖开心之余，还意外地得到了两件宝贝。不过这可不是拦路抢劫，而是两个小妖心甘情愿交换的。更为好笑的是，两个小家伙担心孙悟空不愿意换，还主动提出用两个宝贝换一个。以他们之精细、之伶俐，也不用脑子想想，他们要装天的宝贝有什么用。装人的宝贝用途明确，装天的宝贝则可以说什么用都没有，可谓大而无当。要知道宝贝并不是装得越多越有用。估计两个小妖被孙悟空的装天之术给蒙住了，下意识觉得人家的东西比自己的强，也没来得及多想，就产生了交换之心。说起来孙悟空还是街头骗术的老祖宗呢。

两个小妖不愧是主子的心腹，虽然上当受骗，但主要目的还是养家，见到好东西就想往家拿。也许他们在洞穴里是主管财务工作的，对创收特别感兴趣，否则也不会这么快就产生交换宝贝的想法。

换了宝贝之后的场面也是很滑稽的，两个小妖一本正经，把孙悟空毫毛变的大葫芦反复扔来扔去地演练，结果什么效果都没有，到后来，连大葫芦也不见了，这才知道上了当，吓了个半死。好在两个小妖都是主子的亲随，平时深受信任，加之他们的动机是养家。所以，丢了两件宝贝，犯了如此大的过错，也没被怎么处理就草草收场，弄得两个小妖都感到有些意外："造化！造化！打也不曾打，骂也不曾骂，却就饶了。"

至于这两个小妖的结局，作品虽然没有直接描写，但估计也不会太好。后来，除了两个魔头被孙悟空装到葫芦、瓶子里，众小妖基本上被一窝端了，想必精细鬼、伶俐虫也在里面。

老谋深算的斑衣鳜婆

与西天取经路上的其他小妖相比，这位鳜婆着实不同凡响，真有两下子。她可不比那些孤陋寡闻、闭门造车的土著妖怪，人家是见过世面的，曾在东海那里混过，曾听老龙王谈及齐天大圣孙悟空的美名，可见也是有些来历的，只是作品没有交代，难以深知。在见多识广这一方面，她比自己的老板灵感大王都厉害，难怪她很快脱颖而出，从一名普通的小妖一下提升为老板的结拜兄妹。可见只要有本事，在哪里都能找到饭碗，妖怪也喜欢重用有本事的人才。

这位鳜婆不愧是东海龙宫出来的，见多识广，老谋深算，屡出奇招，在捉拿唐僧的过程中立下了大功。她深知孙悟空的厉害，知道凭灵感大王的那点本领和人马，靠硬拼是不可能吃到唐僧肉的。于是采取智取的方法，充分利用灵感大王的水中优势，把整个计划设计得十分周密，滴水不漏，就连精明过人的孙悟空都看不出破绽，乖乖钻进她的圈套。这个圈套的妙处还在于，击中了取经一方的软肋：孙悟空不习水战，而猪八戒、沙和尚水下的功夫也不是很过关。

鳜婆俨然一位胸有成竹的军师，她一上场就给老板打气："大王，要捉唐僧，有何难处？"故意把事情说得很简单，给灵感大王以信心，同时又顺便打了一点个人的小算盘，提了一个看起来并不太高的要求："不知捉住他，可赏我些酒肉？"

鳜婆之所以要这样卖关子，显然是为了试探。如果老板对自己的话没有兴趣，或者赏罚不够分明，则就此打住，没有必要再出什么主意。在得到老板事成之后要和她结拜兄妹的承诺后，才一步一步说出自己的计谋。可见她明为老板出主意，私下里算的还是个人的小账。这位鳜婆不知在水府里熬了多久，是唐僧的路过给了她一个出头露面的机会。现在，她终于熬到出头之日了。

捉到唐僧之后，这位鳜婆并没有被胜利冲昏头脑，反而表现得十分冷静和克制，她知道孙悟空丢了师父以后肯定不会善罢甘休，要"寻来吵闹"。于是，建议采取拖延的办法。这种以静制动、以不变应万变的战术实在是狠毒，也确实奏效。毕竟自己在暗处，孙悟空在明处，拖下去对自己有利，时间在自己这边。

到了这个份上，灵感大王对这位结拜义妹只能是十分佩服、言听计从了。与猪八戒、沙僧打斗了一番后，干脆闭门不出，坐在家里看好戏。果然，这一招很灵，弄得孙悟空一点办法没有，只好跑到观音菩萨那里求助。好在观音知道灵感大王的来历，临时编了一个鱼篮，这才彻底解决问题。

一个名不见经传的小妖连出了两个计策，以弱制强，不仅顺利捉到唐僧，而且弄得孙悟空一筹莫展，可见其出手不凡，确实有两下子。西天取经路上，这种足智多谋的小妖还真是不多见。

可惜这位鳜婆耍的只是小聪明，干不得大事。因为她不明天下大势，心思用错了地方，虽然暂时占到了一点小便宜，最终还是害了自己。灵感大王被观音菩萨收去后，其他小妖下场悲惨，成了一堆烂鱼虾，想必这位鳜婆也在阵亡的行列里。

义妹的交椅还没有坐稳，就葬送了性命，就像《红楼梦》里所说的："机关算尽太聪明，反误了卿卿性命。"可见人太聪明了也不见得就是好事。怪谁呢？搬起石头砸自己的脚，只能怪自己，自作自受。

良心未泯的有来有去

与西天取经路上那些助纣为虐、狐假虎威的小妖相比，有来有去着实显得有些另类。因为它还没有彻底泯灭良心，说起来也是一个热心肠的小妖。只是没跟对主人，走错了路线。否则，换了一位正仙指点，兴许还能修成正果。

心肠好的人大都比较喜欢说话，有点碎嘴的毛病，有来有去也是如此。一个人出差送战书，老老实实赶路就是，他偏一路上嘟嘟囔囔，说个没完。不过这样也好，都没等孙悟空探听情报，自己就把事情全都抖搂出来了。

自言自语中，一位颇有正义感的小妖怪跃然纸上。即将到来的战斗对他本人倒是挺有好处的，“也有个大小官爵”。但他竟然为此感到内疚，因为如果其主子使用宝贝，弄得飞沙走石的话，整个朱紫国“莫想一个得活”，后果会很惨烈，“天理难容”。难怪孙悟空听后，也感到有些意外：“妖精也有存心好的。似他后边这两句话说，‘天理难容’，却不是个好的?”就像神仙队伍也出败类一样，妖怪里面有一两个“存心好的”，倒也正常。只是比较少见，让人感到新鲜。

有来有去的善良还表现在对陌生人缺乏提防之心，属于跟人见面熟的那种小妖。见到孙悟空所变的道童后，他一点都没有戒备心理，而是笑嘻嘻的，好像老朋友久别重逢那样，聊得很是热乎，全没妖怪们惯有的那种凶神恶煞样。孙悟空想知道的情况，他马上都毫无保留地说出来了。像有来有去这种性格的，不适合做妖怪，原因很简单，心地太善良，缺少警惕性。

不幸的是，尽管有来有去良心未泯，但因为站错了路线，也只能和其他小妖一样，难以逃脱死亡的下场。在回答完问题之后，被孙悟空一棍子夺去性命，变成有去无回了。如果心慈手软的唐僧在场，在了解到全部情况之后，也许还能放其一条生路。

作为心腹小校，有来有去毕竟跟着魔头多年，作了不少孽，最起码也是个帮凶，最后被一棍子打死，也算是个应得的下场吧。让人稍感遗憾的是，孙悟空没有给有来有去一个改过自新的机会。像这样热心、勤快的小妖，在西天取经路上，牵牵马，打打杂，也是蛮不错的。

打死有来有去后，孙悟空得到他的腰牌，从上面的文字描述虽然看不出其原形，但不妨将它视作有来有去的一篇小自传，毕竟我们对这位可爱的小妖了解太少了。这里转录一下腰牌上的内容：

心腹小校一名，有来有去。五短身材，扢挞脸，无须。长川悬挂，无牌即假。

警惕性高的小钻风

西天取经路上，孙悟空在与魔头大战前，有一个好习惯，就是先变化一番，探听敌方的虚实，做到知己知彼，心中有数。正是因为这个缘故，不少小妖获得了和孙悟空单独交锋、出头露面的机会。

说交锋，其实是抬举了那些小妖，心高气盛、爱惜名声的孙悟空本人是不会同意用这个词的。因为两者的实力过于悬殊，根本构不成交锋。基本上是孙悟空调侃、戏弄小妖，不断玩猫捉老鼠的游戏。双方一来一往，倒也充满机趣，颇有些喜剧色彩。比如孙悟空的逗引小钻风就是一例。

这位小钻风不愧是负责巡山的专业人员，警惕性还是蛮高的，可惜道行不够、肉眼凡胎，照样中了孙悟空的圈套。要是换成猪八戒、沙僧，恐怕就没这么容易过小钻风这一关。为赢得小钻风的信任，孙悟空还是花了一番心思的。

起初，小钻风对孙悟空所变小妖的身份表示怀疑，这些疑点还是很有说服力的。一是面生，二是嘴尖，三是身份不对，一一点出孙悟空的破绽。取经路上，孙悟空多次采用变化战术，屡屡得手，被小妖看出破绽的，似乎仅此一次。这可能让孙悟空感到有些意外，没想到会碰到一个专业级的巡山小妖，还真有些不好对付。好在孙悟空事先通过太白金星，对妖怪的情况有所了解，知道此处小妖数量庞大，大家不可能相互认得全，于是坚持自己是“火烧得好，升来巡山”的。一番花言巧语，弄得小钻风有些犹豫不定。

亮腰牌本来是小钻风辨认同类的最有效手段，但恰恰是此举，帮了孙悟空的一个大忙，因为他可以变出一个来。果然，总钻风的腰牌一拿出来，不仅让小钻风深信不疑，而且一下成了他的上司。局面立即发生改变，孙悟空从被动变成了主动。索要见面钱虽然只是孙悟空一时的戏言，但也是获得信任的一种手段，因为这正符合小妖们的行规。这样一来小钻风就更加相信总钻风了。

接下来的故事就很有戏剧性了，本来被当成怀疑对象的总钻风竟然一下成为小钻风的上司，向众小妖一本正经地训话，并倒打一耙，怀疑他们的身份有问题，事情一下子颠倒过来了。结果一番盘问，孙悟空把三个魔头的情况摸得一清二楚。

情报打探到手，小钻风的历史使命也就完成，被孙悟空一棒打成个肉坨。打完之后，孙悟空觉得有些不忍心，作者也赶紧出面为其辩护："好大圣，只为师父阻路，没奈何干出这件事来。"

要么拉一班人马，自己做魔头，要么不做妖怪，老老实实修炼。小妖的不幸，由此可见。给人当马仔，本来就是炮灰的角色，好歹都得死，跟孙悟空过招的小妖都是同一个下场，小钻风也不例外。

阴险毒辣的前部先锋

这位前部先锋原本是一名很普通的小妖，因为和孙悟空作战，得到露脸的机会。在战斗过程中，他善于出谋划策，因表现突出，被老板火线提拔为前部先锋，可谓在战斗中成长，最后也在战斗中丧命。

起初，老妖对要不要吃唐僧肉还是心存疑虑的，因为有位小妖断言唐僧肉“不中吃”。这位小妖的话是教训之言，他原是狮驼岭三位魔头的手下，属于漏网之鱼，早已领教过孙悟空的厉害，对形势的判断还是相当准确的。“若是中吃，也到不得这里，别处妖精，也都吃了。”话虽然说得有些不中听，但很有说服力。言下之意是：大王您的功夫还不如我原来的主子，唐僧肉也轮不到您来吃，您老人家还是撒手吧。

关键时刻，这位前部先锋出场了。他的“分瓣梅花计”让人耳目一新，使老妖原本被压制的欲望再次冒了出来，长生不老的巨大诱惑，使他决心拿自己和手下群妖的性命玩一次人生豪赌。

“分瓣梅花计”初试成功，前部先锋如愿成为一妖之下、众妖之上的先锋官，地位大大提升。不过，这家伙也确实够狡猾的，他并没有被胜利冲昏头脑，而是像通天河那位老谋深算的鳜婆一样，知道吃唐僧肉是个比较复杂的工程，需要好多步骤才能完成。捉到唐僧不过是刚刚开始，对付孙悟空才是问题的关键。凭老妖的那点本事和人马，硬拼显然是不行的，他们没有这个本钱。于是，他劝老妖采取拖延战术，想利用自己一方的时间优势，拖垮孙悟空等人，然后再慢慢享受唐僧肉。

不过，这一招只能说是小聪明，绝对称不上高明，因为折岳连环洞不比通天河，孙悟空不可能丢了师父不管。何况这里又不是水下，孙悟空完全可以施展开手脚，要拖延时间也不是那么容易的。

果然，孙悟空很快就打上门来，本来就没有主意的老妖照旧没有什么好办法，谁先出的主意还得谁出来应付。于是，这位前部先锋再次被推到前台。这家伙着实诡计多端，他利用孙悟空的性格缺陷，又设了一个新的骗局，那就是制造唐僧已死的假象，想以此让孙悟空等人死心。

这一招看似不错，实际上也是个馊主意。即使孙悟空相信唐僧已经死亡，也同样不会善罢甘休，可以想象接来下的复仇行为该有多么疯狂和血腥。这位前部先锋也看到了这一点，孙悟空已经打上门来，除非乖乖把唐僧放出来，否则再没有其他更好的选择，只能是应付一阵算一阵。“若还哄得他去了，唐僧还是我们受用；哄不过再作理会”，由此可见，这位前部先锋的头脑还算清醒。

两个假人头的使用还真有些效果，不仅骗过了猪八戒、沙僧，而且也赚了孙悟空的不少眼泪。很快，这一骗局的副作用也显露了出来，果不其然，孙悟空哭过一场之后，马上想到的就是报仇。到了这个份上，这位前部先锋定什么样的计策都没有用，只好拼着小命硬撑了。结果是可以想象的，没有几个回合，妖怪们就被打得落花流水。这位前部先锋终于为他的损招付出了沉重代价：被孙悟空一棒打死，现出本相，原来是一只铁背苍狼。前部先锋的死确实是罪有应得，正如猪八戒所说的："这厮从小儿也不知偷了人家多少猪牙子、羊羔儿吃了！"

前部先锋看起来蛮精明的，但实际上为老妖出的都是馊主意，最多算是小聪明。其实，他再精明也没用，因为捉走唐僧本身就决定了他们的失败。除了放走唐僧，再高明的办法都没有用。前部先锋未必不知道这一点，但他和西天取经路上的其他妖怪一样，经受不了诱惑，还存在一丝侥幸心理。结果证明这样做只能是徒劳的，并且把自己的性命也搭了进去，正所谓偷鸡不成，反蚀了一把米。

可怜的人间帝王

在中国古代小说中，帝王是一个经常会被写到的角色，由于可以想见的政治及社会文化原因，这一角色通常被塑造成正面人物，只有那些历史上有定评的昏君暴君，如商纣王、周厉王、隋炀帝等，才可以痛痛快快地骂上几句，不然，作者即使对朝廷心存不满，也不敢把矛头对准皇帝，比如《水浒传》一书，写的就是乱自上作，对皇帝的不满情绪是显而易见的，但作者仍十分克制，笔有藏锋，话说得十分含蓄，给人留下一种只反贪官、不反皇帝的错觉。其他小说如《杨家府演义》《说岳全传》等也大体相同，谁都知道，没有皇帝的纵容和支持，奸臣再有本事也是无法陷害忠良的。

相比之下，《西游记》中的帝王描写却是一个例外，胆子可谓极大。全书既写到神仙社会的皇帝——玉皇大帝，也写到了不少人间帝王。玉皇大帝屡屡被孙悟空戏弄，被写得颇为不堪，这且不说，就是那些人间帝王，也几乎没有一个正常的，大部分被塑造成可怜鬼、糊涂虫，被作者痛快淋漓地奚落了一番。在中国古代小说中如此描写帝王形象的，可以说独此一家。《西游记》的作者之所以如此大胆，显然得益于神魔虚幻这层保护色，再说作品所写故事大多发生在妖魔出没的异域，也避免了一些人进行上纲上线的陷害式联想。

在妖魔大行其道、人神共处的世界里，人间的帝王们该被如何定位，扮演了什么角色，这确实是一个很值得思考的问题。

在等级森严的神仙社会里，人类是没有什么地位的，属于被统治、被奴役的对象。人间社会可谓落魄神仙的流放地，投胎下凡意味着对犯罪神仙的一种严厉惩处。可见对神仙们来说，做人意味着堕落和失意。整个人类都如此卑贱，人间的那些帝王们也好不到哪里去。他们虽然在自己的一亩三分地里尊贵无比，八面威风，但在神仙妖魔的眼里实在是微不足道，随便一个入门级的妖魔都可以将一个国家弄得乌烟瘴气、七零八落。对孙悟空来说，一位人间帝王也许还不如他花果山的一个猴兵来得重要。

唐僧师徒西天取经，因为需要倒换通关文牒，就不可避免地会与沿途各国的国王打交道。对这些国王来说，唐僧师徒的到来绝对是一个好消息，不管他们是否意识到这一点，因为他们的王国和个人生活都出现了种种问题：要么是老婆、女儿被妖怪抢走，要么被妖魔陷害后冒名顶替，要么被妖怪骗得晕头转向。这些问题靠人间的力量是无法解决的，需要孙悟空等人的拯救。

细细说来，《西游记》中可怜虫式的帝王可真不少。

宝象国国王的女儿百花公主被黄袍怪抢走多年，下落不明。虽然“两班文武官，也不知贬退了多少；宫内宫外，大小婢子、太监，也不知打死了多少”，“满城中百姓人家，也盘诘了无数”，仍然是毫无进展。

乌鸡国的国王被一个狮子变的妖精哄骗，被推下水井。整整三年时间里，江山社稷被人夺去不说，连老婆、孩子也蒙在鼓里。求告无门，有冤无处申。

朱紫国的国王眼睁睁地看着自己的老婆被人家抢走，还不时受到妖怪的骚扰，落下一身重病，在病痛和精神的煎熬中苦度残年。

天竺国国王的女儿被月亮上的白兔精掉包，长期囚禁在一座寺院中，历尽磨难，国王还一无所知，蒙在鼓里。

最为不幸的莫过于狮驼国国君了，不仅自己的身家性命不保，而且整个国家的臣民都成了妖魔的腹中之物，可谓亡身亡国。

女儿国虽然没有受到妖怪的直接侵害，但整个国家连个男人都没有，举国臣民处于对情色的饥渴状态，本为公共资源的落胎泉却受着一个外来户如意真仙的控制。这个国家似乎也不能算是正常。

就连东土大唐帝国的皇帝李世民，日子也好不到哪里去。他被一个泾河龙王弄得晕头转向，到了冥间也照样得乖乖受审，最后靠旧臣的舞弊才得以解脱。

这些帝王纵然拥兵百万，但毕竟都是父母所生，肉眼凡胎，妖怪们但凡有点法术的，都不把他们放在眼里，随意出入王国，如入无人之境。于是，他们只能眼巴巴看着自己的老婆、孩子被妖魔抢走，一筹莫展。如果不是孙悟空取经路上挺身相救，这些帝王可怜虫的苦难日子恐怕没个尽头。

这些君王受苦受难的方式尽管各不相同，但起初的原因则大同小异，他们有意或无意中得罪了比他们更为强大的神仙，因此必须受到与他们的过错不成比例的惩罚。于是，妖魔们胡作非为、祸害四邻之举被合法化。法律竟然以违法的方式执行，这就是神仙社会的规则。当然，也有一些属于神仙之间的恩怨，借帝王的地盘解决，比如黄袍怪的抢掠百花公主，在神仙私情的纠纷中，宝象国的国王成为无辜的受害者。总之，神仙但凡有点滴不快，人类就要跟着遭殃；人间的苦难再大，也无关神仙痛痒。神仙和人类就是如此不平等，身为人类头领的国王，自然要更多地承受这种人神不平等带来的灾难和痛苦。

人间帝王与神仙妖魔间的恩恩怨怨基本上与西天取经无关，那些祸害国家的妖怪们似乎野心不大，小富即安，对唐僧肉并没有表现出特别的兴趣。本来孙悟空可以撒手不管，赶自己的路。他的参与可以说是多管闲事。因此，从这个角度来看，孙悟空不仅是位武功高强、忠心耿耿的护法僧人，也是一位路见不平、拔刀相助的佛门侠客。这也正符合取经的精神，取经的目的不就是拯救生灵、普度众生吗？如果看到种种苦难和冤屈，却闭着眼睛不管，绕道而行，取经又有什么意义？西天取经所考验的不光是唐僧师徒的毅力和勇气，也是他们的灵魂和精神，取经的过程也是一个精神修行和灵魂升华的过程。

这些受妖怪祸害的帝王们大都表现出一副可怜兮兮的样子，有些人的禀性品行大体上还说得过去，值得同情；有些则不值得同情，甚至还应该受到惩处。

比丘国的那位糊涂国王，竟然听从妖怪的蛊惑，用一千多名小儿的心肝来做药引，以求达到长生不老的目的，其昏聩、堕落的程度甚至比妖怪有过之而无不及。

祭赛国的国君，塔上的宝贝丢了，在没有找到嫌疑人的情况下，竟然让三代僧人顶罪，绝对是草菅人命。

灭法国的国君同样荒唐，为了自己一个奇怪的心愿，竟然要杀死一万名和尚。视生灵如儿戏，可谓不折不扣的暴君。

奚落嘲弄一番之后，孙悟空对这些昏君、暴君还算客气。他的重点放在剿除妖怪方面，没有再追究这些帝王的责任，否则，有些家伙是应该被赶下台的。

在这些人间帝王面前，孙悟空扮演了双重角色：一方面，他是拯救者，用高强的武功打败妖魔，拯救那些处于苦难中的皇帝及其臣民；一方面，他是导师，劝诫那些品德有问题的皇帝，指点治国之道。

显然，这样写是有用意的。《西游记》的作者是吴承恩也罢，不是吴承恩也罢，从这部小说的情节设计和人物刻画来看，他有些玩世不恭，对社会现状也颇为不满，在着力描写神魔世界的同时，也花费不少笔墨摹写人间百态。对人间帝王的这些负面描写，固然是出于艺术表现的需要，但也不能说没有借此抒发不满和牢骚的意味。在作品中，他不时对那些昏庸的皇帝进行调侃和嘲讽，比如孙悟空、猪八戒打死狐狸精后，将尸体扔到国王面前："这是你的美后。与他耍子儿么？"并指着白鹿奚落道："且休拜我。这鹿儿却是国丈，你只拜他便是。"可以想象这位比丘国的国王此时有多么尴尬。

借孙悟空之手之口，在想象中做一次拯救者，顺便调侃、教育一下那些平日高高在上的皇帝，以艺术的形式获得一种满足，不能说作者没有这样的用意。好在是神魔小说，大家看过一笑了之，否则，真追究起来，作者是要吃不了兜着走的。

善读《西游记》者，不可不关注书中所流露的人间情怀。不过也要注意，作者的着重点仍在西天路上的降妖除怪，对此不可求之过深。小说毕竟是小说，不是历史，也不是政治教科书。

神仙世界的人情世故

好吃莫过唐僧肉

《西游记》里的矛盾冲突看起来是取经与反取经的斗争，以前有的研究者甚至还上升到农民反抗地主压迫、资产阶级新生力量反对封建阶级的高度，但实际上问题好像没有这么复杂。对西天路上的那些妖怪来讲，他们对取经一事毫无兴趣，既谈不上反对，也谈不上拥护，他们之所以冒着生命危险，和孙悟空等取经人发生殊死争斗，原因再简单不过，那就是想得到唐僧。至于是想吃唐僧肉还是想得到唐僧的元阳，这得看妖怪的性别。可以想象，如果换一个肉体和元阳都很一般的人，取经也就不会这么费事了。但问题在于，这样的人是没有取经资格的。这就是取经的逻辑，不管合理不合理，大家都得遵守。

不过话再说回来，把想吃唐僧的妖怪看作取经反对者也并非上纲上线。原因很简单，如果连取经的领队唐僧都被吃掉了，孙悟空他们还取哪门子经呢？天上地下的神仙之所以愿意在危难时刻挺身相救，并不是因为唐僧面子大，主要还是看在取经的份上。

唐僧的肉身到底珍贵在哪？这个问题看似常识，连孩子们都知道，但细细想来，好像又不是那么简单。这里先看看西天路上的妖怪们是怎样说的，从他们对唐僧肉身的认知不难找到其行为的动机：“他本是金蝉子化身，十世修行的原体。有人吃他一块肉，长寿长生。”吃唐僧肉可以长寿长生，这是白骨精三番变化，锲而不舍的原因。到底长寿长生到什么程度，红孩儿的话对此做了补充：“有人吃他一块肉，延生长寿，与天地同休。”天地没有休止的时候，与天地同休也就意味着生命没有止境了。青牛精的话则说得更为形象：“有人吃了唐僧一块肉，发白还黑，齿落更生。”吃了一块唐僧肉，不仅能长生不老，还能返老还童，永葆青春。唐僧肉身如此神奇的功效，对那些道行不深的妖怪来说，无疑是一个极大的诱惑，确实值得冒险一试。

至于女妖为何对唐僧青睐有加，大献殷勤，原因也很简单：“那唐僧乃童身修行，一点元阳未泄，正欲拿他去配合，成太乙金仙。”既得云雨之欢，又有长生不老的功效，可谓一举两得，说起来自然比只吃唐僧划算。这大概是女妖们一心想和唐僧成亲而不吃唐僧肉的原因吧。遇到唐僧，她们自然不会轻易放过这样的好机会。

唐僧的肉体和元阳之所以如此珍贵，让妖怪们为之发狂，当然是有原因的。追根溯源，与唐僧的传奇身世有关。他原本是如来的二徒弟金蝉子，在高手云集的西天能混到这个份上是相当不容易的，原先修行功夫之高深也是可以想象的。更为重要的是，在上课不注意听讲，被如来贬到人间后，唐僧又刻苦修行了十世，所谓十世修行的好人。结果不但修得正果，而且连自己的肉身都无比珍贵。除了唐僧，还没有听说其他人创造过这样的奇迹，仅此一点，也可看出唐僧的不俗之处。

如此珍贵的肉身，既是修行成就的最佳证明，也是招灾惹祸的根由。对肉眼凡胎、手无缚鸡之力的唐僧来说，这样的肉身似乎并不是什么好事，不但没有带来一点实质性的好处，反而使他从此麻烦缠身。如来、观音的肉身也许并不比唐僧差，但没听说哪个妖怪敢有非分之想，原因很简单，妖怪在下手之前肯定会掂量一下自己的实力，好处没捞到，还要搭上自己的性命，这样的傻事没人去做。唐僧文文弱弱，既没武功，也无法术，给人一种随时都可以到手的感觉，妖怪们打他的主意也就没什么可奇怪的了。至于孙悟空怎么厉害，如何对付，那已是第二位的问题了。且不说不少身居穷乡僻壤孤陋寡闻的妖怪根本就不知道孙悟空是何许人，即使有知道其名头者，也大多抱着一种侥幸的心理，毕竟唐僧肉的诱惑实在太大了。

于是，唐僧这边刚从东土大唐出发，那边西天路上就已经流传着种种小道消息，妖怪们摩拳擦掌，就等唐僧上门了。看来那个时代妖怪们的资讯已经很发达了。

虽然唐僧的肉身无比珍贵，但要吃到可没那么容易。首先必须过他的徒弟这一关。唐僧那几个如狼似虎的徒弟皆非等闲之辈，特别是曾大闹天宫，在神界名声显赫的齐天大圣孙悟空，绝对是惹不起的主儿。想得到唐僧肉的风险是可以想见的，弄不好偷鸡不成反蚀了一把米，连小命都保不住。不过从众妖怪们的表现来看，他们没有一个人主动放弃，至于碰得头破血流，乃至丧命亡身，那是另外一回事，因为对他们来说，得到唐僧，并不只是得到一份物质的利益，往往还意味着一种荣誉。

西天路上，也有对唐僧肉不感兴趣的，比如五庄观的镇元子。人家有可以和天上蟠桃媲美的人参果，自有长生不老之术，因此对唐僧肉也就没什么兴趣。当然，这只是一个特例，不具代表性。西天路上的妖怪大多身处穷乡僻壤，哪会有这种东西。再说镇元子的人参果也不是随便哪个人都能吃的，对妖怪们来说，吃到人参果的难度并不必吃唐僧肉小。

吃唐僧肉并不是长生不老的唯一途径。不吃唐僧肉，靠个人的修行，同样可以达到这一目的。西天里的那些佛祖、菩萨、罗汉，天庭上的那些天尊、大仙，都没有吃过唐僧肉，还不是照样与天地同休，长生不老？只是修行到这种层次需要太长的时间和坚强的意志，而吃唐僧肉可谓捷径，一下就能达到目的，大大缩短修行的时间。西天路上的众妖魔多多少少是有些道行的，他们修行的目的和那些已经修成正果的神仙一样，都是长生不老，他们之所以对唐僧那么感兴趣，说白了就是想走捷径。平顶山的魔头银角大王说得很明白：

“若是吃了他肉就可以延寿长生，我们打甚么坐，立甚么功，炼甚么龙与虎，配甚么雌与雄？只该吃他去了。”能否按规矩修行，多年的媳妇熬成婆，是持之以恒还是走捷径，是靠个人努力还是将自己的幸福建立在别人的痛苦之上，这就是神仙与妖怪的区别所在。追求同样的目标，方式和手段不同，就决定了个人的归属。也许有些神仙曾起过吃唐僧的念头，但他们能抑制心中的这一不良欲望，而妖怪们控制不住，放纵自己，所以只能做妖怪，于是上演了一幕又一幕的悲喜剧。

西天路上的众妖魔之所以冒着如此的大风险要得到唐僧，主要是欲望的驱使。当然也有别的因素，有些妖怪缺少自知之明，信息不灵，对形势判断失误，直到抓住唐僧后，才知道他手下还有一个叫孙悟空的大徒弟，但后悔已经晚了，只好冒死赌上一把。更多的妖怪则是自恃有两手绝活或几样宝贝，以为在自己家的一亩三分地上可以为所欲为。殊不知，取经事业是佛祖如来一手策划，得到神界各方共同支持的。这样一来，和唐僧、孙悟空作对就是和整个神界作对，以神界高手之多、实力之强，胜负是没有悬念的。明白了这一点，也就知道了唐僧肉实际上是根本不可能得到的。为了这个无望的诱惑，用自己的身家性命做赌注，显然是个赔本的买卖。大多数妖怪看不到这一点，看到这一点也就不是妖怪而是神仙了，毕竟从理论上说，神仙比妖怪要高一个境界。世界就是这样奇妙，看起来随手可及的东西反而不容易得到，看起来遥远的东西经过努力倒可以得到。

走完西天取经路，经历种种磨难，在孙悟空等徒弟的保护下，唐僧的肉身安然无恙，那些妖魔们的命运则完全改变，本来想吃人，到头来被吃的反而是自己，教训不可谓不深刻。到了灵山凌云渡，唐僧那个珍贵无比的肉身竟然像垃圾一样被水冲去，十世修来的成果以这样的方式终结，总让人觉得有些不对劲。不知西天路上那些漏网的妖怪们得知这一消息，会作何感想。

基层干部不好当

《西游记》一书所写的神仙妖魔虽然面目各异、千奇百怪，但大体上还是有路数可寻的，作品写到了神界的各个层面，既有官方的正神，也有在野的妖魔，或天上，或地下，或海中，或洞穴，或仙山，由此可以勾勒出一个较为完整的神界谱系图。有名头、出场多的神仙固然是作者描绘的重点，没名头的神仙作品中也写了不少，这里专门说一说神仙社会里的基层干部。

这些基层干部包括土地爷、山神、河神等，都是专管一方的地方干部，处于神界管理体系的末端，数量众多。俗话说，强龙不压地头蛇，当地方官有地方官的好处。靠山吃山，靠水吃水，这些基层干部官阶虽然不高，但得到的实惠并不少，日子还比较好过。在民间，几乎每个地方都建有土地庙、山神庙或河神庙，一年四季的供奉是少不了的。但是从作品的描写来看，这些基层干部大多没有过上这样的幸福生活，相反，他们生活得相当窘迫。何以如此？其间的原由也是很值得琢磨的。

这些基层干部虽然在老百姓面前可以耀武扬威，找到一点尊严，捞些外快，但在神仙队伍中毕竟是无名小辈。他们的权力实在太小，参加王母娘娘蟠桃大会的资格自然是没有的，甚至连太上老君兜率宫看守炉子的那位道人都不如。那位道人就是因为孙悟空踢翻炉子，才被贬到下界做火焰山土地神的。可见其地位原来比土地神要高，这正应了一句俗话，宰相门房七品官。他们的道行也不高，但凡会些武功或法术的，不管是上头偷着跑来的神仙，还是本地土生的妖魔，一个都惹不起，只能听任他们在自己的地盘上为所欲为。这样，他们就扮演了一个两头受气的尴尬角色：上面看不起，下面不买账。

能安安生生地过日子，辖区内不出事，对这些基层干部来说，已经是万幸了。如果碰到有来头的、法术高的主儿，就只能自认倒霉。比如那位黑水河的河神，自己的府第被鼍怪非法占据，却又有冤不能申，因为西海龙王是这位妖怪的母舅，“不准我的状子，教我让与他住”，自己又“神微职小，不能得见玉帝”，只好忍气吞声。幸亏孙悟空等人帮他解决了这一难题，否则黑水河河神孤魂野鬼的日子还要无限期地持续下去。

有来头的妖怪惹不起，没来头的妖怪同样难伺候。比如那位红孩儿，别看年纪不大，长着一张娃娃脸，但他比谁都狠，比谁都黑。他离开老爸老妈独自闯荡江湖，在火云洞占山为王，为妖一方，祸害众生，弄得当地的山神、土地“少香没纸，血食全无”“衣不充身，食不充口”，还常常干些

“烧火顶门”“提铃喝号”的苦活累活，就连手下的小妖们也欺负这些基层干部，“讨甚么常例钱”。山神、土地官再小，也是个神仙世界的干部，在红孩儿的欺压下，竟然沦落到这般田地，难怪孙悟空都看不下去。过这样的生活还不如落草为寇，图个自在。

从上述两个例子不难看出神仙社会管理之混乱，下界出现了这么多问题，却不见有人来干预，反而靠孙悟空这位过路的取经人来解决问题，这确实有些说不过去。参加蟠桃大会时，大家都积极得不得了。碰到这么多问题，却都躲得远远的，不见有谁出面过问一下。世态炎凉，神界比人间也好不到哪里去。

尴尬的处境自然会影响到这些基层干部为人处世的风格。把神仙中的无名小辈派到基层，再也不管不问，任其自生自灭，这就是天庭的管理方式。对此，这些基层干部们也有自己明哲保身的方式，那就是消极怠工，尽量不管闲事，哪怕是自己职责范围内的事情；尽量忍耐顺从，管他是神仙还是妖魔，谁有势力，谁有本事，就听谁的。

唐僧师徒西天取经，按说沿途各地的土地、山神是负有接待之责的。但他们在多数情况下，都不会主动出现，正所谓多一事不如少一事。除非孙悟空一顿乱棒，打得他们不安生，只得硬着头皮出来，或感觉事情可能会牵涉自己，再不出来会有更大的麻烦。接待上面来的人，花钱费力不说，还往往不落好，说不定会招惹麻烦。这样，他们自然是能偷懒就偷懒，能躲就躲，实在没办法就出来敷衍一番。当然，那些府第被别人夺去、被妖魔奴役者是个例外，因为孙悟空的到来为他们提供一个申冤报仇的良机，接待取经人员的积极性自然要高一些。

消极怠工、敷衍了事不说，就是自己管辖的地盘上出了什么问题，这些基层干部也是睁一只眼闭一只眼，能不管就尽量不管。好在损失都是公家的，也用不着自己心疼。比如孙悟空在五庄观偷摘人参果的时候，花园的土地看得一清二楚，他不但不劝阻孙悟空，反而帮其想办法，出主意。这也怪不得这位土地，他知道自己根本惹不起这位名头响亮的齐天大圣，人参果被偷，镇元子也查不到自己身上，不如做个顺水人情。至于这样做是否合法，是否有教唆的嫌疑，他也顾不得了。

对这些土地神、山神来说，由于本领不高、法术有限，上头又不管，只能去当随风草，谁有本事就听谁的，至于原则，就没有工夫理会了。比如在平顶山，当地的土地神、山神听到银角大王念遣山咒法，也不管下面压的是谁，就匆匆忙忙把山移来，当了妖怪的帮凶。直到听说下面压的是孙悟空，后果十分严重，这才赶紧把山移走，向孙悟空请罪。可见他们平日被银角大王这些魔头欺负怕了，只能唯令是从。据这些土地神、山神的介绍，他们曾“一日一个轮流当值”，伏侍两位妖魔，这实在是太离谱，太过分了，以至于心高气盛的孙悟空听说后都感慨不已，觉得有些“心惊”，认为这些妖怪也太“无状”了。

不过，这些基层干部的表现也有让人看不明白的地方。比如在第三次打白骨精时，孙悟空担心唐僧再念紧箍咒，不相信自己，就把当地的土地神、山神叫来，让他们在半空中作证。当时土地神、山神的表现是“众神听令，谁敢不从”，答应得很是爽快。但奇怪的是，当孙悟空打死白骨精后，这些人竟一下子消失，没有踪迹了，害得孙悟空连个证人都没有。结果，在猪八戒的挑唆下，唐僧不仅念了紧箍咒，而且干脆把孙悟空扫地出门。

这些土地神、山神何以如此不守信用？很可能是他们觉得清官难断家务事，得罪谁都不行，干脆趁着唐僧、孙悟空师徒争辩的机会，脚底抹油，溜之大吉。其实，这样做不仅不地道，而且也是有风险的，难道他们就不怕孙悟空事后算账吗？这个地方确实让人看不明白，莫非是作者的疏忽？写了这么一笔，忘了在后面进行照应，这种可能也不是没有。这个假设倒给人留下不少想象的空间，如果土地神、山神愿意帮孙悟空作证，唐僧还会撵走孙悟空吗？如果孙悟空不走，黄袍怪的故事又如何展开呢？

不过话再说回来，唐僧师徒西天取经，幕后英雄可以开列一个长长的名单，在这个名单中，是应该写上土地神、山神、河神的。这些神仙社会里的基层干部们为取经事业还是做了不少贡献的。他们不管是主动还是被动，毕竟为孙悟空等人提供了不少情报和线索。由于他们对自己管辖地段的情况十分熟悉，所提供的情报大多十分准确，往往由此可以找到对付妖怪的办法，或找到妖怪的出身，对症下药。有时他们还进献饮食，协助作战，或帮助出些主意。比如在鹰愁涧，孙悟空被西海龙太子弄得束手无策，只得把土地神、山神传来。这两位基层干部虽然消极怠工，差点被孙悟空各打五棍，但还是讲明情况，并提出把观音请来的好建议，取得了孙悟空的谅解。孙悟空照着他们的话做，果然顺利解决了问题。

在神仙堆里混日子，确实得有些能耐，混出点名堂来。否则像土地神、山神那样做基层干部，真是不容易。

八戒的饭量有多大

说到猪八戒吃饭，那可真是西天路上的一大景观，这位老兄不仅饭量奇大，而且消化速度也特别快。按说这样的生理条件是不适合到西天取经的，但观音菩萨找不到合适的人选，只好拉他来凑数，于是便出现了西天路上的饥荒问题。

唐僧师徒几人沿途的吃饭问题主要靠化缘的方式来解决，常常是有一顿没一顿，吃了上顿想下顿，忍饥挨饿是家常便饭。这在别人还没什么，忍一忍也就过去了，但对猪八戒来说，却是无法排解的严重问题，一点都含糊不得的。由此也就不难理解，他在更多的时间里一直处于饥饿状态，头脑里想的最多的自然也是吃饭问题。可以说，西天取经是伴随着猪八戒的饥饿叫喊声完成的。看过《西游记》的读者，印象最深的莫过于此。

猪八戒之所以如此能吃贪吃，是由其生理特点决定的，与人格、品行无关，也算不上什么过错。说起来这也是他本人粗心大意酿成的麻烦。原先在天上做天蓬元帅的时候，就没听说他有这个问题。再说，那个时候就是饭量大些，以其在天庭显赫的地位，也不用为饮食问题担忧。但是，自从他调戏嫦娥，犯下严重的生活作风错误，投胎下凡之日起，吃饭问题也就随之而来。

本来猪八戒下凡时可以有更好的选择，但他马马虎虎，连投胎这样的大事都不认真，结果稀里糊涂，“错了道路，投在个母猪胎里”，不仅弄得自己的相貌拿不出手，而且还引发了一个饭量奇大的新问题。这也怨不得别人，只能说是自作自受。就猪八戒在下界的新生活而言，可谓生来如此，这是小说展开故事的一个前提，对此也就没有必要追究了。

接下来一个让人感兴趣的问题是，猪八戒的饭量究竟有多大，大到什么程度。据他的前岳父高太公介绍，“一顿要吃三五斗米饭；早间点心，也得百十个烧饼才够”，并预言“若再吃荤酒，便是老拙这些家业田产之类，不上半年，就吃个罄净”。这里需要说明的是，高太公的情况介绍是怀着偏见的，有些夸饰成分，他光看到猪八戒能吃，却不讲这位上门女婿是如何帮自己创家立业的。要知道猪八戒虽然能吃，但干起活来可是一点都不含糊，“耕田耙地，不用牛具；收割田禾，不用刀杖”。既节约成本，又有成效，到哪里去找这么好的庄稼能手？真是得了便宜还卖乖。

如果要真算账的话，猪八戒为高太公创造的财富远远超过他所消耗的，连没有多少生活阅历的书呆子唐僧都明白“只因他做得，所以吃得”这个道理，高太公难道还能看不出来？不过是看女婿不顺眼，专挑坏的说罢了。看看猪八戒本人对他的“浑家”是怎么说的吧：“我得到了你家，虽是吃了些茶饭，却也不曾白吃你的。我也曾替你家扫地通沟，搬砖运瓦，筑土打墙，耕田耙地，种麦插秧，创家立业。如今你身上穿的锦、戴的金，四时有花果享用，八节有蔬菜烹煎，你还有那些儿不趁心处。”话说得理直气壮。高太公之所以嫌弃猪八戒，不在饭量，而在他和常人不一样，比如极为丑陋的相貌、腾云驾雾的神通等等，“坏了我多少清名，疏了我多少亲眷”，说白了，不过是无法满足自己的虚荣心。说起来这位高太公颇有些卸磨杀驴的意思，也不是什么好东西。

猪八戒的饭量到底有多大，不能光听高太公的一面之词，还得看作品的具体描写。按说将猪八戒吃饱肚子的那顿饭认真统计一番，自不难解决这一问题。不过说起来也真够可怜的，取经路上，大部分时间穿行在崇山峻岭、穷乡僻壤间，在这样的地方能有口饭吃就算不错了，吃顿饱饭，对猪八戒这种大食量的主儿来说只能是一种奢想，除非到了那些富足的大户人家或繁华的大都市里。好在十几年间还有几次填饱肚子的机会，比如在陈家庄帮人消灾，吃顿饱饭当然不成问题，用孙悟空的话说，是“蒸上五斗米的饭，整治些好素菜”；在女儿国赴宴，没有吃不饱的道理；在祭赛国捉妖有功，吃了顿盛宴；过七绝山稀柿衕口，猪八戒立了大功，孙悟空安排的伙食是“办得两石米的干饭，再做些蒸饼馍馍来”，不吃饱饭，如此臭而脏的笨活儿、苦活儿是干不好的；朱紫国帮孙悟空配药有功，自然能吃顿饱饭；在凤仙郡沾孙悟空求雨的光，在金平府剿除了三个犀牛精，总算过了几天“一日筵，二日宴；今日酬，明日谢”，“这家酬，那家请”的幸福生活；在天竺国跟着师父这个假驸马，受用了一次；在善人寇员外家，满足了几天口腹之欲。总的一个规律是，离西天越近，猪八戒吃饱饭的机会越多，这也算是对其取经苦行的一种回报吧。

这么一数，猪八戒吃饱饭的次数好像还不少，但要知道，西天取经整整用了十四年，十四年中，按一般人的饮食习惯，每天三顿饭，总共得吃多少顿饭？把猪八戒吃饱饭的次数放在这个大背景下来看，就会发现，平均算来，这位老兄每年也没吃过几顿饱饭，大部分时间还是饿着肚子的。对这位食量奇大、消化功能十分发达的老兄来说，着实不容易。明乎此，对他西天路上念念不忘吃饭的可怜相，也就可以理解和同情了。俗话说，没有功劳，也有苦劳，这话用在猪八戒身上真是再合适不过了。

虽然作品中有不少对猪八戒吃饱饭的描写，但大多是泛泛而谈，到底这位老兄能吃多少，还真不好精确计算。他有时的饭量显然要超过高太公所言，这大概是其饥饿数天后的超水平发挥，正常的食量恐怕只能以高太公说的为准，再扣除些水分，毕竟他和猪八戒在一起生活了几年，对其情况比较了解。

其实，猪八戒不光是食量大，其胃口之好、吃饭速度之快也是毫不含糊的，堪称一绝，别说在现实生活中，就是在古今中外的文学作品里也很难再找到第二例，可谓空前绝后。那种极为夸张的吃相常常看得人家目瞪口呆，其吃饭行为在本人是满足生理需要，但在其他人的眼里，就是一场颇具观赏性的表演。无论到了那里，只要猪八戒旁若无人地一开吃，不管别人在干什么，最吸引人眼球的绝对是他，这个风头是谁都抢不过去的。

这里摘录几段猪八戒吃饭的精彩镜头，奇文共欣赏：

三藏就合掌讽起斋经。八戒早已吞了一碗。长老的几句经还未了，那呆子又吃毂三碗。行者道："这个馕糠！好道汤着饿鬼了！"那老王倒也知趣，见他吃得快，道："这个长老，想着实饿了，快添饭来。"那呆子真个食肠大：看他不抬头，一连就吃有十数碗。三藏、行者俱各吃不上两碗。呆子不住，便还吃哩。老王道："仓卒无肴，不敢苦劝，请再进一筯。"三藏、行者俱道："毂了。"八戒道："老儿滴答甚么，谁和你发课，说甚么五爻六爻；有饭只管添将来就是。"呆子一顿，把他一家子饭都吃得罄尽，还只说才得半饱。

唐长老举起筯来，先念一卷《启斋经》。那呆子一则有些急吞，二来有些饿了，那里等唐僧经完，拿过红漆木碗来，把一碗白米饭，扑的丢下口去，就了了。旁边小的道："这位老爷忒没算计，不笼馒头，怎的把饭笼了，却不污了衣服?”八戒笑道：“不曾笼，吃了。”小的道：“你不曾举口，怎么就吃了?”八戒道：“儿子们便说谎！分明吃了；不信，再吃与你看。”那小的们，又端了碗，盛一碗递与八戒。呆子幌一幌，又丢下口去就了了。众僮仆见了道：“爷爷呀!你是‘磨砖砌的喉咙，着实又光又溜!’”那唐僧一卷经还未完，他已五六碗过手了。然后却才同举筯，一齐吃斋。呆子不论米饭面饭，果品闲食，只情一捞乱噇，口里还嚷：“添饭！添饭!”

那八戒那管好歹，放开肚子，只情吃起。也不管甚么玉屑米饭、蒸饼、糖糕、蘑菇、香蕈、笋芽、木耳、黄花菜、石花菜、紫菜、蔓菁、芋头、萝菔、山药、黄精，一骨辣噇了个罄尽。喝了五七杯酒，口里嚷道：“看添换来!拿大觥来!”

这些描写真应该给当今那些这也不吃、那也不吃的孩子们好好读读，甚至让他们背诵下来，让整天挑食的他们看看什么叫饥饿状态。

取经大功告成，论功行赏，猪八戒被封为净坛使者，终于得了个天天吃饱肚子的肥缺，按说正好可以利用这一良机，弥补一下十四年苦行带来的缺憾。但令人遗憾的是，此时的猪八戒功德圆满，竟然“不知怎么，脾胃一时就弱了”。

“那时节吃得，却没人家连请十请；今日吃不得，却一家不了，又是一家”。听到猪八戒的这番表白，感到的不仅仅是遗憾，还颇有些辛酸。

这就是猪八戒的人生，一种富有戏剧性又荒诞至极的人生。

神仙的兵器有看头

唐僧师徒的西天取经之路异常艰难，不仅难在路途遥远，更难在妖魔当道，可以说十万八千里的路途基本是在打拼过程中走完的。一路上降妖除怪，大大小小的战斗不断。那年头是冷兵器时代，作战主要靠武功，靠兵器，人类如此，神怪妖魔也不例外。与人类相比，神怪还有法术、宝贝可供选择，特别是那些超一流的高手，比如如来、观音等，似乎就没有使用兵器的习惯。不过就通常的情况而言，神仙妖魔在打斗时主要还是依靠兵器，而法术、宝贝之类，主要是作为辅助手段来使用的。如此一来，使用什么样的兵器，兵器的情况如何，也是值得关注的问题，善读《西游记》者，不可放过这个有趣的话题。

在各式各样、形形色色的兵器中，孙悟空的金箍棒出镜率最高，也最受读者的关注。对这件兵器的来历，孙悟空取经路过玉华县时，曾专门向三位小王子进行过如下介绍：

鸿蒙初判陶熔铁，大禹神人亲所设。

湖海江河浅共深，曾将此棒知之切。

开山治水太平时，流落东洋镇海阙。

日久年深放彩霞，能消能长能光洁。
老孙有分取将来，变化无方随口诀。
要大弥于宇宙间，要小却似针儿节。
棒名如意号金箍，天上人间称一绝。
重该一万三千五百斤，或粗或细能生灭。
也曾助我闹天宫，也曾随我攻地阙。
伏虎降龙处处通，炼魔荡怪方方彻。
举头一指太阳昏，天地鬼神皆胆怯。
混沌时传到至今，原来不是凡间铁。

金箍棒原本是大禹治水时留下的定海神针，并非专门的兵器，倒更像是一件上了年头的珍贵文物。结果到了孙悟空手里，派上了新用途，而且用起来特别称心，达到了人棒合一、出神入化的境界。否则，很难想象武艺高强、名头响亮的孙悟空该怎样与敌人作战。也正是因为金箍棒的关系，孙悟空对东海龙王的印象一直不错，甚至有苦恼时还找他倾诉。正所谓吃水不忘挖井人，用棒想起老龙王。

有了金箍棒，孙悟空如虎添翼，功力大长。在西天取经路上，他还经常向妖怪们炫耀。与青牛精交战，被圈子套去金箍棒后，孙悟空竟然伤心到“两眼滴泪”的程度，可见他对这件兵器的珍爱之深。没有兵器，孙悟空的底气明显不足，见了玉皇大帝，也一改往日的风格，变得前倨后恭，正如他本人所说的："岂料如今无主杖，空拳赤脚怎兴隆？"金箍棒对于孙悟空的重要性于此可见一斑。

金箍棒之外，取经队伍其他两位成员的兵器也都很有特点。这里先说猪八戒的随身兵器钉耙。可别小看这把钉耙，其来历不同凡响，且看猪八戒的介绍：

此是煅炼神冰铁，磨琢成工光皎洁。
老君自己动钤锤，荧惑亲身添炭屑。
五方五帝用心机，六丁六甲费周折。
造成九齿玉垂牙，铸就双环金坠叶。
身妆六曜排五星，体按四时依八节。
短长上下定乾坤，左右阴阳分日月。
六爻神将按天条，八卦星辰依斗列。
名为上宝逊金钯，进与玉皇镇丹阙。
因我修成大罗仙，为吾养就长生客。
敕封元帅号天蓬，钦赐钉钯为御节。
举起烈焰并毫光，落下猛风飘瑞雪。
天曹神将尽皆惊，地府阎罗心胆怯。
人间那有这般兵，世上更无此等铁。
随身变化可心怀，任意翻腾依口诀。
相携数载未曾离，伴我几年无日别。
日食三餐并不丢，夜眠一宿浑无撇。

也曾佩去赴蟠桃，也曾带他朝帝阙。

说起来这把钉耙是天庭众神仙集体劳动的结晶，其用功之细、设计之精致，令人赞叹，简直是件艺术品，珍贵程度并不亚于金箍棒，难怪猪八戒随身携带，形影不离，还经常向人炫耀。只要看看玉华县钉耙丢失之后，猪八戒心急火燎的神态，就不难看出他对这件兵器的深厚感情。

西天取经路上，不时有妖魔嘲笑猪八戒带的是农具，看来这是没见识之语。那位黄狮怪倒是个识货的，他偷走取经队伍的兵器后，最看重这把钉耙，要开“钉耙会”，而不是“金箍棒会”。玉皇大帝能赏赐这件兵器，可见他当时对天蓬元帅还是很器重的。

再看沙僧的铲杖，这也不是随手可得的凡间之物。据沙僧介绍，这件兵器的来历及情况如下：

宝杖原来名誉大，本是月里梭罗派。
吴刚伐下一枝来，鲁班制造工夫盖。
里边一条金趁心，外边万道珠丝玠。
名称宝杖善降妖，永镇灵霄能伏怪。
只因官拜大将军，玉皇赐我随身带。
或长或短任吾心，要细要粗凭意态。
也曾护驾宴蟠桃，也曾随朝居上界。

值殿曾经众圣参，卷帘曾见诸仙拜。
养成灵性一神兵，不是人间凡器械。
自从遭贬下天门，任意纵横游海外。
不当大胆自称夸，天下枪刀难比赛。

从这段介绍可知，沙僧所使用的铲杖同样为名匠高手精工制作。和猪八戒一样，围绕着兵器的获得和使用，沙僧也有一段美好的回忆。他们的兵器不仅是稀世奇宝，同时也是一份见证，见证了他们在天庭的辉煌历史和快乐时光。

取经成员的这三件兵器，还引发了一场激烈战斗，可谓西天取经路上绝无仅有的兵器战争。借这个故事，作者把这三件兵器的威力大大渲染了一番。

孙悟空、猪八戒、沙僧之外，西天取经路上所遇到的妖怪在作战时也都使用兵器，一般在不能取胜的时候才会使用法术和宝贝。兵器对他们也同样重要。

这里对《西游记》一书做个粗略的统计，看看那些妖魔们使用的都是什么兵器：

黑熊精：黑缨枪。

黄风怪：三股钢叉。

黄袍怪：钢刀。

金角大王、银角大王：七星剑。

红孩儿：火尖枪。

黑河妖：竹节钢鞭。

金鱼精：九瓣赤铜锤。

青牛精：点钢枪。

蝎子精：三股钢叉。

铁扇公主：青锋宝剑。

牛魔王：混铁棍。

九头怪：月牙铲。

黄眉怪：短软狼牙棒。

赛太岁：宣花钺斧。

黄花观道士：宝剑。

青毛狮子怪：钢刀。

白象精：长枪。

大鹏金翅雕：画杆方天戟。

白鹿怪：蟠龙拐杖。

老鼠精：宝剑。

豹子精：铁杵。

犀牛精：钺斧、钢刀、扢挞藤。

白兔精：短棍。

由以上的统计来看，妖魔们所使用兵器的样式还是蛮多的，五花八门、光怪陆离，可以用“十八般兵器”一词来形容。

这些兵器有一个共同特点，它们大多是从主人那里偷来的，有不少本来不是兵器，被妖怪们开发出新的用途，用作战斗的兵器。比如黄眉怪手里的狼牙棒，原是敲磬的槌儿；白鹿怪使用的兵器，则是南极仙翁的拐杖；白兔精所用的短棍，原是月宫里的捣药杵。此外，也有自己亲自动手、研制兵器的，比如金鱼精所使用的九瓣铜锤，原来是一枝未开的菡萏，被“运炼成兵”，修炼成一件兵器。一个妖怪还能有这一手，可见也不是等闲之辈，难怪观音菩萨不愿将其处死。

大体说来，作者对孙悟空、猪八戒、沙僧三位的兵器着笔较多，反复介绍。相比之下，对其他神仙、妖怪所使用的兵器则大多是一笔带过，因为没有交代，所以也就无从知道它们的神奇功用。

不过也有例外，比如在狮驼岭作战时，为了突出孙悟空的脑壳硬，作者先对老妖的钢刀进行介绍，以作铺垫。他把这把刀吹得越神，就越显得孙悟空的头功了得。从老妖的介绍来看，他的刀还是很厉害的，锻造颇为不易，很有讲究，“金火炉中造，神功百炼煞。锋刃依三略，刚强按六韬”，“琢磨无遍数，煎熬几百遭”。从其“深山古洞放”的交代来看，估计这把刀也是从主人文殊菩萨那里偷来的。

刀虽然是好刀，可惜碰到了孙悟空的硬头，别说没有达到“一削就是两个瓢”的效果，连头皮都没弄破。看来在神仙社会，兵器还是不如法术厉害。

法力无边

人类之所以斗不过神仙、妖魔，在很大程度上与他们法术手段的欠缺有关。看过《水浒传》的读者都知道，人但凡会点法术，就可以做到打遍天下无敌手。以公孙胜的师父罗真人来说，如果比力气、拼板斧，他绝对不是李逵的对手，但这位老先生会法术，四两拨千斤，随便使一个手段，就将李逵摆弄得服服帖帖。其徒弟公孙胜能在梁山坐到第四把交椅，与他会几手法术有着很大的关系。不过，如果将罗真人、公孙胜放到《西游记》中，和那些神仙、妖魔们相比，就会发现，师徒俩那两手不过是入门级水准，用句时髦的话说，他们的法术只是“菜鸟级”，连车迟国的那三位国师都不如。仅仅凭几手入门级的手段，就已经在人间通行无阻，由此可以想象那些法术高深的神仙、妖魔与凡人的差距该有多大。《西游记》所写玉华县兵器被盗故事，有意突出了孙悟空三兄弟与其三位徒弟的差距，读者由此不难获得形象、感性的认识。正所谓：武功不如兵器，兵器不如法术。

正是因为具有法术优势，神仙、妖魔与人类也就没有多少冲突，他们是人类的统治者，人类除了向他们进贡、顶礼膜拜之外，一点办法也没有。唐僧师徒西天取经路上虽然也遇到一些人间盗贼的骚扰，但让他们作难的不是斗过斗不过的问题，而是要不要把这些盗贼打死的问题。《西游记》所写大小战事虽多，但多是发生在神仙、妖魔之间，是基本将人类排除在外的。

有了法术，神仙、妖魔间的战斗自然与人类有着很大的不同，他们虽然也使用兵器，但在武艺不敌对手，或取胜心切时，往往亮出法术，一下收到奇兵制胜的效果。特别是那些超一流的高手，基本不用兵器，比如如来收服孙悟空和大鹏金翅雕，靠的就是法术。与兵器相比，法术在战斗中更为有效，也更神奇，往往在不经意的谈笑之间，就能致敌人于死地，既节省力气，又显得儒雅，着实是个好东西。

从作品的描写来看，法术似乎可以分成两个档次：一种是入门级，一种是专业级。像腾云驾雾、变化身形等，属于入门级法术，但凡神界人士，都会这么两手。不过尽管是入门级功夫，要想练好练精，也不那么容易。比如同样是腾云驾雾，孙悟空的筋斗云就与众不同，不仅方式奇特，而且速度非常快，一个筋斗十万八千里，够其他神仙飞半天的。

以唐僧第二次驱逐孙悟空为例，当时孙悟空万般无奈，只好离开，一个筋斗出去，“那消一个时辰，早至南洋大海”。这样，从取经途中回到花果山，也不过是一个筋斗的事。但沙僧则不然，他要费力得多，“行经三昼夜，方到了东洋大海”。从东海到南海，结果又“行经一昼夜”。同样是神仙，同样的驾云，两人的速度相差竟然如此之大，就好像现代人的旅行，一个坐飞机，一个坐轮船。可见，腾云驾雾这种法术就像中国象棋、乒乓球一样，谁都会玩上两手，但要玩得好，玩出水平，玩成专业级，却并不容易。

按说孙悟空的速度已经够快了，大闹天宫时，十万天兵都拿他不住，因为“他会驾筋斗云，一去有十万八千里路，所以诸神不能赶上”。但强中自有强中手，还有比他更快的，像那位凶悍的大鹏金翅雕，“扇一翅就有九万里”，比孙悟空的筋斗云更灵便，速度也更快，“两扇就赶过了”，不费多大力气就能把孙悟空抓住。像腾云驾雾这种入门级的法术都有如此多的讲究，可见神仙也不是那么好当的，其中的学问大着呢。

腾云驾雾如此，身形变化也不例外。同样是变，有只会变一两样的，有能变十样八样的，也有会三十六变的，更有像孙悟空这样会七十二变的高手。同样是变，有只能变笨物、重物的，也有随心所欲，变什么有什么的，有的很容易看出破绽，有的则往往真假莫辨。在这方面，孙悟空绝对是个高手。

在整部作品中，最善于变化的莫过于孙悟空，其变化之多、花样之翻新，着实令人大开眼界。这也是全书中十分出彩的部分。西天路上，他充分施展了这一法术，变蜜蜂、蝴蝶，探听情报；变老妖，占尽妖怪的便宜。与此同时，他也受了不少妖怪变化之苦。那些妖怪利用唐僧的同情心，巧妙伪装，孙悟空能否识破并不重要，关键是要蒙得住唐僧，大多时候肉眼凡胎的唐僧是看不出来的。可见这一法术是个双刃剑，既能对付敌人，也能刺伤自己。

不过，要论变化的手段，孙悟空未必是最高明的，比如他在大闹天宫和二郎神斗变化时，就没有占到什么便宜。三调芭蕉扇时，牛魔王的变化似乎也不在孙悟空之下，如果没有外援，他一个人对付牛魔王恐怕就没有那么容易。

相对于腾云驾雾、身形变化这类小手段，有些法术是属于专业级的，修炼不到一定程度，是不能掌握的。比如如来的手掌，竟然能大到连孙悟空翻筋斗云都翻不出来，其法术之高深由此可见，西天老大的第一把交椅不能谁都能坐的。孙悟空一个筋斗是十万八千里，当时他“风车子一般相似不住，只管前进”，可以想见他一口气翻了多少筋斗，就算几十个吧，其里程也是一个十分惊人的数字，但他依然还在如来的手心里，可见确实是技不如人，孙悟空后来皈依佛门，固然有胁迫的因素，但对如来的敬畏和佩服也是一个重要因素。不像太上老君，拿出绝活，将孙悟空放到八卦炉中炼了那么长时间，也伤不了其一根毫毛，让孙悟空尊这样的人为教主，根本是不可能的。

法术如如来之高深者在神界毕竟少见，其他神仙、妖魔虽然炼不到这个份上，但多多少少都还有一些绝活，要不在神仙堆里也难混日子。这里以唐僧师徒西天路上遇到的妖怪为例，论武艺，其中许多人根本不是孙悟空的对手，但只要有了独门绝技，就能让这位齐天大圣吃尽苦头。俗话说，一招鲜，吃遍天。那些妖怪形形色色的法术正应了这句老话，法术不在多，只在精，有一手绝活就行。就以红孩儿来说，这小子的武艺并不怎么样，不是孙悟空的对手，但他会三昧真火，尽管还得借助器械，但已经够了，一下把孙悟空烧了个小发昏。西天取经路上，孙悟空还从来没有吃过这么大的亏。这样的法术是专业级的，不是哪个妖怪都会。

还有不少妖怪充分利用自己的生理特点，将其修炼成独门秘技。比如黄风怪会吹三昧神风，“能吹天地暗，善刮鬼神愁。裂石崩崖恶，吹人命即休”，高手如孙悟空者也被吹得“眼珠酸疼”“冷泪常流”。再如那位蝎子精，武艺倒也平常，但其倒马毒十分厉害，别说孙悟空被扎得头痛难禁，就连如来都有些发怵，观音菩萨更是明确承认，“我也是近他不得”。蝎子平日的毒性就很大，一般人不敢招惹，经过修炼之后，自然是更为了得。好在神仙世界里也通行动物相克的规则，如来对付不了蝎子精，而鸡精则可以轻易将其拿下。黄花观的那位蜈蚣道士也是如此，令孙悟空大吃苦头，除了搬救兵之外，一点办法没有。这也正符合人外有人、天外有天的道理。一物降一物，石膏点豆腐，没有全能的选手，才能保持神界的平衡。对那些修行者来说，法术是无边的，只要坚持下去，获得一定的道行，就总能修成一些绝活，修炼的时间越长，法术也就越高强。当然也有例外的，像那位高高在上的玉皇大帝，按如来的说法，其修行时间堪称神界第一，但他除了发号施令外，没见有什么本事。

西天取经是正义事业，得到三界的支持。那些妖魔们虽有独门秘技，但并不是全能冠军，总有这样或那样的短处，所以说起来也并不怎么可怕，毕竟神界的林子大着呢，只要像孙悟空那样勤快，多打听，总能请到能对付妖魔的高手。那些过分仰仗独门绝技的妖魔一旦法术失灵，就什么也玩不转了，失败的命运是注定的。

妖怪也孝顺

在人们的心目中，妖怪应该属于冷血动物，他们多和穷凶极恶、六亲不认、冷酷无情之类的贬义词联系在一起，为了自己的一点私利就可以牺牲所有人的利益。不过实际情况却并不是如此，《西游记》一书有不少地方写到了妖怪的亲情关系，展示了他们心灵世界的另一面。

按说好不容易抓到了唐僧，应该立即饱餐一顿才是，不管是红烧还是清蒸，夜长梦多，先吃到肚子里再说。但有的妖怪偏不这样做，他们不愿意吃独食，而是想和长辈、亲友们一起分享。说起来还是蛮懂得孝道的。这样的现象并非特例，在作品中，有好几个妖怪都是这样做的。这里稍作介绍和分析。

第一个有孝心的是兄弟俩，即金角大王和银角大王。两人为了吃唐僧肉，做了充分的准备，还亲自为唐僧师徒画像，生怕认错人。经过一番波折，终于抓到唐僧。兄弟俩高兴之余，合计了一下，决定“差两个小妖去请母亲来吃唐僧肉”，顺便也把宝贝幌金绳拿过来，以便对付孙悟空。

金角大王、银角大王本是两个在兜率宫看炉的小童子，据太上老君事后向孙悟空介绍，兄弟俩是观音借来测试取经队伍本领和意志的，如此说来，平顶山之战是观音和太上老君合伙精心设计的一个圈套。不过这两个家伙到了下界之后，可是假戏真演，一心一意做妖怪，真心实意吃唐僧。他们起初到下界是执行任务，只有兄弟两人和几件宝贝，但他们很快就打开局面，认了不少干亲，除了那位九尾狐狸干妈，还有干舅阿七大王等亲戚，在下界建立了一个充满温情的关系网。与做童子时被人呼来唤去相比，在下界占山为王，受人拥戴，自由自在，何等快活！

这里就有一个比较有意思的问题，两位童子到下界做妖怪、吃唐僧肉便是，还认什么干妈、干舅呢？他们到下界时，从太上老君那里弄了五件宝贝，有了这些玩意儿，占山为王已经足够，即使是虎口拔牙，从其他妖怪那里抢地盘，也不会有太大的问题。显然，他们找干妈的目的不是为了找靠山，恐怕只能从感情需要的角度来解释。

虽然和人类相比，兄弟俩都是寿星级的人物，但在神仙堆里，不过是两个毛头小孩子。就像五庄观的清风、明月那样，一个一千三百二十岁，一个一千二百岁，仍然满脸孩子气。这么小的孩子本该在家里享受天伦之乐，受着父母的呵护，却被送到太上老君那里做苦力，过着缺少母爱、受人差遣的奴役生活。两人跑到下界，除占山为王，过一把当家做主的幸福生活外，想必还有感情上的渴求，大约是九尾狐狸给了兄弟两人这份久违的感情，由此形成了新的母子关系。

他们的感情应该是比较融洽的，否则兄弟俩抓到唐僧后，也不会兴师动众地请她一起分享。这也可以从老妖婆接到干儿子邀请后的表现中看出来。几个女妖要随行，被老妖制止了，理由是："我往自家儿子去处，愁那里没人伏侍，要你们去献勤蹋嘴？"他们的关系确实非同一般。

于此可见，妖怪也存在感情，也有精神需求。值得注意的是，有些妖怪还存在家庭问题，比如红孩儿父母之间的关系因父亲牛魔王娶二房而变得紧张；黑河怪则生活在单亲家庭，他的父亲泾河老龙因违反天条被处死。不知道他们的为妖与家庭问题有关系否，作者没有交代，这里也不做过多的推测。

第二个有孝心的是黑河怪。这家伙在抓到唐僧之后，立即给自己的老舅西海龙王下了个帖子，请他一起享用唐僧肉。柬帖写得文绉绉的，可见这家伙肚子里还有些墨水，毕竟是泾河龙王的孩子，多少受过些教育。

黑河怪邀请老舅西海龙王赴宴当然是有缘由的，父亲被处死后，他由老舅抚养成人，可见两人还是很有感情的。这位老舅对自己的外甥关爱有加，甚至达到溺爱的程度，他表面上对孙悟空说，让这个外甥到黑水河，是为了"养性修真"，实际上是纵容黑河怪抢夺水府，弄得河内真神无处容身，告状无门，因为"西海龙王是他的母舅，不准我的状子，教我让与他住。我欲启奏上天，奈何神微职小，不能得见玉帝"。

如此蛮横霸道的违法行为，竟然被说成“养性修真”，难怪这位外甥得了好处后，马上就想到母舅。

即使孙悟空没有截获黑河怪的那份邀请函，西海龙王也是吃不成唐僧肉的，他可不像外甥那样孤陋寡闻，只要听到唐僧或孙悟空这几个字，就是再借他两个胆子，他也不敢下口。早在孙悟空刚出道，到东海借兵器时，他就已经领教过这位美猴王的厉害。且不说孙悟空因大闹天宫而获得的赫赫威名。西海龙王是神界高级公职人员，想必早收到过天庭关于唐僧取经需要提供帮助的文件或通知。实际上，仅凭孙悟空的名头，也能吓死他。当孙悟空把黑河怪的柬帖拿出来时，西海龙王一看就吓得跪下叩头，请求恕罪。这一举动看起来有些夸张，却正是其内心状态的真实表现。

第三个孝顺的妖怪是红孩儿。别看这家伙人小，若论心眼，论本领，并不比成年妖魔差。他心狠手辣，竟然将当地的基层官员山神、土地神当苦力来使唤。但就是这样一个恶魔，还蛮有孝心，抓到唐僧后，赶紧派六个小妖，“星夜去请老大王来，说我这里捉唐僧蒸与他吃，延寿千纪”。牛魔王可不同西海龙王，他如果来的话，真的敢吃唐僧肉。

这里有一个问题，红孩儿父母双全，为什么他单单去请父亲，却不请母亲？莫非母亲不疼他，关系不融洽？从作品的实际描写来看，显然不是。孙悟空路过火焰山，找铁扇公主借芭蕉扇时，她还在为儿子的事情生气，拒绝出借芭蕉扇。

可见他们母子俩的感情还是不错的。深究下去，还会发现一个问题，为什么牛魔王、铁扇公主不让红孩儿在自己身边生活，反而让他到外地独自谋生？他们这样做似乎有些不合情理。

将收伏红孩儿和三调芭蕉扇这两个故事放在一起，则可以寻找到一些线索。红孩儿的独自远居很可能和他父母的失和有关。牛魔王属于那种贪财好色的类型，见到人家玉面公主人漂亮，家产多，马上见异思迁，抛弃结发之妻，另寻新欢。可以想象，铁扇公主肯定不会善罢甘休，甘当怨妇，两人的冲突争吵是少不了的。也许红孩儿不愿意看到这些，宁愿到外面独自谋生，落个清净，也不愿意陷入这种清官难断的家庭纠纷中。他只请父亲，不请母亲，也许是担心两人到了一起会发生争吵吧。如果真是这样的话，即使吃了唐僧肉，也会吃得不愉快，与其这样，不如只请其中一个。从红孩儿介绍牛魔王把其“八个字时常不离口论说”的情况来看，他们父子之间的感情还是蛮深的，正好可以利用吃唐僧肉的机会尽一下孝心。当然，笔者不过是在作品描写的基础上做了一点推测，这是没法证明的，至于实际情况如何，恐怕只有作者本人知道了。

如何来看这些妖魔们的孝顺现象呢？这倒是一个比较有趣的问题。按人们通常的理解，道德可以分成私德和公德两类，像孝顺父母、尊敬长辈这样的行为，属于私德的范围，一般人都能做到，神仙如此，妖魔也是如此，他们的分界并不在此。

不过，私德也并不总是值得赞美的，关键在于它不能和公德发生冲突。以妖怪请长辈来吃唐僧肉这件事来说，他们虽然尽了孝心，但这种孝心建立在他人痛苦的基础上，以牺牲他人的利益为代价，这样的行为就成问题了。前提有错，后面自然都跟着错。这是个原则问题，丝毫含糊不得的。

说起来，金角大王、银角大王、黑河怪、红孩儿在妖怪中还不是最坏的，如果他们坏得连私德都不要，没有底线，冷酷无情，六亲不认，那才真是无可救药、真正可怕呢。在得到好处的时候还能想到自己的长辈，在妖怪中还是颇为难得的，毕竟对妖怪不能有太高的道德要求，只要心里还存在一丝亲情，就还有改过的希望。

今宵何处安身

“徒弟，如今天色又晚，却往那里安歇?”

“徒弟，今宵何处安身也?”

“徒弟啊，天色晚矣，往那条路上求宿去?”

西天取经路上，每到天近黄昏的时候，唐僧都会向徒弟们询问这样一个问题。和化缘一样，住宿也是一个取经队伍每天都必须面对和解决的问题。天天在崇山峻岭、江河湖海间奔波跋涉，其劳顿辛苦可想而知，本来就饱一顿饥一顿的，饮食有缺，如果晚上再休息不好，肯定会影响到第二天的行程。唐僧屡屡发问，对住宿问题如此关切，这也是很正常的。何况他是个凡人，在吃苦耐劳方面远比不得三位神仙级的徒弟，住宿问题对他来说更为重要。也正是为此，作者用了较多的笔墨描写唐僧师徒的求宿过程。通过这些描写，可见西天取经之艰难，同时也可见一路上的人情世态，其中有不少富有戏剧性、较为精彩的小插曲写得耐人寻味。对此，善读《西游记》者不可当作闲文放过。

与单纯的化缘比起来，求宿则要困难一些，这是因为接待者付出的太多。如果答应借宿，除了免费提供师徒四人的住处和拴马的地方外，还要免费供应晚餐乃至第二天的早餐，包括马吃的草料。这对本来就不富裕的一般人家来说，开支不能说大，但也并不算小，是需要下点决心才能答应的，确实让人感觉有些为难。即使主人敬佛礼僧，也不见得就答应得那么爽快，毕竟富贵人家只是人群中的少数。也正是为此，唐僧等人的求宿条件也不高，正如孙悟空对一户人家所说的："十分你家窄狭，没处睡时，我们在树底下，好道也坐一夜，不打搅你。"十四年的漫漫岁月中，这种没地方住、在树底下坐一夜的日子在西天取经路上想必有不少，这正应了孙悟空的一句话："出家人餐风宿水，卧月眠霜，随处是家。"有人家肯收留，提供住处，还能给顿饭吃，就算比较幸运了。

更为重要的是，唐僧师徒求宿还有一个先天不利的条件，那就是孙悟空等三位徒弟相貌丑陋，而且不是一般的丑陋，可以说达到了骇人的程度，害得人一见就喊妖怪，惊恐万分。在相貌上，孙悟空等人和妖怪确实没有多大的差别，他们的差别主要在思想和精神上。相比之下，唐僧就显出了其难得的优势，那就是他相貌清秀，文质彬彬，很容易给人以好感，不像孙悟空、猪八戒等人那样，一露面就给人家一种不安全感。于是，在求宿的过程中，唐僧不时地去打头阵。

这样一来，便经常出现如下一幕富有戏剧性的场景：本来人家对唐僧印象挺不错，准备接待，但看到三位徒弟的尊容之后，一下惊慌失措，就产生了拒之门外的想法。本来接待几位僧人吃住就已经费财费力，够麻烦的了，谁愿意再往家里领进几位相貌丑陋的妖怪，招惹是非。这也是人之常情，可以理解。于是，求宿一下子就变得十分困难。唐僧师徒得耐心地去做思想工作，让人家相信自己是好人，而不是妖怪。经过这么一番惊吓，主人会产生一种捡条性命的感觉，本来以为碰到妖怪，性命不保的，现在没有生命威胁，只是接待一下师徒几人而已，何况也就是一个晚上的事情，忍一忍也就过去了。对那些胆子稍大的人家来说，经过这么一番折腾，也就答应留宿了。

不过，唐僧师徒也曾遇到坚决不肯留宿的。到了这个份上，怎么做说服工作都没有用，于是只好用武力进行胁迫了。以孙悟空等人的手段，对付一个凡人是不成问题的。但作为出家人，以这样的方式到人家里强吃强住，着实有些不光彩。所以，不到万不得已，孙悟空是不会采取这个手段的，好在这样的事情很少发生。

对唐僧师徒来说，最为理想的是到寺庙中求宿，毕竟寺庙地方大，僧人又都是同道，负有接待之责，饮食起居上也方便些。这正如唐僧所说的：“庵观寺院，都是我方上人的馆驿，见山门就有三升米分。”且唐僧还可以借此实现逢庙烧香拜佛的心愿。但事实往往不尽如人意，相比一般人家，有些僧人更会算计，也更为功利，因而对唐僧师徒也往往拒绝得更为坚决。这在唐僧到宝林寺求宿那段描写中体现得最为充分。

本来唐僧这次是想露露脸，给徒弟们做个表率的。他去借宿之前，曾颇有信心地告诉徒弟："你们的嘴脸丑陋，言语粗疏，性刚气傲，倘或冲撞了本处僧人，不容借宿，反为不美。"没想到刚进门就碰了一鼻子灰，因为人家僧官看人下菜，只接待"城上来的士夫降香"，像唐僧这种不能带来好处的远游僧人自然不受欢迎。他不仅不肯接待，而且还把唐僧嘲讽了一顿，"看他那嘴脸，不是个诚实的，多是云游方上僧，今日天晚，想是要来借宿。我们方丈中，岂容他打搅！教他往前廊下蹲罢了"。这句话是很伤人的，不是一位僧人该对同道说的话。正所谓林子大了，什么鸟都有。

至此，唐僧的相貌优势一点也没派上用场，而且还被人家贬了一通。但既然在徒弟们面前夸了海口，就只能厚着脸皮继续向人家求助，否则也不好交代。结果是可以想见的，在极为势利的僧官面前，靠唤起同情心的方法根本没有用。求宿不成，相貌和人格也被那位僧官说得很不堪，被斥为"油嘴油舌"。碰到这种比商人还刻薄的僧人，对唐僧无疑是一个很大的刺激，难怪他眼泪都流出来了。

对付这样极端势利的冒牌僧人，还是孙悟空的办法好，一顿打骂，什么问题都解决了，可谓用其人之道，还其人之身。说这位僧人是冒牌僧人也不是冤枉他，从他后面安排饮食时问唐僧师徒是吃荤吃素这一点就可以看出来，显然这位僧官平日有吃肉的嫌疑，而且这个寺庙能置办荤食，显然是存在问题的。

不过，孙悟空的震慑效果也是有限的，那些僧人的势利心态在武力胁迫下稍有收敛，但并没有因此而改变。后来，唐僧按孙悟空的安排，向太子说明其父亲受害的原委。看到唐僧师徒与太子拉上了关系，那些僧人的表现如何呢？作品是这样描写的：“那本寺中的和尚，见他们与太子这样绸缪，怎不恭敬？却又安排斋供，管待了唐僧，依然还歇在禅堂里。”可见，他们的势利观念已经深入骨髓，无法改变了。

唐僧师徒取经的目的就是拯救人类，但他们实际上连自己身边的僧人都拯救不了，取得经文能有什么效果，这不能不让人产生一些怀疑了。

降妖还是杀人

尽管《西游记》一书中神仙妖魔你来我往，打打杀杀，或使宝贝，或用法术，天上人间，不断变换，写得十分热闹，让人眼花缭乱，但所涉及的矛盾冲突不外乎两种：一种是取经人与阻碍取经人之间的外部矛盾，一种是取经人之间的内部矛盾。前者主要发生在取经队伍与西天路上的妖魔之间，这也是全书着力描写、读者最为关注的部分。后者则发生在取经队伍之中，往往容易被人们忽视。其实，内部矛盾也不可小看，它有时还相当激烈，处理不好，问题的严重程度并不亚于外部矛盾，对取经事业影响甚大。这里稍作分析。

取经队伍的成员并不多：一个师父、三个徒弟。白龙马因担任专职脚力，基本不参与其他事务，这里不去说他。人虽然不多，但事情却不少。由于大家出身、经历不同，禀性、兴趣各异，在一些问题上产生分歧，也是人之常情，在所难免。且不说取经队伍是一个临时拼凑的草台班子，就是一家人，还有磕磕绊绊的时候。有些分歧属生活小节，大家吵上两句，发泄一下情绪，也就过去了；有些分歧则关乎取经的成败，处理不好就会出大麻烦，影响安定团结。

在众多分歧中，唐僧与孙悟空之间的最为严重，影响也最大，同时这也是作品着力描写的地方。其他成员之间虽然也存在分歧，但都没有这么尖锐，多数情况下也是从属于这一分歧的。

一个是取经的领队，一个是取经的主力；一个是师父，一个是大徒弟。既然都是为了取经大业，何至于发生如此激烈的冲突？以前有研究者提出，这是两条路线的斗争，孙悟空代表革命派，坚决要将妖怪剿除，而唐僧则人妖不分，阻挠了孙悟空的正义行动。这一看法不能说完全没有道理，但它也未免将两人之间的矛盾过于夸大了。有一点必须看到，唐僧、孙悟空两人的总目标是完全一致的，他们之间的矛盾不过是大方向下的小摩擦。用一句当年颇为流行的话说，这并非敌我斗争，而是人民内部矛盾。

从作品的具体描写来看，孙悟空和唐僧主要在两种场合下发生冲突：一是当妖怪变成人来迷惑唐僧时，二是人间盗匪行凶时。两种场合的具体情况有所不同，这里稍作辨析。

妖怪为何要变成人来迷惑唐僧？原因很简单，因为有孙悟空这样的高手在场，不好直接下手。强攻不行，只得用计。当然，妖怪们也很聪明，知道取经队伍的软肋在哪儿。谁都明白，唐僧是位仁慈的僧人，加之肉眼凡胎，稍作变化，既不会被他老人家认出来，相对也比较安全。这一招几乎每次都能奏效，无论是白骨精、银角大王还是红孩儿、老鼠精，不管变形术是高超还是拙劣，总能瞒过唐僧，引起他与孙悟空之间的冲突，弄得取经队伍阵脚自乱、人心惶惶，正好从中渔利。

在孙悟空看来，妖怪虽然变化成人形，但它还是妖怪，仍然要予以歼灭。否则，妖怪一旦得手，自己又得为搭救唐僧来回折腾。但在唐僧眼里，性质则完全不同，以其肉眼凡胎，自然是无法知道真相的。既然无法知道真相，眼前的假象就是现实，让他眼睁睁看着一个活生生的人被打死或丢弃不管，显然有悖于一个出家僧人的慈悲立场。这样，一个要降妖，一个不准杀人；一个是见一个杀一个，毫不留情，一个则是宁可放过三千，不可错杀一人。每人都有十分正当的理由，两个看似不相干的问题因为妖怪的变化而纠缠在一起，在师徒之间产生嫌隙。

冲突的结果往往是两败俱伤，谁都不是胜者，孙悟空为此受到念紧箍咒乃至被驱逐出门的严厉惩罚，受尽委屈，唐僧也为自己的行为付出沉重代价，在妖怪洞府里饱受惊吓和折磨。

这里不妨做一个假设，如果唐僧相信眼前的老者或孩子是妖怪所变，他还会阻止孙悟空的降妖之举吗？答案是很明确的：不会。这里实际上就触及了一个降妖除怪的潜规则问题，那就是只能降妖，不能杀人。

西天取经路上遇到的诸多障碍并不都是妖魔设置的，很多时候是因为人。如何对待那些作恶多端，甚至比妖怪还坏的人，孙悟空和唐僧的立场也是存在很大分歧的。在孙悟空看来，无论是妖怪还是人，只要做坏事，一概剿除；在唐僧，则立场鲜明，降妖可以，杀人不行，不管这人有多坏。尽管佛法声言众生平等，不管是人还是其他生灵，都是平等的，但在唐僧的心目中，人是高于其他生灵的。这一立场已不是一个僧人的立场，而是一个人的立场。相对而言，孙悟空的立场则不是人的立场，而是猴的立场。这样，唐僧与孙悟空的冲突实际上演变成为人与兽的冲突。

作为猴子的孙悟空难以理解，何以唐僧对人的生命如此看重。唐僧本人并没有给孙悟空做过解释，倒是观音菩萨在孙悟空倍感委屈、无处诉冤之时，帮他揭开了这一谜底。且看她的原话：

> 唐三藏奉旨投西，一心要秉善为僧，决不轻伤性命。似你有无量神通，何苦打死许多草寇！草寇虽是不良，到底是个人身，不该打死。比那妖禽怪兽、鬼魅精魔不同。那个打死，是你的功绩；这人身打死，还是你的不仁。但祛退散，自然救了你师父。据我公论，还是你的不善。

不愧是一个师父教出来的徒弟，观音菩萨对唐僧立场的解释还算比较到位，那就是一个总的原则：不轻伤性命。两条具体措施：只能降妖，不准杀人。

其实，早在唐僧收孙悟空为徒之初，这一分歧就出现了。孙悟空刚从五指山下出来，就打死一只猛虎，唐僧不但没提出任何反对意见，反倒很新奇地问这问那，不时“闻言暗喜”，“放怀无虑”；接下来在路上遇到六个草寇，当孙悟空开始发威时，两人的冲突就发生了。好在这时孙悟空还没戴上紧箍，根本不会买唐僧的账，说走就走。这也是他西天取经路上唯一的一次主动出走。如果他这次出走后再也不回来呢？细细想来，这倒是一个很是有趣的问题。

孙悟空拜唐僧为师，但这个师父名不副实，他大多时间在干苦力，并没有从唐僧身上学到什么东西，连堂像样的佛学课都没上过。法术学不到，学问也没增加。比如在对《心经》的理解和阐释上，唐僧还应该拜孙悟空为师。对唐僧的这些不杀同类的念头，孙悟空哪里知道？所以只能靠自己摸索，在饱尝一连串苦头后，才终于弄清楚。如果唐僧平时多做一些思想工作，或许就不会出这么多问题。平时不吭声，出问题时发牢骚，埋怨人，这样的师父是不大合格的。

果然，在观音进行这番解释之后，孙悟空就不再坚持了，他和唐僧的矛盾由此比先前缓和许多。比如在是否要救老鼠精所变女子的问题上，他一反故态，依从了唐僧的意见，并预先声明：“师父既然如此，只是这个担儿，老孙却担不起。你要救他，我也不敢苦劝你，我劝一会，你又恼了。任你去救。”当然，这也可以说是一种无奈的妥协，有令人致命的紧箍咒在，孙悟空没有其他更好的选择。如果西天路上跟唐僧十几年，就学会了这么一个道理，也着实够悲哀的。

唐僧只让降妖，不准杀人，除了不轻伤性命这个原因外，还有很现实的考虑，那就是对人间法律的恪守。在他看来，草寇再坏，自有官府来管，个人是不能法外行法的，且不说这些草寇"就是拿到官司，也不该死罪"。孙悟空的举动在他看来属越权之举。从神仙的立场来看，这一观点确实有些可笑，因为在他们眼里，人的生命是微不足道的。不过，站在人的角度来看，则不能说没有道理，毕竟唐僧是人，他只能从人的立场来考虑问题，作为一名大唐帝国的守法公民，这似乎也无可厚非。妖魔神仙的法律他不明白，所以打死妖怪的事情也就不怎么管，随孙悟空处理。

唐僧做人也有不够地道的地方。孙悟空打死草寇后，他那种事不关己、推卸责任的冷漠态度着实让人寒心，毕竟孙悟空的所作所为都是为了他："早还是山野中无人查考；若到城市，倘有人一时冲撞了你，你也行凶，执着棍子，乱打伤人，我可做得白客，怎能脱身？"说这样的话还算是比较客气的。"你到森罗殿下兴词，倒树寻根，他姓孙，我姓陈，各居异姓。冤有头，债有主，切莫告我取经僧人。"这话从一个师父嘴里说出来，就很过分了。难怪孙悟空感到不满："师父，你老人家忒没情义。为你取经，我费了多少殷勤劳苦，如今打死这两个毛贼，你倒教他去告老孙。虽是我动手打，却也只是为你。你不往西天取经，我不与你做徒弟，怎么会来这里，会打杀人！”就连最能为自己打小算盘的猪八戒都觉得不合适，认为“师父推得干净”。

对朝夕相处、忠心耿耿的徒弟如此绝情，对一个作恶多端的草寇反倒处处维护，这会让徒弟们怎么想。就是作为一个僧人，这样做恐怕也不合适，不符合佛家的慈悲立场。

唐僧的许多言行固然可以理解，但很难让人苟同。看来，唐僧还没有学会换位思考。

招安背后的秘密

不管一个社会的运作如何不正常，世风如何日下，但有一个规则始终在起作用，那就是：吃饭最终还是要凭真本事。上头有人的寄生生活固然来得容易，但风险也着实不小，一旦有一天后台或靠山失势，自己也要跟着倒霉，正所谓一荣俱荣，一损俱损。在别人羽翼下讨生活远不如自己有本领来得有底气，来得保险。不管谁当家，谁统治，总得有人帮助支撑门面，总得有人使唤，所以，只要有本事，就不愁没饭吃。人间如此，神仙世界也不例外，《西游记》一书就十分生动形象地写到了这一点。

唐僧师徒西天取经路上碰到的妖怪林林总总、形形色色，出身不同，本领也各异。就其和孙悟空发生冲突后的结局来看，不外乎以下三种：一种是有来头的，被主人收走，进行批评教育；一种是无来头的，也没本事的，被依法剿除；还有一种比较特殊，有些妖怪虽然没有来头，但本领高强，被一些有名头的神仙看上，网罗到其手下当差。

细细算来，西天路上接受招安的妖怪并不多，只有那么五位：黑熊精、红孩儿、牛魔王、黄花观道士、大鹏金翅雕。

自然，能免于一死，被人家招安，也是要有些资格的，并不是所有的妖怪都具备这个资格，比如七绝山的蛇妖估计就没有哪个神仙肯要，这种连语言能力都没获得的妖怪到处都是，没必要专门在西天路上凑热闹。如果弄个这样的妖怪到家里，浪费用人指标不说，还得经过一番培训之后才能上岗。何况能不能培养出来，还是个未知数。

大体说来，要有些真本领，能独当一面，才有被招安的可能。毕竟神仙世界机构庞大，职位众多，需要经常补充一些新生力量来维持运转。怎么才算有真本领？用什么样的标准来衡量？这个问题说难也难，说简单也简单。这里有一个参照，那就是孙悟空。

孙悟空当年大闹天宫，被封为齐天大圣，其本领在三界中是有目共睹、有口碑的。如果一交手就被他毫不费力地打败，连小命都保不住，自然不必提招安的事情。可以想象，能让孙悟空头痛发怵的主儿，肯定得有两手绝活儿，要么是神通广大的宝贝，要么是一招制敌的法术。能有绝活儿的自然都非等闲之辈，这样的妖怪碰到一个也不容易，网罗到手下就能独当一面，派上用场。从作品的描写来看，上述五位被招安的妖怪，哪个都不是省油的灯，都折腾得孙悟空死去活来，吃够苦头。论武功，论法术，这五位都非寻常妖怪可比，难怪如来、观音愿意收降他们做帮手。

不过，从被招安一方来看，招安纯属一种无奈的选择，一种死亡之外的唯一选择。毕竟这不是实力相当、可以讨价还价的谈判，招安一方和被招安一方在实力上存在着差异，双方的关系是不对等的，否则就变成入伙或合并，而不是招安了。无论是黑熊精、红孩儿还是牛魔王，这些被招安的妖魔们没有一个是自愿接受招安的，都是被如来或观音逼得华山一条路，只好弃恶从良，被纳入官方的神仙队伍。

对他们来说，接受招安就要放弃以前那种占山为王、自由自在的快乐生活，意味着寄人篱下、受人指使，这种日子的滋味自然不会好受，否则大家肯定拼命往天庭里挤，西天路上也就不会有那么多妖怪了。特别是对牛魔王这种重量级的妖怪来说，代价更大。他曾与孙悟空结拜，实力并不在这位义弟之下，无论是资历还是实力，皆非一般妖怪可比。且不说他在结发妻子铁扇公主之外，还找了一个富有、美貌的二奶，时常有人请客吃饭，何等逍遥自在，可谓早已过上了小康生活。对这样一位过着幸福生活的土财主，就是白送一个齐天大圣，人家都未必稀罕，让他到西天给如来当马仔，可以想象是多么不情愿，除非刀架在脖子上。事实上，牛魔王也正是在刀架脖子的情况下才被迫答应归顺佛祖的。

不过这些妖魔被招安也有其必然性。他们占山为王，割据一方，危害四邻，鱼肉乡里，其存在对天庭的统治秩序始终是一个威胁和挑战。虽然神仙社会管理混乱，使他们有机可乘，暂时过上一段无法无天的日子，但以他们那种惹是生非、为所欲为的行为方式，迟早要和天庭发生冲突。即使不与唐僧师徒发生摩擦，也会在其他方面出问题。

取经是如来一手策划的慈善工程，阻挠取经也就意味着对佛祖的挑战，以一个人的力量哪能与一个庞大的神仙组织抗衡，抗衡的结果在冲突之初就已经决定了。在孙悟空的背后有一个庞大的后援队伍，他斗不过妖怪不要紧，可以请救兵，反正观音菩萨在取经之初就曾向他亲口许诺：“我许你叫天天应，叫地地灵。”一拨救兵不行，再叫一拨，大不了多跑几趟，翻几个跟头就行了。好在神仙堆里人才众多，什么样的偏才怪才都有，加之孙悟空的面子大，理由充分，总能请到比妖怪更高的高手。实在不行，还可以到灵山，危难时刻，后台老板如来也是会出面的。按《西游记》的描写，这位老先生可谓神仙江湖里的第一高手，他只要一出面，没有摆不平的事。大鹏金翅雕就是如来亲自出面降服的，青牛精也是根据如来提供的情报才找到其主人的。

在比自己法术更高、武艺更强的高手面前，牛魔王等妖魔可选择的余地非常之小，要么终结生命，要么屈从强力。不过就是为争一块唐僧肉，或一件袈裟、一把扇子，又不是为了什么了不得的神圣正义事业，犯不着为此搭上自己的性命，再说死了也不会被封烈士，更没有人为自己立牌坊。既然没有必死的理由，他们也就没有必要顽抗到底。于是他们的选择也很一致，放弃抵抗，接受招安。俗话说，好汉不吃眼前亏。先过了眼前的难关，少受些皮肉之苦再说。这些妖怪哪一个都不傻，如此简单的道理哪能不懂。

从接受招安的五位妖魔的最后去向来看，四位皈依佛门，一位皈依道教。虽然两教都很重视劝善教化，善于做思想工作，宣扬无不可度之人。但这五位妖魔，没有一位是被感化的，都是在武力胁迫下被迫归顺。教义被吹得天花乱坠，但丝毫不能打动妖魔，最后还是得放弃教育手段，以暴力方式招收门徒，这对两教来说，似乎有些讽刺意味。看来在关键时刻，暴力比教育更管用，也更有效。软硬两手都要来，缺一不可，神仙们早就明白了这一道理。

从《西游记》一书的措写来看，在神仙社会里，达尔文物竞天择、适者生存的理论照样通行无阻，这也许是因为有不少神仙的原型是动物吧。神仙社会的组成就像一座金字塔：有大本领的，当佛祖，做菩萨，高高在上，授徒讲学，过着舒适、有尊严的体面生活；有小本领的，在上听老大差遣，在下管一批马仔，威风八面，日子倒也过得不坏；有一点本领的，可以为别人打下手，卖些力气，在神仙堆里混口饭吃。实在没有什么本事，又想干坏事的，其命运可想而知，被孙悟空一棍子打死，也是活该。

取经之后又如何

小的时候听父母讲故事，听到最后，总爱问同一个问题：后来呢？哪怕是主人公已经死了，也会这样问，毕竟故事中的人物没有死光，总觉得还应该有故事发生。有的时候父母胡乱编上几句打发孩子，有的时候则干脆不予回答，弄得人心里痒痒的。长大之后才明白，其实不光孩子们有这种“欲知后事如何”的心理，成年人也是如此，刨根问底，这也是中国人阅读小说的一种习惯心理。否则就很难理解，中国古代何以有如此众多的续书。

不过这个问题想想也蛮好玩的，具体到《西游记》这部小说，唐僧师徒完成取经大业之后，又该过什么样的生活，又可能发生哪些故事？越想越觉得有意思。也有给出答案的，比如《续西游记》《后西游记》《西游补》之类的续书，最近则有《西游记后传》之类的电视剧，但其人物塑造、情节设计都不能令人满意，还是面对《西游记》作品本身，进行一些较为合理的揣想吧。

中国古代最为有名的几部经典小说作品，如《三国演义》《水浒传》《金瓶梅》《红楼梦》等，结尾部分大多写得悲悲切切、惨不忍睹，要么是正不压邪，黑暗吞没了光明；要么是家破人亡，落了片白茫茫大地真干净。总之，回荡着哀婉低沉的旋律，阴阴沉沉的，让人倍感压抑。相比之下，《西游记》的结尾要欢快得多，全书以欢天喜地、加官进爵的方式结束，其主要人物唐僧师徒虽历经磨难，但个个毫发未伤。这样给人留下的想头也最大，写续书的难度也最小，不像《红楼梦》的许多续书那样，费力地把林黛玉、晴雯等人从坟墓中挖出来，让她们死而复活。

细细想来，《西游记》结尾的欢快旋律中也夹杂着某些不和谐音符，这可以说是探讨后取经时代诸问题的一把钥匙。虽然唐僧师徒历经九九八十一难，行程十万八千里，费时十四年才到达灵山，但经文仍然需要以行贿送礼的形式拿到，否则就只能弄些白纸回去。虽然只是损失了一个紫金钵盂，价钱并不算太高，但事情的性质却因此而改变，取经变成了经文的买卖。性质改变，经文原来的救赎功能也就不存在了，因为号称救赎别人的人自己同样需要救赎。

一场轰轰烈烈的取经事业竟然以这种极为庸俗的方式结束，不仅唐僧师徒十分失望，就是在一边旁观的读者又何尝不是如此？神圣与庸俗，崇高与滑稽，不过是一个硬币的正反面，相互转化只在一念之间。作者不愧是高手，《西游记》的这个结局绝对是他有意安排的，让人在功德圆满的欢庆声中，体会到人生的荒谬与残酷。

显然，取到经文不过是取经过程的结束，但它同时也是如来一项庞大救赎计划的前提。至于能不能实现这一目的，作品并没有交代，不过作者还是进行了暗示，特别是那个紫金钵盂交换经文的细节。就连人们心目中极为圣洁的样板工程西天乐土都这样充斥着庸俗的欲望，还能指望世界其他地方好到哪里去呢。

那个如来所说的贪淫乐祸、多杀多争的南赡部洲，并没有因取经事业的完成而有丝毫改变，照样你砍我杀、改朝换代、战火不断、百姓遭殃。从五代十国到宋元明清，世道乱七八糟，邪恶有增无减。唐僧师徒千辛万苦、用紫金钵盂换得的经文又起了什么作用呢？取经的过程固然精彩，但结果更重要。早知如此，这样名不副实的经文不取也罢。除了给唐僧师徒添了一些痛苦和麻烦，增加了一些阅历之外，取经事业对这个世界似乎没有什么改变，看来如来当初的话不过是广告宣传，当不得真的。

唐僧师徒西天取经路上降妖除怪，行侠仗义，表面上看，热闹得很，但细细想来，除了打死几个没本事、没靠山的妖怪之外，又改变了什么呢？唐僧师徒路过的地方毕竟有限，在他们行踪之外的大千世界，那么多妖魔、那么多冤案，又靠谁来解决？孙悟空的本领固然高强，但面对这个纷繁复杂的世界，他又能做些什么？唐僧师徒能够改变的也许只有他们自己，取经大业完成了，他们完成了自己的救赎，成佛成菩萨。至于其他人的救赎，则非他们所能解决。长达百回的

《西游记》，只是完成了一个逗号，却留下了一个巨大的问号，一个让人忧虑、感到不安的巨大问号。

功德完满，按功行赏之后，大家虽然成佛的成佛，做菩萨的做菩萨，但身份的提升并不意味着禀性脾气的根本改变。以唐僧、沙僧、白龙马的性格，安守本分，呆在自己的道场里继续修行、安享清福大概是不成问题的，关键是那两位专爱无事生非、一刻都闲不下来的老兄——猪八戒和孙悟空，他们能如此安生吗？

俗话说：饱暖思淫欲。净坛使者的美差让猪八戒没了衣食温饱之忧，但这并不一定是件好事，没有了饥饿的困扰，他的高老庄情结恐怕只会更加严重。他会不会回高老庄继续当他的上门女婿？谁也说不准。转眼十多年过去，物是人非，等猪八戒回到高老庄，当年的高小姐估计早已成为膝下子女成群的高大嫂了。对这样的情景，满怀憧憬的猪八戒该如何面对？退一步说，即使猪八戒回不了高老庄，他会老老实实地呆在家里吗？要知道神仙社会里的美人可是多得很。佛界的清规戒律如此之严，猪八戒真能守得住吗？恐怕还是凶多吉少，调戏嫦娥、被贬下凡的悲剧还会重演吗？没有人能帮猪八戒打这个包票。

至于孙悟空的结局，则更充满变数。他会安安分分、一本正经地做所谓的佛爷吗？恐怕未必，少了紧箍咒的约束，谁知道这位侠肝义胆的猴佛爷会做出什么惊天动地的事情来？

以他活泼好动、爱管闲事的性格，这个世界又如此不太平，充满欲望和邪恶，他能坐视不管吗？应该不会。他会不会再次与天庭发生冲突，弄出大闹天宫之类的大娄子来，谁也说不清楚。

还有那些未能根除、被各路神仙收走的妖魔们，唐僧师徒取经走后，这些尝到占山为王甜头的妖魔们会不会出现反复？金角大王、银角大王还会再次下凡为妖吗？会不会又有新的畜生修炼成妖？如意真仙是否会继续把持落胎泉，向女儿国的弱女子们勒索钱财？宝林寺的和尚还是那么贪婪和势利吗？一连串的问题都没有答案，但我相信这些担心并不是多余的，而且答案多半是肯定的。

《续西游记》《后西游记》这两部西游记的续集倒是给出了答案，不过这个答案有些倒人胃口。因为他们的办法是再组织一批人马，依葫芦画瓢，将《西游记》的故事重复一遍。这样一次次去西天，且不说如来、观音不胜其烦，恐怕就连旁观的读者们也要感到厌倦。它实际上是一种逃避，逃避《西游记》留下的沉重话题。

电视剧《西游记后传》虽然拍得较烂，漏洞百出，但应该承认，其编剧还是有些想象力的，他打起了如来的主意，让恶魔无天夺取灵山，统领三界。于是众神仙又为如来转世的问题打得你死我活，好不热闹。孙悟空仍然是头号主角，大出风头，最后成为如来的救命恩人，变成万佛之祖，风光无限。荒诞是荒诞了些，不过倒也是一种有趣的思路。

还有没有其他可能性呢，回答应该是肯定的。故事是开放的，不同人物、故事的排列组合也许是无穷的。漫无边际的揣想与正经的学术研究无关，倒更接近于创作，但它很好玩，由此也不难理解中国古代为什么有那么多的人热衷于写续书。续书实际上是对原著的一种特殊解读，一种用文学创作方式进行的解读。

如果哪位高手放开手脚，续写一部《西游记》，相信还会有不少人看，毕竟这个题目太有诱惑力了。

取经之后又如何？笔者脑子里一直在想这个问题。尽管没有答案，但想想还是蛮好玩的。

如此测试太过分

按照西天取经总策划人如来的安排，取经队伍的全部人选都是由其大徒弟观音菩萨亲自确定的，为此她还特意沿取经的道路实地考察了一番，对候选人进行了摸底和了解。随后，以唐僧为核心的取经班底逐渐成型，沙僧的入伙标志着取经队伍的正式形成。

挑好取经人选，让他们安安心心西上取经就是。但观音菩萨又有些不放心，想让这些候选人见习见习。于是，趁唐僧师徒聚齐之后，她赶紧拼凑了一帮人马，正儿八经地搞了两场测试：一场是文试，一场为武试。在唐僧所经历的九九八十一难中，最起码有两难是观音一手造成的，即第十七难四圣显化和第二十四难平顶山逢魔。

文场这场由观音亲自出马，她拉着黎山老母、普贤、文殊这三位资深神仙，组成了一个考核评定小组。考核的形式是化装表演，他们变成母女四人，设计了一个既有美色又有财富的温柔乡，以此来考验唐僧等人的取经意志。

设置的场景如此逼真且有诱惑力，但凡是个正常人，想不上钩的确很难。但问题在于，取经队伍的成员大都不是正常人，因此这样的考题实际上并不适用。原因很简单：

唐僧前世本为如来弟子，又是十世修行的僧人，历世多年的修炼使其俗念早绝，于男女之事获得了天生的免疫力。就僧人身份来说，唐僧的素质可谓天下一流；就一般人的眼光而言，唐僧可谓发育不正常。就这样一个不正常的男人，根本不用测试，就知道他肯定可以过关。

孙悟空为天地孕育，石头所生，本来就缺少儿女之情这根弦，因此任凭观音等人拨弄，总是发不出音。早在占山为王、大闹天宫的时候，就没有听说孙悟空有这个爱好，倒是其结拜弟兄牛魔王对风月之事有更多的兴趣。再说观音所设置的这点人间富贵与花果山的产业相比，差远了，如果孙悟空真是贪婪之辈，还不如回自己的老窝去安享富贵。因此这样的考验对他毫无意义。

沙和尚本为天庭大内高手出身，先天虽然发育正常，但长期的侍卫职业已使他变成一个太监化的人物，儿女私情被压抑在其内心深处根本找不到位置。即使诱惑变成现实，也不会让他动心，他的快乐和目的不在这一方面，通过观音的考试自不成问题。

至于白龙马，对他的定位就是脚力，以牲畜的面目出现，对取经事务没有发言权，这场考试也就与他无关。退一步说，即使让他选择，这场人间富贵与西海龙宫的生活又怎能相比？由此不难看出他的态度。

如此一来，观音精心准备的所谓测试就变成了专为猪八戒一人准备的专场。因为在取经队伍的成员中，只有他还算是一个七情六欲皆备的正常人。这位老兄本来就没有西天取经、拯救人类的宏大志向，离开高老庄做苦行僧是迫不得已，属于被裹挟的革命者。于是，一场测试就这样变了味，成为以猪八戒为主角的喜剧表演。

测试毫无悬念，很快见出分晓：只有猪八戒一人成绩不及格。值得注意的是，这位老兄除了受点皮肉之苦外，并未被开除出取经队伍。显而易见，这是一场没有淘汰名额的考核，取经成员的挑选远没有如今的用人单位招聘大学生那样严格，比如一个岗位让几个人同时竞争之类。

何以如此？原因很简单。以西天取经之漫长、之艰辛，没什么人会对这种苦差事感兴趣，否则大家争着到灵山，也就用不着观音专门跑到东土大唐去找了。可见要拼凑起一支像样的取经队伍并非易事，于是，只好从服刑的神仙中找人来凑数，就像世界地理大发现时期欧洲各国派海盗、罪犯出去探险一样。表面上来看，孙悟空等人的取经都是出于自愿，至少在程序上是没有什么问题的。但明眼人都知道，这个自愿是需要打上引号的。因为他们实在没有其他更好的选择，只能说相比之下，西天取经比压在五指山下略微强一点而已。如果当时孙悟空是在花果山占山为王，恐怕观音就是用八抬大轿请都请不动，其中胁迫的成分是显而易见的。如此神圣、崇高的取经事业竟然没有人愿意去，需要以胁迫的方式挑选人员，这似乎有些不对劲。

了解到这一点就会明白，观音所搞的测试是没有多大意义的，猪八戒等人及格不及格其实都无所谓，这些人还巴不得被解聘呢。测试的正面意义最多不过是对取经成员警告一下而已，与其这样，还不如把大家召集起来，开个隆重、热烈的取经动员大会，许许愿，壮壮胆，顺便把取经纪律和注意事项讲清楚。如果再让猪八戒上台发发言，表表决心，效果可能会更好。

在考核过程中，猪八戒固然受到众人的戏弄，但观音这些大牌神仙也没有占到多大便宜，一报还一报，猪八戒也着实将他们戏耍了一番。这位老兄追着观音的化身先是一口一个娘，最后竟然采取通吃的方式，要把这位娘也娶过来。可以想象此时的观音心里该有多么尴尬。这也怨不得别人，谁让她没事找事，弄出这场没有意义的测试来。

细究起来，这种测试的正当性也是值得怀疑的。据《大唐新语》记载，唐太宗就曾干过类似的事情。他听说尚书令史中有不少人贪赃受贿，就派人偷偷给这些人送礼，发现有上钩者就进行严惩。大臣裴矩对于此举很不以为然，他认为这种先设计让人上钩，再严厉处分人家的做法，有些陷害人的嫌疑，“非道德齐礼之义”。唐太宗后来也觉得这个办法不够光明磊落，在道德上有瑕疵，最后放弃了这一做法。

俗话说：“用人不疑，疑人不用。”连人间皇帝都知道这种设圈套的方法行不通，而修养更高、更能明白事理的观音菩萨却看不明白，不惜亲自上阵，用色相做诱饵，来考验唐僧师徒。最后聪明反被聪明误，被猪八戒羞辱、戏耍了一番，可谓自作自受。否则，猪八戒还找不到这样的机会呢。

至于武试，则更是说不过去。按说文试之后，观音应该吸取教训，就此打住，让唐僧师徒西天取经就是，但她偏不肯罢休，非要再试一次。也许是为了出出上次文试所受的怨气吧。不过这次她小心多了，自己不再出面，从太上老君那里借了两个童子。

武试实际上是针对孙悟空的，两个童子从太上老君那里拿了一大堆东西，成为西天路上宝贝最多的妖怪，但最后还是被孙悟空打败。倒是猪八戒，又一次没有通过考试，寻山时偷懒，跟妖怪作战不卖力。大概自知行为有些过分，观音这次始终没有出面，最后让太上老君出面打了个圆场。

本来取经就是一件苦行僧的差事，没有人愿意去。连孙悟空这样的高手都不愿意，更不用说其他人了。看看孙悟空当初是如何对观音菩萨说的吧："西方路这等崎岖，保这个凡僧，几时得到？似这等多磨多折，老孙的性命也难全，如何成得甚么功果！我不去了！我不去了！"好不容易找了几个戴罪立功的，凑成取经班底，不耐心进行安抚，反而一再进行所谓的测试和考验，这在情理上实在说不过去。再说取经的路线观音本人已进行过考察，困难、障碍多得是，根本没有必要搞这样专门的测试。

文试一下，半真半假地开开玩笑，也就罢了。还一本正经地到太上老君那里借两个童子，让孙悟空等人着实为难了一下，就有些过分了。两个童子下凡后，招兵买马，形成了一个地方黑帮，危害乡里，造成的破坏是可以想象的，向以慈悲为怀的观音不可能不知道这场武试的高成本。

用如此高的成本去搞一场没有多大意义的测试，对取经的好处看不到，由此造成的障碍倒有不少。可见观音这个人的管理才能是有问题的。在《西游记》一书中，观音更像一位市井中的邻家大嫂，喜欢多事，又爱占小便宜，其思想和境界离一个菩萨的要求还有相当的距离。看来，观音也需要经常学习，提高觉悟。

观音在测试孙悟空等人的同时，实际上也在测试她本人。看看孙悟空在完成考核之后给观音所下的评语吧：

> 这菩萨也老大惫懒!当时解脱老孙，教保唐僧西去取经，我说路途艰涩难行，他曾许我到急难处亲来相救；如今反使精邪掯害，语言不的，该他一世无夫!

神妙莫测说变化

七十二般变化是孙悟空的绝艺，也是他西天取经路上降妖除怪的法宝。但凡读过《西游记》这部作品，对其中神妙莫测的变化法术一定印象深刻。不过从作品的描写来看，变化似乎只是神仙妖怪的入门法术，高手如二郎神、牛魔王自不必说，取经成员除唐僧外，个个都会变化，就连坐骑白龙马都会变宫女，西天路上本领平平的妖魔大多也会变上一两样，比如白骨夫人的一套连环骗，让孙悟空吃尽苦头不说，还差点让取经队伍散伙。

变化的好处是显而易见的，它可以隐藏自己的真面目，以出其不意的手段来迷惑对手，制造假象，产生一种出奇制胜的效果。难怪那么多神仙妖魔都热衷于这一法术。不过，对一位武功高强的神仙来说，变化只是一种辅助手段，如果用自己的本尊能解决问题，就没有必要进行变化。以孙悟空为例，他虽然屡屡使用变化手段，但降妖除怪，主要还是靠自己的真功夫。

最简单的东西往往最不容易学好。就像下象棋一样，谁都会玩上两手，但真能玩出花样、玩出水准者，就没有几个人了。乒乓球几乎人人会打，但能代表国家参加国际比赛的，寥寥无几。虽然都是变化，里面的学问其实大着呢。《西游记》一书中，会变化的神仙妖魔确实不少，但能像孙悟空变化如此之多之逼真，像孙悟空这样善于利用变化作战者，还真找不出几个。

《西游记》一书对孙悟空的变化有着相当多而精彩的描写。为什么孙悟空如此喜欢和善于变化？这大概和他的出身有关。机智灵巧的猴子也许在变化方面有着先天的便利，不像猪八戒，虽然也有三十六般变化，但每次变化总是很费劲，而且也只能变些粗笨的东西，比如石头、大象之类，稍精致些的东西，就不能胜任了。比如在陈家庄变一秤金，效果就很不理想，还是孙悟空吹口仙气帮忙，才勉强完成任务。

西天取经路上，几乎每次作战，孙悟空都要采用变化战术。虽然花样不断翻新，但变化的基本目的主要有二：

一是为了探听消息。通常的形式是，变成小巧的虫子如蟭蟟虫、蜜蜂、苍蝇之类，飞到妖魔的洞穴中，弄清对手的虚实，做到知己知彼，心中有数。这一情报工作还是有必要的，西天路上，什么样的妖魔都有，贸然出手，有时会吃大亏，因此有必要了解对方情况，提前做好准备。

一是为了戏弄敌人。利用妖魔请长辈吃唐僧肉的机会，借机变化，到妖魔洞穴里走上一趟，占些便宜不说，也可以挫挫妖魔的锐气。比如在火云洞同红孩儿作战，孙悟空被三昧真火烧得发昏，如果不是变成牛魔王赴宴戏耍一番，这口怨气都没有地方发泄。这种变化固然不能解决问题，但富有喜剧效果。有时，孙悟空也和自己人开开玩笑，比如在平顶山，曾变成啄木鸟戏弄懒惰的猪八戒。

光变还不行，还得变得逼真，能迷惑住对方。总的来看，孙悟空的变化大多都能奏效，西天路上，屡屡变化，神出鬼没，骗得妖魔们神魂颠倒，防不胜防，很少有失手的时候。不过，细究起来，也不是没有破绽，破绽就在于变化不够精致，有些部位存在硬伤，比如尾巴。早在大闹天宫和二郎神赌变化时，就因“尾巴不好收拾”，弄出了旗竿在庙后的漏洞，被二郎神一眼识破。在平顶山的时候，孙悟空变成老妖婆，哄得金角大王、银角大王团团转，又是因为尾巴问题，被猪八戒看出破绽，别看这位老兄平时做事马虎，但有时候观察事物还挺仔细，一下子就看出假妖婆后面那根不协调的猴尾巴。

其实，不光是尾巴，好像整个屁股在变化时都有问题。还是在平顶山，孙悟空两次变化，都被猪八戒识破了。第一次是因为尾巴，这是老问题了。第二次则连孙悟空自己都被吓了一跳，连猪八戒都糊弄不过去，那还得了。孙悟空为此还专门向猪八戒请教：“这一洞里妖精，都认不得，怎的偏你认得？”猪八戒这才说穿谜底：“你虽变了头脸，还不曾变得屁股。那屁股上两块红不是？我因此认得是你。”于是孙悟空赶紧跑到妖怪的厨房里，弄了一把锅灰，将屁股擦黑。但这只是临时救急，并不能从根本上解决问题。再说锅灰也不是随时都有的。如果每次变化都准备一把锅灰擦屁股，这样似乎也太麻烦了些。不知道是菩提祖师当年教的口诀有问题，还是孙悟空修炼不够。看来，变化里面的学问还深着呢。

猪八戒之所以能两次看穿孙悟空的变化，其实也是有原因的，并不是因为他比妖魔们更高明，眼光更敏锐。这主要是因为他和孙悟空特别熟悉，否则就难以理解，西天路上不少妖怪变化来骗唐僧，为什么他连一个都看不出来。猪八戒和孙悟空朝夕相处，对其身体特征十分熟悉，加上他被妖怪捉走后，一心指望孙悟空搭救，所以看到一点蛛丝马迹，就十分敏感，马上想到孙悟空身上，结果一猜就准。洞穴里的众妖怪对孙悟空本来就不熟悉，又处在紧张忙碌的备战状态，哪里会想到这层，所以往往不容易发现。

屁股尾巴存在问题，好像嘴巴在变化时也不够过关。大战狮驼岭部分曾两次写到这一问题。第一次是孙悟空变成小妖总钻风探听情报，结果因嘴巴过尖，引起小钻风的怀疑。后虽揉了一揉，变得符合要求，但费了好一番口舌，才取得小钻风的信任。幸亏小钻风道行浅，否则也就露馅了。

第一次好不容易过关，第二次就没有这么幸运了，而且还吃了场大亏。变成小钻风进到妖怪洞穴后，孙悟空着实把群魔戏弄了一番，结果得意忘形，露出了原来的嘴脸，一下被三怪抓住。这位三怪可不是等闲人物，不愧是大鹏出身，眼光犀利得很："他才子闪着身，笑了一声，我见他就露出个雷公嘴来。见我扯住时，他又变作个这等模样。"可见在高手面前，孙悟空的变化功夫还有待提高。作品对此还特意进行了交代："原来行者有七十二般变化。若是变飞禽、走兽、花木、器皿、昆虫之类，却就连身子滚去了；但变人物，却只是头脸变了，身子变不过来。果然一身黄毛，两块红股，一条尾巴。"看来，变化中最难的是变人，孙悟空在这方面还没过关。好在西天路上能看出孙悟空这个破绽的高手还不太多，否则麻烦可就大了。

不过也有变化功夫特别高强的，比如那位六耳猕猴。这家伙太岁头上动土，变成孙悟空的模样，而且变得特别逼真，从唐僧到观音，从玉帝到阎王，连照妖镜都用上了，都不能辨出真假，官司一直打到如来那里，才得到解决。能变到天下只有如来能识别的份上，那该是什么水准。幸亏六耳猕猴被孙悟空一棒打死，就此绝种，否则，这个世界上不知道又生出多少是非。

世间事情都是具有双向性的。变化这种法术就像一把双刃剑，既能为我所用，也可为敌所乘。孙悟空固然占了变化的便宜，也就会吃变化的大亏。西天路上，孙悟空屡屡施展变化法术，探听情报，戏弄妖魔。妖魔也时常变化，迷惑唐僧，制造种种障碍。

虽然屁股、嘴巴等部位还不够过关，但孙悟空的变化功夫在神妖世界里已经是一流水平了，能和他媲美的，也就二郎神、牛魔王等少数几人。与孙悟空相比，西天路上许多妖魔的变化可谓小巫见大巫。但尽管如此，那些不高明的变化还是让孙悟空吃尽苦头。之所以这些妖魔变化不高明，一是因为变化不够逼真，孙悟空一眼就能看穿；二是破绽太多，经不起推敲。不管是银角大王所变的老道，还是白骨夫人所变的村姑、老太婆、老汉；不管是红孩儿所变的孩童，还是老鼠精所变的美女。孙悟空都能一眼识破，觉察到其身上的妖气，看到其头上的黑云。即使看不穿，如果仔细推敲一下这些妖魔们编造的谎言，自不难发现其中的破绽。

当然，孙悟空偶尔也有看走眼的时候。比如火焰山借芭蕉扇，孙悟空费了很大功夫，才从铁扇公主手里弄到芭蕉扇。结果得意忘形，火眼金睛失灵，被牛魔王变成的猪八戒，再把扇子收了回去。可以想象孙悟空当时心里的那个懊恼，这正应了一句老话：常在河边走，哪能不湿鞋。

尽管妖魔们这些拙劣的变化手法一一被孙悟空揭穿，但有意思的是，它们全都取得了成功。孙悟空看得出来，取经队伍里的其他成员却看不出来。猪八戒对孙悟空的变化破绽看得很细很准，但遇到妖怪的法术就玩不转了。猪八戒看不出来，沙僧也不会比他更高明，至于唐僧，肉眼凡胎，但凡是个小戏法，他都会信以为真。

对妖魔们来说，能不能骗住孙悟空并不要紧，只要骗得唐僧的信任，就算大功告成。唐僧相信了眼前发生的一切，妖魔也就能靠近他，乘机下手。孙悟空在一边只能是干着急。妖魔们之所以能频频得手，最为关键的，还是其他取经成员对孙悟空的不信任。如果大家充分相信孙悟空的眼力，妖魔们的这点变化自然构不成多大威胁。但问题在于，孙悟空能获得如此充分的信任吗？尽管西天取经路上，无数次的教训一再证明了他的正确，但他始终未能得到这份可贵的信任。

天庭的法律有问题

记得有位伟人说过：有人的地方就有左中右。既然人分左中右，利益、意见就不会一致；不一致，就免不了会磕磕绊绊；磕磕绊绊，就得有解决的办法。如果不想用武力的方式一决高下，就得制定一套规则，寻求内部解决。这些规则如果用官方的名义颁布，强制执行，要求全民遵守，也就成了法律。人间社会如此，神仙扎堆的地方也不例外。

《西游记》一书专写神仙社会里的事情。按说神仙是不需要法律的，能熬到神仙这个份上，在道德修养方面应该属于圣贤级，可以成为楷模了。但实际情况并不理想，正所谓林子大了，什么鸟都有。不知道是升仙的标准不严还是其他什么原因，神仙社会里也混进了许多不良分子，问题似乎比人间还要严重，其中也就不可避免地要涉及犯法、执法。虽然作品没有披露天庭宪法、西天刑法或冥界民事诉讼法之类的法律条文，但通过一些人物、事件的具体描写，还是可以看出一点端倪来的。

总的来看，正如本文题目所标示的：神仙社会的法律执行有问题。

法律不管制定得是否合情合理，既经颁布，就得遵守。之所以说神仙社会的法律有问题，是因为天庭在执法时，缺少统一的尺度和标准，该严惩的没有严惩，该宽大的没有宽大，一团混乱。用一句话来概括，就是执法不公。

既然是神仙社会的法律，应该有比人间更为严格的标准。如果真是这样，唐僧和沙僧也就不用抱屈了。唐僧原本是如来的二徒弟金蝉子，仅仅因为上课不注意听讲这个小过错，竟然被贬到下界，长达十世之久。直到完成取经大业，才得以重返灵山。沙僧原为天庭卷帘大将，因失手打碎一个琉璃盏，被重打八百，贬到下界，而且还要七日一次被飞剑穿胸肋百余下。这样的处罚可谓严厉至极。

如果人类冒犯了神仙，特别是那种有名头、有地位的神仙，那更是不得了，处罚也更为严厉，哪怕是贵为国君王侯，都不能幸免。《西游记》一书就写了三位这样的倒霉鬼：

一位是乌鸡国国王。因文殊菩萨变的凡僧言语冒犯，这位国王将其用绳捆绑，送到御水河中浸了三日三夜。结果，他被文殊菩萨的坐骑狮子变化的妖怪报复，推下御井，整整在水中浸了三年。就是这样一个夺人江山、坏人家庭的狮子精，竟然是受如来委派而来的，这难道就是佛家所说的仁慈、宽容?

一位是朱紫国国王。这位国王年轻时喜欢打猎，不小心误伤西方佛母孔雀大明王菩萨的两个雀雏。结果被拆散婚姻三年，身患疾病，受尽折磨。

还有一位是凤仙郡的郡侯。他因和自己的老婆吵架，一气之下将斋天素供推倒喂狗。结果被玉皇大帝视作冒犯，竟然下令全郡三年不雨，让全体居民一齐跟着受罪，并设立三事刁难。

上述三位帝王与其说是受到惩处，不如说是受到报复，文殊菩萨、孔雀大明王菩萨、玉皇大帝都有以个人恩怨代替法律的嫌疑，这种以怨报怨、以牙还牙的原始方式似乎不应该出现在神仙社会。

泾河龙王犯罪的时候，还有严格的执行程序，人间帝王出了问题，也没见专门的机构来审判和执行，甚至一人有错，殃及全体国民。真不知道天庭、西天的法律机构是如何运行的。如果不是孙悟空出面解决，上述三位人间帝王的惩罚该如何收场，还真是难以想象。

严法重刑，一点小小的过失就要受到极为严厉的惩处。如果能一视同仁，法律面前所有神仙平等，倒也罢了。因为对所有的神仙都如此严厉，也就无所谓严厉不严厉了。但问题在于，天庭的法律似乎只对一部分神仙管用，对另一部分神仙，则根本不起作用。

一方面是唐僧、沙僧及人间帝王的受罚，一方面是神界大佬们的童子或坐骑争先恐后地跑到下界，骚扰人类。这些童子、坐骑为何如此大胆，如此严厉的法律难道他们就不惧怕？显然不是。他们之所以如此猖狂，是因为他们有后台，有了后台，神仙社会的法律就失去效力。

这里以对拆散朱紫国国王婚姻、作恶多端的金毛犼的处理为例，稍作分析。按照孙悟空的说法，这家伙“玷污了皇后，败俗伤风，坏伦乱法，却是该他死罪”。但问题在于，有其主子观音菩萨在场，谁来执行这个“死罪”呢？显然，观音的行为是得到如来默许、纵容的，否则她也不会这么明目张胆地护短。连佛界的老大如来都不追究，还有谁来管这份闲事？按说玉皇大帝是应该出面来管的，因为事情发生在他的辖区内，但曾得到过如来、观音帮助的他犯得着为一个人间国王去得罪这些大佬吗？

于是，孙悟空退了一步，给予宽大：“饶得他死罪，却饶不得他活罪。让我打他二十棒。”但即使如此，仍无法执行，因为观音菩萨连这样轻的惩罚都不能接受：“看我分上，一发都饶了罢。”并公然假公济私，贿赂孙悟空：“也算你一番降妖之功。”要求虽然很是过分，但对头戴紧箍的孙悟空来说，他除了答应之外，还能有什么选择？

就这样，一个“私降人间，贻害不浅”的妖怪竟然没有受到任何惩罚，安然被主人收走。可以想象，这对那些正准备私自下凡的童子、坐骑们来说，该是一个多么让他们振奋的好消息啊。因为他们已经看透了神仙社会的潜规则，只要有过硬的后台在，别管犯多大的罪，都是没有风险的。

显然，这并非特例，类似的事情还有不少。那位通天河吃人无数、坏事做绝的灵感大王即使按照一命抵一命的方式，也得被处死，但结果怎么样呢？还不是观音菩萨收走了之。其实，这位灵感大王不过是落伽山莲花池里的一个金鱼精，连观音的部下都不是，但就因为生活在观音的地盘上，也跟着沾光。只可怜了那些葬身鱼腹的童男童女，在大慈大悲、救苦救难的观音菩萨眼里，他们的性命远不如自己家莲花池里的一尾金鱼来得重要。

但就是这样一位爱占小便宜、护短的菩萨，不但没有受到放纵手下、管教不严的指责，竟然还落了个降妖除怪、“鱼篮观音现身”的美名，神仙社会的事情真是让人看不懂。

其他如夺人江山、坏人家庭的狮子精，危害地方、吃人害命的金角大王、银角大王、青牛精、黄眉怪、白鹿、九头狮子等妖魔，如果按照惩处唐僧、沙僧的严苛标准，都是要被处以极刑的，但结果如何呢？只要他们那些有名头的主人一出面，一求情，还不是大事化小，小事化了？那些出身低贱、没有靠山的妖魔们也只有羡慕的份了，被孙悟空打死，也只能是自认倒霉。

即使有个别妖魔受到惩罚，也不过是轻描淡写，给人做个样子看。比如那位黄袍怪，他与披香殿侍女私通，擅离职守，私自下凡。到了下界之后，他变成吃人的妖魔，伤害了很多无辜的性命，罪行可谓深重。但由于他是天界星宿，属于天庭有品级的官员，结果只是被“收了金牌”，贬去“兜率宫与太上老君烧火”，而且还是“带俸差操，有功复职”。

实际上，就连如此轻微的处罚，也未必会认真执行，不过是应付孙悟空，走走过场而已。因为玉皇大帝的两句话已透露了这一消息：“只得他无事，落得天上清平是幸。”果然，到孙悟空小西天遇难时，这位奎木狼就跟着其他二十七星宿一起赶来，可见他此时已经官复原职了。孙悟空即使有意见，看在人家来帮忙的份上，也不会去计较。后来，孙悟空在金平府遇到犀牛精，这位昔日的黄袍怪再次到下界相助，和孙悟空由此结下了战斗友谊，也说不定。

可见，在神仙社会里，不是没有法律，而是法律的执行有问题，且已达到相当混乱的程度。这里的法律是专门给那些安守本分的弱者比如唐僧、沙僧等人制定的，对那些有地位、有名头的神仙和他们的童子、坐骑乃至地盘上的生灵来说，法律是无效的。神仙社会流行的是弱肉强食的潜规则。那些重量级的神仙是千万惹不得的，冒犯了他们，哪怕再小的过失，也要受到十分严厉的惩罚。如果能和神仙社会里的大佬们拉上关系，哪怕只是他家水池中的一条小金鱼，都可以获得法律豁免权。至于那些没权没势、武艺不精之辈，最好老老实实，不要乱说乱动，否则出了问题，只能自己兜着。

到了这个份上，神仙不当也罢。

做妖还得有来头

唐僧师徒西天取经，一路上动静很大，降妖除怪，除暴安良，说起来是轰轰烈烈、惊天动地。取经过程中到底打死了多少妖怪？细细算来，竟然少得可怜。沿途遇到的妖怪倒是不少，但真正打死的，却没有几个。这真是一个奇怪的现象。

何以如此？原因很简单，多数妖怪有来头。

空口无凭，眼见为实。还是先下一点笨工夫，将全书所写妖怪情况进行统计，以便更直观、更形象地说明问题。

以下以表格形式将有来头的妖怪的基本情况介绍如下：

妖怪名称	本来面目	收降者
黄风怪	灵山脚下的得道老鼠，偷吃琉璃盏内的清油	灵吉菩萨
黄袍怪	奎木狼，与披香殿玉女私通下凡	二十七宿星员
金角大王、银角大王	太上老君看金、银炉的童子，被观音菩萨借用	太上老君
狮子精	文殊菩萨坐骑，受如来差遣	文殊菩萨
黑河妖	西海龙王外甥	摩昂太子
灵感大王	观音菩萨莲花池里养大的金鱼	观音菩萨
独角兕大王	太上老君坐骑青牛	太上老君

续表

妖怪名称	本来面目	收降者
黄眉怪	弥勒佛祖面前司磬的黄眉童儿	弥勒佛祖
赛太岁	观音菩萨坐下金毛犼	观音菩萨
狮子精	文殊菩萨坐骑	文殊菩萨
象精	普贤菩萨坐骑	普贤菩萨
比丘国国丈	南极寿星脚力白鹿	南极寿星
地涌夫人	金鼻白毛老鼠精,托塔天王干女儿	托塔天王、哪吒
九灵元圣	太乙救苦天尊坐骑九头狮子	太乙救苦天尊
假公主	广寒宫玉兔	太阴星君、姮娥仙子

不看不知道，一看吓一跳，原来西天取经路上有来头的妖怪竟然如此之多。这里所说的有来头，是指这些妖怪大多与佛祖、菩萨、天尊之类神仙社会的大佬们有着直接或间接的关系，属于他们的手下。俗话说，打狗还要看主人。有了这层关系，必然将他们的主子牵连进来，孙悟空的降妖除怪也就变了味道，所谓降妖除怪的敌我斗争一下子变成神仙社会的内部矛盾。

这些有来头的妖怪就其身份和地位而言，大多十分卑微，或是坐骑，或是童子，在天庭或洞府里担任着奴仆、杂役一类的角色，连卷帘大将、弼马温这样的职位都达不到，更不用说参加蟠桃大会的资格。他们原本生活在神仙社会的体制内，不是什么妖怪，但私自逃跑或受默许、委派来到下界之后，毫不例外地堕落，行为与危害人类的其他妖怪没有任何区别，甚至比它们更狠毒，更残酷，所以称他们为妖怪也没有什么不妥。

别看这些妖怪在神仙洞府都是不起眼的角色，但他们的能量却不可小看。跑到下界之后。野性兽性得到充分发展，哪一位都是生猛无比的角色，个个令孙悟空头痛。之所以如此，主要有几个原因：一是他们大多出自有名头的神仙手下，耳闻目睹，长期熏陶，多少学了几手真功夫，比西天取经路上那些自学成才的土著妖怪要厉害得多。二是他们仗着自己有过硬的后台，做起坏事来没什么顾忌。因此，这些家伙比那些土生土长的妖怪要坏得多。三是他们跑到下界时，很少是空着手的，大多会顺手偷几样宝贝。有了宝贝，腰板要硬得多。孙悟空所吃的苦头有不少是这些宝贝造成的。收服这些妖怪通常需要其原来的主子动手，有时甚至如来亲自出面才能解决，可见这些妖怪的能量有多大。

这些妖怪大多犯了双重罪过：一是私自逃跑，违反了神仙社会的律例；二是在人间作恶多端，伤害生灵。照理说，对他们都是要坚决剿除的。但每到关键时刻，其主子总是以帮忙的借口及时出现，或说明因缘，或直接求情。以孙悟空疾恶如仇的一贯性格，他是不会答应的。但从他拜唐僧为师、皈依佛门、被套上紧箍后，一切都改变了。他已成为神仙社会的合法成员，那些赶来求情的佛祖、菩萨、天尊等，哪一个都比他地位高，有些还和他有着不错的交情。得罪了他们，破坏了神仙社会的关系网，将来的日子不好过不说，西天取经路上遇到问题再求人家，就不会那么灵光了。即使孙悟空坚持正义，不讲情面，也未必能将这些妖怪除掉，那些有名头的佛祖、菩萨、天尊等在神仙堆里混了这么多年，办法多得是，孙悟空是惹不起他们的，除了网开一面，没有什么好办法。

聪明如孙悟空岂能看不透这些？自从被如来压在五指山下，痛苦地思考了五百年之后，他也学乖了。知道但凭一个人的力量，根本不能和整个社会相对抗。既然自己已接受招安，为如来打工卖命，何必又要跟那些神仙社会里的头头脑脑过不去？于是，他不停地遇到妖怪，最后还得不停地高抬贵手。

起初正义感颇强的孙悟空似乎还有些不习惯，心里觉得过意不去，后来逐渐也就习惯了，见怪不怪。什么事情就怕习惯，因为习惯意味着麻木，意味着放任。摸清了西天取经路上妖怪的规律之后，降妖除怪也就变得相对简单一些。一旦遇到图谋不轨、想打唐僧主意的，便会不由自主地要去访查妖怪的出处。

高抬贵手、放人一马的好处是显而易见的。放走那些有来头的妖怪，他们的主子们就欠下孙悟空一个不小的人情，这是明摆着的。西天取经，看起来困难重重，异常艰辛，但对孙悟空来说，也不是没有收获，按功行赏，弄个斗战胜佛不说，还在不知不觉间，利用降妖除怪的机会，为自己编织了一张相当严密的神仙社会关系网，这个关系网涉及神仙社会的方方面面，是一份用金钱都买不来的人生资源。有那么多的神仙欠自己的人情，可以想象，取经大业完成之后，孙悟空在神仙社会的日子一定会过得相当开心，可以说将会通行无阻，没有办不到的事情。

只是这样一来，西天取经的历程就蜕变成一个编织神仙社会关系网的过程，这恐怕是孙悟空起初也没有想到的，对取经的策划者和幕后老板如来来说，这不能不说是一个颇为辛辣的讽刺。大家各有所得，皆大欢喜。至于人间的苦难和不幸，也就没有谁来管了。正所谓：兴，百姓苦；亡，百姓苦。

看来要做妖怪也不是一件简单的事情，其中有许多猫腻与技巧。那就是一定要找个有名头的神仙做靠山，挂靠一个有实力的单位和主子做招牌，哪怕是像落伽山莲花池里的那尾金鱼，住在人家的地盘上交点保护费也行。这样，一旦出了什么违法乱纪的问题，马上就会有人为你兜着，为你撑腰。因为这关系到面子，对主子来说，面子可是一个大事情，肯定会特别重视的。否则，无依无靠，朝里没人，还想干坏事，一旦有个风吹草动的，就只能靠自己硬挺了。小命能否保得住，完全凭自己的运气。

读《西游记》一书，除观赏眼花缭乱、五花八门的打斗、变化之外，还可以感悟人生，学点生存智慧，这大概就是经典的魅力所在吧。

神仙的会议不好开

中华民族是个热爱开会的古老民族，什么事情都喜欢开会议论一番，问题能否解决并不重要，关键是这个郑重而热闹的仪式和程序，正所谓轰轰烈烈搞形式，规规矩矩走过场。过去如此，现在如此，将来可能还是如此。套用时下颇为时髦的话来形容，就是：中国是个古老的会议国度，会议文化源远流长，历史悠久，花样叠出，丰富多彩。如果有一天，哪个地方弄出一个和西瓜节、茶叶节、螃蟹节媲美的会议节来，都不会让人觉得意外。人间如此，神仙世界也不例外，从《西游记》一书的相关描写可见一斑。

《西游记》一书所写多为神仙妖魔之事。有意思的是，不仅人类爱开会，比如东土大唐时不时就弄出个御前会议、水陆道场之类的大会来，就是那些本该清净修养的神仙妖魔们也未能免俗，他们似乎更喜欢开会，动不动就呼朋唤友的，把大家叫在一起开会。天庭最为隆重的蟠桃会且不说，就是那些荒山野岭间的妖怪们也喜欢此道，弄些佛衣会、钉钯宴、荆棘岭诗会之类名目的会议来。

尽管神仙妖魔们举办的会议名目繁多，花样不少，但细细观察，也是有规律可循的。大体说来，他们开会的目的不外乎两个：

一是会友。找个名目，把天南地北的神仙召集到一起，大家海吃一通，神吹一番，联络联络感情，然后散伙。比如天庭定期举办的蟠桃会、降伏孙悟空后天庭为感谢如来召开的安天大会、如来自己在灵山举办的盂兰盆会等，基本上属于这个性质。五庄观所办的人参果会也属这一类，尽管镇元大仙内心未必情愿。可见神仙们也是耐不住寂寞，喜欢凑热闹，经常要走动走动的。

一是炫耀。利用举办会议的机会，在众人面前显摆自己弄到的宝贝，别管是偷的还是抢的。总之，是要在大家羡慕的眼神中找到一点自尊，获得心理上的优越感。比如黑熊精举办佛衣会、黄狮精举办钉钯宴，就是这个目的。

至于神仙们开会的形式，从作品的描写来看，和人间没有多大差别，不过是大家欣赏一番主人的宝贝，猛夸一通。然后美味佳肴吃上一顿，各自走人。好在神仙们都有腾云驾雾的本领，来去方便，不用报销车旅费和住宿费，说起来比人间还节省些。

不过可别小看这个开会，里头的学问高深着呢，一个人的领导才能、管理艺术、交友之道如何，都可以从一次会议中看出来。如果专门研究一番，说不定还能混个会议学博士学位呢。时下中国的博士不值钱，能愿意琢磨琢磨会议里面的学问，而不是直接拿人家的东西抄上一通，蒙混过关，就算是比较优秀的了。

从表面上看，举办一次会议似乎挺简单，下个帖子，把大家召集起来就可以了。但实际情况要复杂得多。

首先，举办方得有开会的资格，具有一定的号召力和影响力。比如你得有些稀罕玩意儿，作为大会的议题。要么是“九千年一熟，人吃了与天地齐寿，日月同庚”的蟠桃，要么是“三千年一开花，三千年一结果，再三千年方得成熟”，“闻一闻，就活三百六十岁；吃一个，就活四万七千年”的人参果。反正得对大家产生一些吸引力，让大家产生点想头，有些话说。否则，忙碌了半天，没人来捧场，弄巧成拙，岂不令人尴尬？

就连西天路上的妖怪们都明白这个道理，他们开会时也大多找个这样或那样的名目。让人哭笑不得的是，一些穷妖怪自己没有宝贝，就去偷别人的，玩点儿打肿脸充胖子的把戏。比如黑熊精偷到唐僧的佛衣后，准备“以他为寿，大开筵宴，邀请名山道官，庆贺佛衣”。再比如黄狮精偷走孙悟空等人的兵器后，立即举办所谓“钉钯嘉会”，规模还不小，据小妖介绍，“请老大王坐首席，连本山大王共头目等众，约有四十多位”，连金箍棒和钉钯哪个更珍贵、更值钱都看不出来，可见也是个没见过什么世面的妖精。这样的会议档次着实成问题，真是什么样的人开什么样的会。但就是这样，也照样有人参加。谁没有几个相好的朋友？妖魔也总有几个穷哥们，好酒好肉招待，自有人前来捧场。孙悟空西天取经路上，就搅散了几场这样的会议。

其次，要确定与会成员的名单。如何确定会议参加者的名单并排好座次，让与会者人人满意，皆大欢喜，这是个更为棘手的问题，小规模的会议还好说，像天庭级的、带有官方色彩的蟠桃大会，就没有这么简单了。那个时候，还没有按姓氏笔画或拼音字母排序的方法和习惯，一切全靠主办方依据各人的能耐、官阶、资历等因素来综合考虑，其中的奥妙只可意会，不可言传。考虑稍有不周，就会出问题。

从与会一方的神仙来看，能否与会，关涉自己在神界社会地位的确认，这是一件需要十分慎重的事情，至于蟠桃的长寿功能，倒还在其次。蟠桃大会虽然由王母娘娘出面召集，但与会名单估计得经过玉皇大帝御前会议讨论决定。孙悟空就是因为没有被邀请参加蟠桃会，知道自己空有齐天大圣之名而无其实，才愤而搅局，大闹天宫的。狮驼岭的大魔狮子怪也曾因为同样的原因，和天庭发生冲突，并传出一口吞了十万天兵的美名。

对孙悟空和狮子怪这些神仙界的新生代来说，能否得到一张蟠桃会的代表证，意义重大。因为这意味着天庭是否真正接受了他们，意味着他们是否获得了应有的名分。对孙悟空来说，既然得到齐天大圣的称号，就要享受相应的待遇。“我乃齐天大圣，就请我老孙做个席尊，有何不可？”他哪里知道，齐天大圣这玩意儿不过是玉皇大帝应付自己做的幌子，当不得真的，就像太白金星所说的“名是齐天大圣，只不与他事管，不与他俸禄”。很快，一场蟠桃会就漏了底。其实即使没有蟠桃会，以孙悟空之精明，玉皇大帝的这种糊弄政策早晚都会破产。糊弄的结果是很严重的，孙悟空公开向天庭发起挑战，引发了一场神仙大战，一次会议竟然引发了一场差点改变天庭秩序的大战，这在神仙社会里恐怕是没有先例的。

相比之下，西天取经路上那些妖怪们的会议要简单一些，因为他们都是民间在野人士，交友范围不大，其会议多属私人沙龙性质，将自己的亲朋好友喊过来就是，不必有太多的名次排序考虑。

连自命清高、不食人间烟火的神仙都把会开成这样，人间社会也别指望好到哪里去。因开会所引发的诸多纠纷，比如争抢主席台、挑剔姓名排序、讲究吃住待遇、争相在媒体前曝光、能否报销路费等等，也就再正常不过，见怪不怪了。每一次会议，几乎都可以看作一个特定圈子人物名望、势力的重新洗牌，难怪大家都挺重视。

在排座次方面，还是宋江等人做得好。每当有新的兄弟加入，哪怕只有一个人，梁山也要重新排一次座次。事先把工作做好，免得积累矛盾。把事情做到明处，大家也就没有什么话说，至少在公开场合是如此。不能像玉皇大帝那样一味含糊，得过且过，这样，躲过初一躲不过十五，早晚都得出事。结果蟠桃大会筹备了半天，被孙悟空搅局，弄得不欢而散，这多让人扫兴。

西天还是东土

唐僧师徒西天取经，长途跋涉，历经寒暑，等走到天竺国外邦金平府的时候，离灵山已经没有多少路程了。眼看大功告成，忽然发生了一段耐人寻味的小插曲。

且说唐僧师徒来到慈云寺，准备进去歇歇马，化顿斋。当唐僧介绍身份、说明来意后，意外地受到僧人们特别的欢迎和礼遇。那位负责接待的和尚听说他们来自中华唐朝后，竟然倒身下拜，要行大礼，这对曾在乌鸡国宝林寺饱受奚落的唐僧来说，真是有些受宠若惊。于是连忙退让，表示不敢当，并询问原因。接下来那位和尚的回答着实让人感到惊奇和新鲜："我这里向善的人，看经念佛，都指望修到你中华地托生；才见老师风采衣冠，果然是前生修到的，方得此受用，故当下拜。"

西方的僧人竟然对灵山没有兴趣，一心向往东土。莫非哪里都是外来的和尚好念经？如此戏剧化的场面真是有些让人哭笑不得。唐僧师徒跋山涉水，行程十万八千里，历尽千辛万苦，度过十几番春秋，为的就是到西天取经。他们对西方乐土充满向往、景仰之情，却怎么也没有想到，灵山附近的僧人们却以托生东土为人生最高理想。如此说来，唐僧师徒还取哪门子经？东土的人向往西天，西天的人景慕东土。于是，这里就出现了一个奇特的佛门围城现象。

不知道唐僧在听完慈云寺僧人的这番话后，内心到底作何感想。作品并没有直接描写他的反应。不过，如来当初在灵山筹划取经大业时，对东土的评价可不是这样的。且看他是怎么说的：

我西牛贺洲者，不贪不杀，养气潜灵，虽无上真，人人固寿；但那南赡部洲者，贪淫乐祸，多杀多争，正所谓口舌凶场，是非恶海。

唐僧师徒到达灵山的时候，如来旧话重提，乘机又把东土贬了一通：

你那东土乃南赡部洲。只因天高地厚，物广人稠，多贪多杀，多淫多诳，多欺多诈；不遵佛教，不向善缘，不敬三光，不重五谷；不忠不孝，不义不仁，瞒心昧己，大斗小秤，害命杀牲，造下无边之孽，罪盈恶满，致有地狱之灾；所以永堕幽冥，受那许多碓捣磨舂之苦，变化畜类。有那许多披毛顶角之形，将身还债，将肉饲人。其永堕阿鼻，不得超升者，皆此之故也。

可见，在如来的眼中，东土是个罪恶之地、奸邪之邦。为此之故，他才策划了取经大业，让唐僧弄些经文回去，拯救那些罪孽深重的人们。

将慈云寺那位僧人所言与如来的话放在一起，便可发现问题。对东土的看法，佛界高层与基层的观点竟然如此对立，我们该相信哪一方？按常理，来自基层的声音自然最为真实。但如来作为佛界的教主，是大智慧的化身，他的话难道有错？这里倒是要考究一番了。

毫无疑问，如来老先生的话是有一定水分的，这可以从唐僧师徒的亲身经历中看得出来。按照如来的说法，西牛贺洲者，“不贪不杀，养气潜灵，虽无上真，人人固寿”，俨然一方净土。但真实的情况究竟怎样呢？唐僧师徒在西牛贺洲的行程不但不是一帆风顺的，相反，他们一路上遇到了不少妖魔、盗匪，照样吃尽苦头。这个地方的治安情况和道德教化水准并不比其他三洲好到哪儿去。

如来之所以这样说，显然带有广告色彩。把西天说得美好些，把东土讲得差些，一下就能显出自己经文的重要性来。以笔者的小人之心度之，如来之所以要把经文传到东土，固然有拯救生灵的善意在，但同样也有扩大教派影响，和道教抢占地盘的私心在，只要看看唐僧师徒西天取经路上，道士与僧人的激烈竞争和冲突就不难理解这一点。如果不搞点活动和宣传，佛教在东土面临着儒教和道教的挑战，也是存在生存危机的。

名著毕竟是名著，不经意间的一个小插曲竟然如此有趣，如此耐人寻味，由此可见作者的大手笔。作者对此问题只是简略地交代了一下，点到为止，并没有借题发挥，而是把想象的空间全都留给了读者。

对佛门的这一围城现象，蒲松龄在《聊斋志异》一书中进行了发挥。他在《西僧》这篇作品中，写了一位西僧到东土取经的故事。依照作品的描写，西域当地有这么一个传说，东土有四大名山：泰山、华山、五台山和落伽山，“山上遍地皆黄金，观音、文殊犹生。能至其处，则身便是佛，长生不老”。在这个传说的诱惑下，有十二个僧人，羡慕东土，历经十八个寒暑，途经火焰山、流沙河、隘口，最后才来到东土。等到达目的地时，取经成员只剩下了两人。他们没有孙悟空、猪八戒、沙僧这样武功高强的徒弟保护，没有白龙马可骑，没有其他神仙的支持，因此付出的代价也就特别大，比唐僧等人多走了四年不说，还有十位僧人献出了生命。

熟悉《西游记》一书的读者在读到这则故事的时候想必会有一种特别的感觉，不能不由此联想到人生的荒诞性、戏剧性等问题，也许还会上升到哲学层面进行思考。蒲松龄在故事结尾做了一个很富刺激性的假设：“倘有西游人，与东渡者中途相值，各述所有，当必相视失笑，两免跋涉矣。”其实，蒲老先生不给出答案会更好。因为这是一个残酷的假设。

依笔者的理解，当两拨跋涉数年、饱经磨难的取经人马在中途相遇之后，肯定是笑不起来的。如果他们真的要笑的话，也不会是“两免跋涉”的轻松笑声，估计最有可能的是信仰崩溃、发疯之后的傻笑。

还是回到《西游记》这部作品本身吧。想想唐僧师徒各自的性格，想想他们各自走上取经之路的缘由，假如他们中途真的遇到一支东进的取经队伍，各位取经成员该会做何反应呢？猪八戒会不会又嚷着散伙，想重返高老庄？孙悟空会不会跳着脚地咒骂如来和观音？唐僧会号啕大哭吗？沙僧又是什么表情？

对此问题，每个读者心目中都有一个属于自己的答案，而且可以想象，这些答案会千差万别。这倒是一个很好的小说素材，那些想象力丰富的作家们完全可以由此发挥，妙笔生花，写出一篇很有读头的作品来。

就笔者的感觉而言，蒲松龄的这一假设过于残酷。不过，以世界之广、林子之大，什么神奇的事情都有可能发生。也许哪一天这一戏剧性的场面就会降临到我们头上。糊涂滋生快乐，清醒萌发痛苦，人生的成败得失是很难说得清楚的。

也许最好的结果是，两拨人马各走各的，永远都不要碰面，即使碰面也不要相互说破，各自为对方保存一丝希望。其实，能否取得真经并不重要，重要的是可以在漫长的取经生涯中将一生的时间光明正大、心安理得地消磨掉。

取经路上的人生教科书

西天取经路上，孙悟空、猪八戒、沙僧等高徒逢山开路，遇水搭桥，降妖除怪，扶弱抗暴，其功劳自不可没，这是读者都能看到，也是都能认同的。除此之外，细心的读者可能还注意到，有一篇经文默默地陪伴了唐僧师徒一路，篇幅虽然不长，但对取经事业同样有着很大的贡献，它实际上已成为唐僧师徒的人生教科书。是什么经文如此神奇？这就是《西游记》一书中屡屡提到的《心经》。

提起《心经》，不能不说到那位颇有些神秘色彩的乌巢禅师。这位禅师在作品中只出现了一次，但神龙见首不见尾，不仅出身、来历不明，就连面目也很模糊。唐僧师徒和他的相遇是《西游记》中一个很有意思的小插曲。虽然刚登台便退场，但这位禅师的影子却在西天取经路上时时可见，这都是因为他向唐僧传授了这篇《心经》。

按照作品的介绍，这位乌巢禅师在浮屠山修行，和猪八戒是旧相识，还曾劝他一起修行，但被拒绝了。从名称来看，显然是位佛门人士。从其住在树上巢穴的生活习性来看，他的原型大概是鸟，但已修得人身。乌巢禅师道行相当了得，这可以从他向唐僧传授《心经》及孙悟空捣其巢穴时“莲花生万朵，祥雾护千层”的情景中看得出来。

这位乌巢禅师倒真是一位修行者，见到唐僧师徒后除寒暄几句外，基本上没什么话，在唐僧的追问下才回答了两个问题。道别之类的客套话都免了，径直回到自己的乌巢，很有些闲云野鹤、世外高人的味道。而且修养也很不错，对孙悟空要捣其巢穴的粗暴行为也没有什么反应，反倒弄得孙悟空感到没趣，只得匆匆赶路。西天取经路上，要么是你死我活的拼杀，要么是不打不相识，这种稀里糊涂、没有结果的事情很是少见，总觉得里面好像隐藏着什么猫腻。

别看《心经》只有54句，270个字，但一字千金，用处可不小，用乌巢禅师的话来说，就是“若遇魔障之处，但念此经，自无伤害”。作者也专门介绍，这是“修真之总经，作佛之会门”，由此不难想象其重要性。得到这篇经文后，佛学修养颇深的唐僧似乎也发生了一些改变，不仅“打开了门户”，而且“常念常存，一点灵光自透”。用他自己的话说，就是“那一日不念，那一时得忘”?

不过《心经》可不像紧箍咒那么灵验，一念就能让孙悟空疼得满地打滚、翻跟头，或者是像避水咒那样，一念就能在水中行进，畅通无阻。它是付诸心灵的，光念还不行，还要领悟其中的微言大义。用句通俗的话来说，就是这玩意儿只可养身，不能防身，不能有太强的功利心。比如在黄风岭，唐僧虽然口里念着《心经》，但照样被妖怪抓走。自然，这并不能证明《心经》不重要，因为西天取经实际上也是个修行的过程，更需要心灵的宁静和纯净，《心经》的重要价值也正在于此。实际上，心灵的修行比身体的修行更难，也更为重要，一路上处处都是险山恶水、妖魔鬼怪，唐僧时时处在担惊受怕、爱恨交织的情绪波动状态，很难做到内心的真正平静。内心一乱，问题就随之出现，外有妖魔当道，内有师徒纷争，取经路上因此而平添了许多波折。

从唐僧师徒对《心经》不时的念叨来看，他们对这场心灵之旅还是颇为看重的。讨论对《心经》的解读和领悟成为西天取经路上的一道独特风景。讨论主要在唐僧和孙悟空之间进行，两人的对答充满机趣，为枯燥的取经之路增添了一丝轻松色彩。

走到平顶山时，唐僧看到前面山高路险，就感到有些害怕，提醒徒弟们仔细。这时孙悟空开始引用《心经》里的话来劝慰他，让他“出家人莫说在家话”，“莫生忧虑”，但唐僧还是放不下心，怀疑“几时能彀此身闲”，可见其内心已乱。于是，孙悟空接着发挥，提出要想身闲并不难，“若功成之后，万缘都罢，诸法皆空。那时节，自然而然，却不是身闲也”？一番话说得唐僧“乐以忘忧”，恢复了内心的平静。借对《心经》的领悟来调节心理，以达到平和宁静的状态，这也是必不可少的。毕竟遇妖只是西天取经路上的插曲，唐僧师徒更多的时间是在赶路，在漫长的旅途中产生畏难、思乡、厌倦、烦躁等情绪也是很正常的，如果处理不好，肯定会影响到取经的顺利进行。《心经》则可以帮助唐僧及时地调整心态，消除杂念，以最佳的心理状态西进。也正是为此，当唐僧情绪出现不良变化时，孙悟空时常以《心经》来提醒他。

由此可见，孙悟空比唐僧有着更高的领悟力。不过细细想来，这事儿似乎有些奇怪，因为唐僧可不是一般人，他前生为如来的二徒弟金蝉子且不说，就是今世，也不同凡响，他"自幼为僧，出娘胎，就持斋受戒"，"千经万典，无所不通；佛号仙音，无般不会"。可见其佛学修养是相当了得的，否则，唐太宗建水陆大会时，也轮不到他来做坛主。但就是这样一位佛学专业人士，在解读、阐发经文方面竟然还不如自己的徒弟孙悟空，要知道孙悟空可是连一天佛学课都没有上过的。

不过这事儿说奇怪也奇怪，说不奇怪也不奇怪。因为孙悟空也不是一般人，他曾在菩提祖师那里学过十来年，每日"讲经论道，习字焚香"，还曾被老师单独开过小灶，说起来也是科班出身，受到正规教育的，加之天生灵性，悟性过人。因此，理解经文的能力特别强，超过师父唐僧也不是没有可能，修行的年数与感悟能力并不一定成正比。

从这个角度来看，孙悟空不仅是唐僧的大徒弟和保护神，他同时还是唐僧修行的道友，起着心理医生的作用。像平顶山前的那番对话，将《心经》灵活运用，一下就打消了唐僧的恐惧和疑虑。这可是技术活儿，只有孙悟空玩得转，要是换成猪八戒和沙僧，他们俩是无论如何是都做不到这一点的。

全书这类以《心经》为教科书，为取经成员消除畏难情绪的描写还有一些。比如取经走到黑水河时，唐僧听到水声，心生恐惧，孙悟空再次用《心经》里的话来劝慰他。效果相当好，不仅打消了唐僧的疑虑，而且就连“拙口钝腮”的沙僧也领悟到一点，明白了“只捱肩磨担，终须有日成功”的道理。

与平日发生争执动不动就以念紧箍咒来威胁不同，每次谈论《心经》时，唐僧都表现得相当谦虚和克制。尽管有时会受到孙悟空的批评，但他总能虚心接受，认可孙悟空对经文的解读和阐释。可见唐僧也并非一味固执，有时可以以理晓之。

临近天竺国都城的时候，唐僧照例因为山岭峻峭，心里有些急躁、不安，于是孙悟空再次拿《心经》来提醒他。这次，两人讨论的方式比较特殊，孙悟空说完“我解得，我解得”之后，就不再言语，弄得猪八戒、沙僧如坠雾中，不明白是怎么回事，或以为是“弄虚头，找架子”，或以为“扯长话，哄师父走路”。倒是唐僧想明白了，他打破哑谜，为这两位大老粗解释：“休要胡说。悟空解得是无言语文字，乃是真解。”显然，在孙悟空的启发和帮助下，唐僧的领悟能力也有了明显的提高。只是这样一来，读者会感到有些迷糊，到底谁是师父，谁是徒弟，谁在教谁？

撇开《心经》自身的内容不说，仅从西天取经路上唐僧、孙悟空师徒对这篇经文谈论的描写来看，也是很值得回味的，由此可见唐僧、孙悟空心灵世界的另一面。尤其是孙悟空，读者大多关注其降妖除怪、勇武刚毅的一面，对其文的一面则关注不多。《心经》如同一扇窗户，为读者打开了一个透视其心灵世界的窗口，由此可以对这一人物形象有更为全面、深刻的了解。

妖怪的魅力

在《西游记》一书所描写的神魔世界中，那些超自然生灵大体上可以分为两类：一类是神仙，一类是妖怪。前者主要生活在官方体制内，属于吃皇粮、有人管的那种，后者则生活在体制之外，处于不受管辖、为所欲为的自由状态。通常情况下，前者的形象较为正面，毕竟在堂而皇之享受供奉、膜拜的同时，也得给人类一点恩泽作为回报。后者则大多为负面形象，靠抢掠拐骗等不法手段谋生，给人类带来祸端。

一为执政，一为在野；一方行善，一方作恶。这样，神仙和妖怪就形成了一种对立关系。不过，两者的壁垒也不是那么森严，因为他们相互之间是可以转化的，就像人间的官兵和盗匪、敌人和朋友随时可以相互转化一样。实际上，两者之间也就是一念之差的距离。因了一个念头，可以去做神仙，而有了另外一个冲动，兴许就成了妖怪。

神仙和妖怪之间的转化虽然是双向的，但按一般人的想象，应该是以妖怪向神仙转化为主才是。俗话说，人往高处走，水往低处流，讲的就是这个道理。不过作品的描写颇有些出人意料，这表现在，想当妖怪的神仙多的是，愿做神仙的妖怪则不多见，正所谓：只见水往低处流，不见人往高处走。何以如此？这确实是一个很值得探讨的现象。

在唐僧师徒西天取经路上所遇到的妖怪中，有相当一部分是有来头的。他们原本生活在神仙世界里，但对自己的生存状态并不满意，反倒羡慕起妖怪的生活，于是以各种方式逃到下界。有的是受上级或主子委派而来，比如平顶山的金角大王、银角大王，乌鸡国的假国王狮子精，更多的则是自作主张，私自跑到下界。放着好端端的神仙不做，反而去当妖怪，这着实让人感到有些奇怪。

要解答这一问题，首先得看一下那些妖怪的出身和来历。大体说来，除奎木狼在天庭为二十八星宿之一，属于有官衔、有名头的神仙之外，其他妖怪大多为奴仆、坐骑一类的卑微角色，不管是看炉、司磬的童子，还是菩萨、天尊的坐骑。他们虽然整天在神仙堆里讨生活，但就其地位而言，则是处于神仙社会的最下层，受人管制，干着最累最苦的活，却享受着最低最差的待遇。经常是吃力不讨好，活儿干好了，主子觉得是理所应当；活儿干得不好，谁都看得见，吃不了兜着走。没有自由，没有地位，也不会有什么升迁的机会。可以说，这些童子和坐骑过的是一种十分单调乏味，没有任何希望的痛苦生活。

看看天庭弼马温的待遇就不难想象这些童子、坐骑们过着一种什么样的生活。据众监官向孙悟空介绍："似堂尊到任之后，这等殷勤，喂得马肥，只落得道声'好'字；如稍有些尫羸，还要见责；再十分伤损，还要罚赎问罪。”弼马温官职再低，再不入品，大小也算是个官，手下还有不少仆役可供差遣。但即使这样，都如此没有干头，那些看炉、司磬以及坐骑的生活该是多么暗无天日！

孙悟空不高兴，还可以回到自己的一亩三分地——花果山，继续做个自由自在的美猴王。那些童子、坐骑不高兴，可就没那么幸运了。不过，他们也有自己的办法，那就是跑到下界，找块地盘，占山为王，过把当家作主的瘾。

对那些童子、坐骑来说，跑到下界做妖怪无疑是一种相当有诱惑力的选择。做了妖怪之后，好处可就多了：不受人管，没有约束，完全是随心所欲，为所欲为，真正是自己当家做主人，就像鲁迅笔下的阿Q所说的，要什么有什么，喜欢谁就是谁。有了这么一个机会，正好可以将内心深处压抑多年的苦闷和欲望，管它是善良的还是丑恶的，淋漓尽致地释放出来。在下界占山为王，独霸一方，整天有一群小妖簇拥着，发号施令，耀武扬威，也可以找回那些早已忘却的自尊，增加些自信。俗话说，宁为鸡头，不做牛尾。有这样轻松自在的幸福生活，谁还会稀罕单调乏味的神仙世界？

自然，那些有名头的神仙一般是不会轻易到下界为妖的。原因很简单，他们已经功成名就，获得了参加蟠桃大会的资格，下界所能得到的利益和名声，他们在天庭早已得到，属于神仙社会的既得利益者。对他们来说，保住既得利益，就足以过幸福、快乐的生活，因此也就没有必要冒着风险，跑到下界去做妖怪。当然，奎木狼这样的多情者除外。

希望改变个人处境，改变社会状况者，永远是那些身处社会下层的小人物。当一个社会不能为底层的小人物提供正常升迁机会和人生目标的时候，他们只能以非法的形式进行抗争。人间如此，神仙社会也不例外。童子、坐骑的纷纷下界，固然有他们自身的原因，但神仙社会的不良机制才是真正的根源。

一方面是天庭的底层神仙纷纷跑到下界为妖，一方面则是妖怪拒绝做神仙。那些私自下凡的童子、坐骑们，如果不是孙悟空揭穿其面目，搬来救兵，逼得他们没有退路，他们是不会主动回到主子那里的。至于那些土生土长、野性十足的妖怪，则更不愿意加入神仙队伍。作品中所写的几例转化都是靠胁迫手段完成的，最典型的莫过于红孩儿。

红孩儿原本是火云洞当地一霸，日子过得倒也自在，因要吃唐僧肉，和取经队伍发生激烈冲突，直闹到观音菩萨亲自出面，问题才得以解决。这家伙相貌不错，武功、法术都还出众，因此被观音菩萨看中，对其进行招安。既然是招安，就肯定不会是对等、友善的谈判，通常表现为暴力胁迫下的顺从。红孩儿过惯了自己当家做主的快乐日子，自然不愿意再做什么善财童子，在别人手下讨生活。但面对观音菩萨的暴力胁迫，除非牺牲做烈士，否则，没有其他选择。这样，经过几次反复之后，只好乖乖听话，跟着观音菩萨到落伽山安家落户，开始一种全新的神仙生活。

在一般人看来，从一个占山为王的妖魔变成一个菩萨身边的善财童子，这是一件值得庆贺的事情。但事实并不如此，因为这件事，牛氏家族和孙悟空成为不共戴天的仇人。因为在牛氏家族的心目中，神仙是不如妖怪的。他们更看重的是自由和实惠，而不是所谓的正果和名头。正如红孩儿的叔叔如意真仙所说："我舍侄还是自在为王好，还是与人为奴好?"其母亲铁扇公主则把理由说得更为具体："我那儿虽不伤命，再怎生得到我的跟前，几时能见一面?"要自由就只能做妖怪，神仙都是有人管的，除非能做成玉皇大帝、太上老君、观音菩萨这样权大于法档次的神仙。没了自由，连见母亲一眼这种很容易的事都变得艰难起来。看来做神仙还真是不如做妖怪来得自在。

作品中有一处写到善财童子皈依佛门之后的"幸福"生活。那是孙悟空第二次被唐僧驱逐之后，跑到落伽山找观音诉苦。善财童子哪里知道这些，就拿"告"字和孙悟空开了个玩笑。如果在平日，孙悟空可能会调侃上两句，大家笑笑也就罢了。但他此时心情实在太坏，竟然很罕见地翻了脸，破口大骂善财童子是"背义忘恩的小畜生"。可以想象，当时的场面一定十分尴尬，按照善财童子当初在火云洞占山为王时的性格，肯定就大打出手了。没想到，他不但不生气，反而向孙悟空满脸赔笑，连忙声明自己是“作笑耍子”。

如此谦卑的表现，和当年野性十足的红孩儿比起来，简直是判若两人。可见观音菩萨的思想改造工作还是相当成功的。问题在于，经过洗脑之后的善财童子是心甘情愿地为观音打工，还是迫于武力的无奈顺从？如果再给他一次自由选择的机会，是当神仙还是做妖怪，他会怎样选择呢？相信连观音自己都没有把握。

如意真仙和铁扇公主的责问是很有分量和力度的。相比之下，孙悟空的辩解就显得苍白无力了。因为红孩儿的今日就是他的昨日，他在说服如意真仙和铁扇公主的同时，也是在说服他自己。问题是，孙悟空能说服自己吗？事实上，他是始终无法做到这一点的。直到西天成佛时，他还惦记着自己头上的那顶紧箍。

孙悟空的取经自然不是心甘情愿。花果山占山为王的日子何等逍遥自在，如果不是被如来压在五指山五百年，没有出头之日，他哪里会答应为唐僧去做苦力。没有紧箍咒的约束，他哪里会受唐僧的这些闷气。看看他的师弟猪八戒到了花果山后的第一印象吧：“且是好受用！且是好受用！怪道他不肯做和尚，只要来家哩！原来有这些好处，许大的家业，又有这多的小猴伏侍！若是老猪有这一座山场，也不做甚么和尚了。”说起来孙悟空也是入了正道，修成正果的神仙了，西天取经生活和他在花果山占山为王时的生活相比，哪一个更快乐，哪一个更痛苦？明眼人不难看出来。孙悟空如此，猪八戒、沙僧又何尝不是如此？

于是神魔世界里便出现了这样一道奇特的风景线：一边是天庭、洞府的神仙纷纷逃跑，争着到下界做妖怪，一边则是下界的妖怪被暴力胁迫，无奈之下当神仙。不知这一现象会不会让玉皇大帝、太上老君、如来这些神仙社会的头目们感到尴尬，因为这等于在宣告神仙世界的不得人心。

自由自在、为所欲为的快乐生活不仅为凡夫俗子所羡慕，也同样为神仙妖魔所向往。哪怕是付出代价，做个没有名分的妖怪，也胜过在人家手下讨生活的所谓神仙，这就是神魔世界的转化规则。可见人性、神性都是相通的，倒是那些处于神仙塔尖的领导阶层，该好好反省一下了。

做妖也浪漫

唐僧师徒西天取经，一路上遇到不少妖魔，其中大多面目狰狞，专横跋扈，给地方百姓带来严重危害不说，更是直接威胁到唐僧的生命安全。以文化水平而论，这些妖魔大多属于瞪眼瞎，斗大的字认不了几个，谈诗论学更是与他们沾不上边。

不过情况总有例外。西天路上，不时能见到一些对唐僧肉身和元阳没有多大兴趣的妖怪，有的甚至还玩情调，颇为浪漫，堪称妖怪诗人。由于事情比较少见，这里以木仙庵谈诗为例，说道说道。

“木仙庵三藏谈诗”这一回在《西游记》一书中显得颇为特别。之所以这样说，是因为其独特的风格，与以往那些你死我活、紧张激烈的打斗相比，舒缓轻松，读起来新鲜别致，总的来说是场文戏。那些妖怪虽把唐僧摄走，但并非吃肉或配元阳之类，说起来动机还相当浪漫，用那位荆棘岭十八公的话说就是，“因风清月霁之宵，特请你来会友谈诗，消遣情怀故耳”。

如此浪漫的事情在西天取经路上真是十分少见，不过，它倒是很对唐僧的口味。从作品的实际描写来看，唐僧虽然是位僧人，但更像是一位多愁善感的文弱书生，不仅文化修养不错，而且情感丰富，对外界事物相当敏感，说起来颇有些诗人气质。西天取经路上，每有感慨，也喜欢吟上两句。只是行旅匆匆，每天急于赶路，缺少作诗的气氛，同时也没有可以相互切磋的同道。

孙悟空当初在菩提祖师那里学艺时，曾和师兄弟讲经论道、习字焚香十来年，在文学创作方面估计多少也懂一些，加上天生机灵，聪慧过人，估计和唐僧在一起谈谈诗词，也是能忽悠上一阵子的，这可以从他对《心经》的解读和感悟上看得出来。不过，让唐僧感到遗憾的是，这位大徒弟喜武不喜文，他对降妖除怪之类的战斗似乎更感兴趣。至于其他两位徒弟猪八戒和沙僧，则是典型的大老粗，一个整天满脑子都是食物和女人，一个则除了师父的饮食起居与生命安全之外，什么都装不进脑子里去，想在他们身上找点小资情调，抒抒情，发发感慨，那真是应了一句老话——对牛弹琴。对唐僧来说，西天取经路上生活的枯燥乏味可想而知。

现在仿佛做梦一般，忽然在这样美好的风清月霁之夜，来了一群谈吐风雅的诗友。这对唐僧来说，真是一个意外的惊喜。一开始，他还有点紧张，毕竟一路打拼过来，习惯了紧张激烈的战斗生活，对这种场面一时还不能适应。后来看到那几位诗友气质高雅、谈吐不凡，真的是在吟诗谈艺，于是，逐渐放松警惕，不禁技痒，也就“慨然不惧”，放开胸怀，和这些妖正儿八经地聊起来，就像那位凌空子所说的，“吟哦逍遥，放荡襟怀”。

大体说来，唐僧对这些临时诗友的印象还是不错的，觉得他们“言谈清雅，极善吟诗”。这场文学沙龙的气氛还是蛮融洽的，大家相互唱和、称扬，仿佛在一个官宦人家的府第里，很难想象他们是身处千里荆棘的原野中。这群妖怪也真是够浪漫的。西天取经路上，无奇不有，竟然还有爱文学的妖怪，真是令人耳目一新，眼界大开。

话再说回来，妖怪毕竟是妖怪，道行不深，修养不够。刚浪漫、高雅了没多长时间，就逐渐露出其庸俗、功利的面目来。本来大家在一起谈谈文学，讲讲修行，聊得还是蛮开心的，但自那位美丽妖艳的杏仙来到之后，气氛一下子就变了，一个好端端的诗歌沙龙顿时变成了一场求亲会。

不管是临时起意，还是事先设好的圈套，本来大家谈诗论艺，说得正热闹，现在却突然转变话题，一个劲地劝唐僧结亲，甚至要使用胁迫手段，这显然是不正常的。难怪唐僧感到大煞风景，有种上当受骗的感觉，指责他们是“以美人局来骗害贫僧”。好在这些妖怪道行不深，法术有限，唐僧不同意，他们也没有什么办法。再说几个徒弟这时候正满世界寻找师父呢。

这些妖怪在跟着起哄的同时，忘了分寸，也把自己送上了绝路。唐僧轻易不让孙悟空打死人类，哪怕是作恶多端的强盗，为此曾和孙悟空发生过激烈冲突。但对妖怪，可就没有这么多忌讳了。尽管他嘴上劝猪八戒："不可伤了他！他虽成了气候，却不曾伤我。我等找路去吧。"但这不过是说说而已。当孙悟空、猪八戒把这些妖怪一窝端时，他并没有坚持自己的意见，可见唐僧是认可，最起码是默许这一行为的。

一场水平挺高的诗歌沙龙最后以如此血腥的方式结束，着实让人感到扫兴，甚至有些惋惜。玩到这个份上，这些树妖也怨不得他人，是他们突然改变话题，一起起哄，让唐僧感到恼火，不惜翻脸的。否则，如果真如他们所说的，"待天晓自当远送过岭"，大家善始善终，真诚相待，也就不会落得如此悲惨的下场。最起码孙悟空、猪八戒动手时，唐僧劝阻的力度要大一些。

此外，这些树妖邀请唐僧的方式也粗鲁了些。他们完全可以光明正大地跟唐僧师徒交往。先奉承他们几句，再说明意图，想必他们也是不会拒绝的。即使拒绝，也不至于兵戎相见，弄得小命不保。本来相当高雅、浪漫的诗会，却用强制的办法进行，这确实有些不合适，可见这些妖怪不过是附庸风雅，真没有真正修成诗人的气质。总之，他们的毙命也是咎由自取，怨别人不得。

这段故事篇幅不长，夹在祭赛国和小雷音两场大战之间，属西天取经路上的小插曲，与全书其他部分降妖除怪的紧张气氛相比，显得舒缓轻松，颇有新人耳目的艺术效果。

故事本身的内容倒不算什么，它是《东阳夜怪录》《元无有》等作品脱化而来的。这些故事有一个大体相近的模式，即一位书生在行旅途中，参加了一场陌生人举办的诗会，大家在一起谈诗论艺。后来，书生发现那些诗友原来是其他动物、器物所变，他们所作的诗多隐含着自己的真实身份。这类小说多属游戏之作，风格轻松诙谐。

《西游记》一书的作者受这类作品的启发，为唐僧设计了一个类似的故事，放在降妖除怪的故事中，显得颇为别致。

西天取经路上的妖怪也这么浪漫，斯斯文文的，想想都觉得好玩。

一场乱了规矩的阴阳官司

唐王游地府在《西游记》一书中是一场承前启后的重头戏，整整占了四回的篇幅，相当于西天取经路上一场较大规模的降妖除怪战斗，重要性由此可以想见。这一传奇故事早在唐代就已广为流传，有着相当深厚的民间基础，这有话本《唐太宗入冥记》为证。这段故事将大闹天宫与西天取经有机地串联在一起，而且故事本身所展现的人情世态也有不少耐人寻味之处。

这件事说复杂也复杂，说简单也简单，关键是如何来理解，从哪个角度进行评价。总的来看，整个故事实际上是由前后两个案件所组成。

第一个案件是泾河老龙为了与算命先生袁守诚打赌，违反天规，擅自更改下雨的时辰和点数，结果被天庭判处极刑。虽然《西游记》一书所写神仙官司大多存在问题，但这个官司的判决还是比较公正的。泾河老龙属于咎由自取，罪有应得，和李世民没有任何关系，但是由于行刑者的特殊身份，一下子把他也卷了进来。不知道是人手不够，还是有别的什么特殊考虑，天庭政府竟然让大唐帝国的大臣魏徵来行刑。只是这么一来，就给了泾河老龙一个求情的机会。

李世民也没有多考虑，就满口答应，并开始采取措施。但他不知道自己虽然贵为人间天子，但在神仙社会根本排不上号。结果是可以想见的，他虽然真心诚意想为泾河老龙帮忙，但能量有限，魏徵照样按计划行刑。

泾河老龙被斩后，跑到阴间去起诉李世民，这才引出第二个案件，才有了唐王游地府的故事。这一游，李世民可谓有惊无险，捞足了便宜，不仅延长了自己的寿命，和阴间建立了相当友好的关系，而且还找到一位愿意到西天取经的高僧，和西天极乐世界建立了联系。

这个故事的吸引人之处在其新奇的情节和丰富的想象。不过，从另外一个角度来看，它不过是一场乱了规矩的官司。在这个故事里可以看到，不论是阴间还是阳间，虽然都有律令在，但并没有人认真遵守，它在被执行期间，随时都可以根据当权者的意志被更改，人情关系在其中起着关键作用，这也是人治社会的一大特点。这段故事是西天取经故事的引子和先声，由此也不难理解，西天取经路上为什么孙悟空遇到的妖怪不少，但真正打死的并不多，因为他也遇到了同样的问题。

李世民陷入这场官司，纯粹是他自找的。对泾河老龙的求情，他竟然不加思考就答应下来，并许愿“朕可以救你，你放心前去”。此举既不妥当，也不可行。

说不妥当，是因为他不应当随便答应泾河老龙的求情，由此不难看出其法律意识是多么淡薄。不管是阴间还是阳间，都有律令在，只要不是冤假错案，就得照章办事。自己身为一国之君，却动不动公然带头破坏规则，其影响是十分恶劣的。连皇帝都不守规矩，还怎么指望臣下们遵法守纪，秉公办事？

说不可行，是因为李世民的能量有限。他即使想帮泾河老龙，也应该在答应之前仔细掂量一下，魏徵是接受谁的命令，自己有无资格和能力来改变天庭的决定。他显然不知道自己在神仙社会的卑微地位。作品对此虽没有明说，单看乌鸡国、朱紫国、凤仙郡几位国王和郡王的苦难经历，就不难知道，这是一个李世民不可能完成的任务，他对天庭事务没有任何发言权。他虽然也想了种种办法，但根本不顶用。道理很明显，李世民可以任意处置自己的臣民，但对阴间和天庭的事情，他根本插不上手。其后的事实证明，李世民不仅救不了泾河老龙，就连自己都朝不保夕，需要他人来解救。

泾河龙王状告李世民，实际上是无理取闹，甚至可以说是忘恩负义。李世民尽管未能解救他，但还是做了不少努力的。再说他的犯罪事实确凿，根本无法翻案，而且求情本身就是错上加错。从事先知道魏徵为行刑者这件事来看，他可能靠非法手段获知了天机。要怨也只能怨自己，缺少判断力，听信了手下军师的馊主意。但这是说不出口的理由，于是他只好找自己还能惹得起的人间帝王李世民生事。再说，他也没有和李世民签订救命合同。李世民并没有得到他半点好处，诺言即使不能兑现，最多也只是一个本领有限的问题，根本构不上犯法。果然，李世民到阴间对质之后，这件事就不了了之。

事情看起来挺容易，但对一个凡夫俗子来说，到阴间去一趟可不是一件简单的事情，其间巨大的风险是可以想象得到的。就李世民而言，他这一趟去得非常值。临走之前，他做了较为充分的准备，带着魏徵写给阴间判官崔珏的介绍信。崔珏是魏徵的八拜至交，魏徵给结拜兄弟写信的目的很明确，是为了让崔珏“念微臣薄分”，“放陛下回来。管教魂魄还阳世，定取龙颜转帝都”。连正直如魏徵者都想着走门路，求人情，可以想见当时法律在人们心目中是个什么可怜样子。

有了魏徵的介绍信，得到崔珏的热情关照，李世民不仅没有受苦，反而因祸得福，和阴间拉上了关系。有了关系，大家彼此成为朋友。于是大堂上的审问就变成了朋友之间的闲谈，由此可见，阴间和阳世没有多大区别，仍旧是人情大于法律。

判官崔珏私自改动李世民阳寿之事是整个故事的关键环节。如果没有这一改，故事就会马上以李世民滞留阴间而告终，也就是说，故事没有办法再发展下去了。私自乱改生死簿，这可不是儿戏，其性质比泾河老龙的违犯天条还严重。这位崔判官本是冥间专业法律人士，显然知道这件事败露之后的严重后果。既然后果严重，他为什么还敢于这样做？除了救主心切之外，想必也与他对阴间政府运作规则的了解有关。他知道此举尽管有风险，但最终不过是有惊无险：因为以阴间政府管理机制之混乱，这件事轻易不会被发现。即使被发现，看阎罗与李世民谈得如此投机的样子，估计他们也不会声张，再说事情被捅出去后，大家的日子都不会太好过，崔判官固然性命不保，十殿阎王也难逃管理不严、放纵手下的责任，同样要受到严惩。这位崔判官正是看准了这一点，才有如此大胆之举。

通过这一趟有惊无险的地府之旅，李世民可谓占足了便宜。这位皇帝对人情世故还是很有研究的，临走前，他并没有带金银财宝之类的东西，因为一来阴间不缺这玩意儿，二来行贿的意图过于明显，传出去既有风险，也不好听。于是，他选择了送瓜果。可别小看送礼，其中也是大有学问的，并不是东西越贵重越好，关键要看收礼的人喜欢不喜欢，只要收礼人喜欢，东西就算送对了。李世民谙于此道，是送礼学高手，结果没花多少钱，仅仅是一对南瓜，就得到了阎王“有信有德”的极高评价，把整个事情处理得相当好，说起来这在中国送礼史上也是要重重写上一笔的。

一场官司打下来，丝毫不见法庭上应有的严肃气氛，反而变成李世民编织阴阳关系网的大好良机。结果自然是皆大欢喜，阴间有了时令瓜果尝鲜，李世民则得以延长寿命，大家相互利用，各取所需。天上人间，都是如此，这就是《西游记》一书作者为我们展现的社会现实。

李世民的故事并非特例，而是具有代表性和典型性，因为西天取经路上类似情况十分常见。那些为非作歹、祸害生灵的妖魔们按说都应该被处死，但就是因为自己的主子是太上老君、观音菩萨这样有名头的神仙，于是通常都是大事化小，小事化了。只是苦了那些关系不硬、没有靠山的无名妖魔，法律是专门为他们制定的。不是说神仙社会执法不严吗？泾河老龙的例子也许会让那些提意见的人哑口无言。

英雄也可论出身

中国有句老话：英雄不论出身。这句话的意思很浅显，所讲的道理也不错。不过，它的提出显然有一个潜在的语境，那就是曾经有很多英雄是论过出身的，否则也就没必要专门这样强调了。在宗法观念盛行的古代中国，门第、出身、师承绝对是一个不可忽略的问题，往往关系到一个人的前途命运和社会评价。看看《水浒传》一书中青面兽杨志对自己身为将门之后的自豪和眷恋，自不难理解这个问题的重要性。有意思的是，人类如此，神仙妖魔也不例外。这里说一说《西游记》一书中的出身问题。

从两个例子可以看出神仙社会对出身问题的重视程度。一是在寻找取经人的时候，观音菩萨之所以选择唐僧，显然与他前世曾是如来二徒弟金蝉子的身份有关。二是唐僧师徒在西天取经路上遇到的妖怪，有的被打死，有的则能幸免，结局的不同在很大程度上与他们各自的出身有关。如果是神仙大佬手下的童子或坐骑，往往可以大事化小，小事化了；如果没有靠山，武功也不精的话，就只有死路一条了。可见即使在神仙社会里，对出身问题也是不能不关注的。

这里重点谈谈西天取经成员们的出身问题。

在西天取经的各位成员中，孙悟空和白龙马的出身是交代得最为清楚的，作品中有较为详细的描写。孙悟空的出身具有传奇色彩，说复杂也复杂，说简单也简单。说复杂，是因为他是取日月之精华，由天地孕育而生。这样的出身独此一家，别无分号，可谓高贵无比。说简单，是因为他是从石头缝里蹦出来的，没有任何亲属，因此也就不存在历史问题。与那些动辄上万年乃至数十万年的神仙如玉皇大帝、太上老君相比，他确实属于小字辈。在加入取经队伍之前，其生平经历中唯一能炫耀的就是大闹天宫，被封齐天大圣。不仅自己炫耀，也时常让猪八戒、沙僧这些师弟帮着宣传。孙悟空对自己的这一段经历如此看重，难怪猪八戒、沙僧对当年在天庭的生活也念念不忘了。

至于白龙马，他原本是西海龙王的太子，阅历较为简单，也没有什么前生传奇故事，唯一值得一说的就是他的贵族身份。可惜西天取经路上被作为唐僧的坐骑使用，基本不说话，因此也就没有炫耀的机会。倒是孙悟空曾帮他做过介绍。

相比孙悟空、白龙马，唐僧、猪八戒、沙僧这三位的出身都有些含糊不清，这里稍作分析。

唐僧的前生倒比较清楚，他原是如来的二徒弟金蝉子，因上课不注意听讲，被贬到下界，而且时间相当长，已经历了十世。如果不是被选作取经带头人，戴罪立功，还不知道什么时候才能重回灵山。

至于唐僧今生的情况，则有些不太清晰。清代一些《西游记》版本在第九回中专讲唐僧的出身，不过据研究者考察，这一回是后人添加的，非原著所有，因此不能算数。好在作品第十一回曾以韵文形式对唐僧的生平做了简要介绍。这里引录如下：

投胎落地就逢凶，未出之前临恶党。
父是海州陈状元，外公总管当朝长。
出身命犯落江星，顺水随波逐浪泱。
海岛金山有大缘，迁安和尚将他养。
年方十八认亲娘，特赴京都求外长。
总管开山调大军，洪州剿寇诛凶党。
状元光蕊脱天罗，子父相逢堪贺奖。
复谒当今受主恩，凌烟阁上贤名响。
恩官不受愿为僧，洪福沙门将道访。
小字江流古佛儿，法名唤做陈玄奘。

字数不多，只有短短二十句，却较为完整地叙述了一个富有传奇色彩的故事。伪托的第九回就是根据这段文字进行发挥的。由此读者可以大体知道：唐僧系状元之后，外祖父为朝长。如此说来，唐僧也算得上是身出名门了。不过高贵的出身并没有带来现实的尊荣，相反，唐僧倒称得上是一个苦孩子。因为他直到十八岁时，才见到自己的亲娘，说起来也是够可怜的。自幼出家，没有享受过多少家庭温暖，对亲情似乎也比较淡漠，可见其取经立场的坚定也是有缘由的。

唐僧的出身故事虽然相当感人，颇能换得几滴同情泪，但它并不能成为炫耀的资本，加上缺乏武功，没有和妖怪对垒的机会，所以西天取经路上也就不大提起。妖怪们对他前生为如来弟子的事情似乎更为关心，至于今生是不是苦孩子，他们既不了解，也没有兴趣。

猪八戒的故事通常从其被贬到下界之时讲起，之前的经历则有些模糊。被贬之前，猪八戒贵为天蓬元帅。据他本人介绍，孙悟空当年大闹天宫时，“不知带累我等多少”，可见他也参加了征讨孙悟空的战斗。不过当时主要在空中和陆地作战，水军并没有发挥多大作用，带累一词不知从何讲起。

至于猪八戒究竟是怎么当上天蓬元帅的，作品中有一段韵文，以第一人称的口气进行介绍，这里稍作摘录：

自小生来心性拙，贪闲爱懒无休歇。
不曾养性与修真，混沌迷心熬日月。
忽然闲里遇真仙，就把寒温坐下说。
劝我回心莫堕凡，伤生造下无边孽。
有朝大限命终时，八难三途悔不喋。
听言意转要修行，闻语心回求妙诀。

有缘立地拜为师，指示天关并地阙。

……

功圆行满却飞升，天仙对对来迎接。

朗然足下彩云生，身轻体健朝金阙。

玉皇设宴会群仙，各分品级排班列。

敕封元帅管天河，总督水兵称宪节。

由此可以勾勒出一个简略的猪八戒前传故事。据这位老兄向天竺国国王介绍，他“先世为人”。人家都是从动物修炼成人形，猪八戒则是从人修炼成动物，着实有些与众不同。起初，猪八戒不过是一个二流子一类的人物，游手好闲，好吃懒做，可见其“贪闲爱懒”的特性是与生俱有的，并非到下界投胎时留下的后遗症。比较幸运的是，他遇到了一个真仙，受其点化，拜其为师，学了两手功夫，估计三十六变之类的法术就是跟这位师父学的。

功夫练成之后，猪八戒仕途顺利，被玉皇大帝封为天蓬元帅。对当时的盛况，他是这样回忆的：

功圆行满却飞升，天仙对对来迎接。

朗然足下彩云生，身轻体健朝金阙。

玉皇设宴会群仙，各分品级排班列。

敕封元帅管天河，总督水兵称宪节。

从玉皇大帝让其掌管水军一事来看，猪八戒的特长主要在水战方面。而且在天庭的地位不低，获得了参加蟠桃大会的资格，也算是成功人士。

如果不是醉酒之后调戏嫦娥，猪八戒的人生之旅将会是另一种风景，也就没有后来的入赘高老庄，后来的被观音抓差，跟着唐僧做苦行僧。不管怎样，天蓬元帅的那段时间是一段美好的回忆，也是一件值得炫耀的事情。难怪猪八戒在西天取经路上逮到机会后，总要提起这段光荣业绩。

沙僧的生平经历和猪八戒大体相似，都是后面的事迹清楚，前传相对模糊。好在他也曾以韵文的形式介绍过自己的身世。根据这段文字，可以描述其前生故事的梗概。这里也摘录一段：

自小生来神气壮，乾坤万里曾游荡。
英雄天下显威名，豪杰人家做模样。
万国九州任我行，五湖四海从吾撞。
皆因学道荡天涯，只为寻师游地旷。
常年衣钵谨随身，每日心神不可放。
沿地云游数十遭，到处闲行百余趟。
因此才得遇真人，引开大道金光亮。
……
三千功满拜天颜，志心朝礼明华向。

玉皇大帝便加升，亲口封为卷帘将。
南天门里我为尊，灵霄殿前吾称上。
腰间悬挂虎头牌，手中执定降妖杖。
头顶金盔晃日光，身披铠甲明霞亮。
往来护驾我当先，出入随朝予在上。

从这段介绍可知，沙僧的前生也是人，即他向天竺国国王所说的“原系凡夫”。在未出道之前，沙僧因“怕轮回”，曾到处云游，闯荡江湖，寻仙访道，拜师学艺。后来遇到一位真人，得以修仙成道，并进入天庭，被玉皇大帝封为卷帘大将。实际上也就是御前侍卫，说好听些，就是大内高手。

卷帘大将的品级虽不如天蓬元帅之高，但也并非等闲之辈。“南天门里我为尊，灵霄殿前吾称上”，话里也许有些吹牛的成分，不过也不算太离谱，可见沙僧在天庭确曾度过一段美好的时光。自从在蟠桃大会上失手打碎琉璃盏之后，一切都改变了。和猪八戒一样，沙僧被贬到下界，后加入取经队伍，成为一名道地的苦行僧。

与那些没见过什么世面的妖怪相比，天庭的卷帘大将生涯无疑是一个值得炫耀的阅历。有机会沙僧也是会提起的。齐天大圣有齐天大圣的光荣，卷帘大将有卷帘大将的尊严，不管是大光荣还是小尊严，大家都拥有一份对昔日生活的美好回忆，以此来消解现实生存的尴尬，这也算是一种有效的心理调节吧。

凡事处处都论出身固然不对，但如果一生中没有一点值得回忆、值得留恋的东西，这样的生活也过于苍白、单调乃至有些可怜了。在他人面前论出身，说起来颇有些自恋的味道，但它何尝不是一种唤起自尊、自信的表现，对此行为，也就没有必要苛求了。

英雄有时也是可以说说出身的，特别是他们失意落魄的时候。

坐骑缘何出问题

唐僧师徒在西天取经路上所遇到的妖魔中，有相当一部分是有来头的，他们原本为神仙大佬们的坐骑，比如文殊菩萨的坐骑狮子精、太上老君的坐骑青牛精、观音菩萨的坐骑金毛吼、南极寿星的脚力白鹿、太乙救苦天尊的坐骑九头狮子等等。这些坐骑私自跑到下界，占山为王，不仅祸害四邻，而且阻挡了唐僧师徒的行程，由此形成一个颇为独特的坐骑犯罪现象。

按说神仙大佬们道行深厚，法术高强，腾云驾雾，不在话下，出门往来，方便得很，根本不需要再专门配备车马之类的交通工具。但如果没有车马，他们也就和一般的神仙一样，派头和优越感显不出来了。既然身居高层，总要前呼后拥，秘书、保镖、随从、司机各色人等成群结队地跟着、簇拥着，才能显出自己的身份，让人家觉得气派、有地位。再说，这些神仙在天庭或灵山的地位也够享受这些待遇的，待遇问题可是马虎不得的。反正是公家出钱，不掏自己的腰包，不享受白不享受。于是，那些神仙大佬们宁愿速度慢些，效率低些，多浪费些时间，也总是要骑着坐骑出门，即使暂时不用，最起码也要预备着。

从职位来说，坐骑不过是个仆役甚至还不如仆役的角色，处在神仙社会的最底层，根本不能入流。其主要职责就是顺顺从从、服服帖帖地伺候主子，即使炼成一身的本领，也是没有登堂入室、和其他神仙一起饮酒聊天的资格的。至于蟠桃大会，连想都不要想。都说弼马温的职位低，坐骑的地位还不如弼马温。

不过，可别看这些坐骑地位卑贱，他们的能量却不小。原因很简单；经常和主子亲密接触，日久天长，总是有些感情在的。不管是人还是神仙，就怕有感情，一旦有了感情，什么事情都好办了。其他人的辛苦，主子不一定能看到，坐骑的一点点努力，主子却很容易发现，时不时会给一点小恩小惠。这也是笼络部下的一个有效之举。要不，将乌鸡国国王推到井下，占据人家三年江山的肥缺怎么也轮不到文殊菩萨坐骑狮子精的头上。

这些坐骑由于和主子接触较多，关系密切，往往可以提前得知一些内幕消息，借机捞些油水。正是这个缘故，这些坐骑在神仙洞府里往往扮演着一种特殊的角色。他们尽管地位不高，但谁都惹不起，占尽天下便宜。像抢夺朱紫国皇后的金毛吼，就是在偷听到佛母要拆散国君婚姻三年的消息后，才私自到下界去捞这一肥缺的。俗话说:“天机不可泄露。”如果不是接近主子，他们是不可能知道这些机密的。这正是坐骑的特殊优势。

这种坐骑式的人物人间也有，比如太监。他们虽然地位卑贱，却长期生活在皇帝身边，挟天子以自重，能量巨大。中国历史上许多政治闹剧和悲剧都是这些坐骑式的人物导演的。把神仙的坐骑和太监相比，也不算冤枉他们，因为按作品的描写，有些坐骑还真是太监，比如那位祸害乌鸡国、霸占皇后三年的狮子精就是一个太监式坐骑。据其主人文殊菩萨介绍，“他是个骟了的狮子”。为此，猪八戒还专门验证，证明“这妖精真个是‘糟鼻子不吃酒——枉担其名’了”。其他坐骑是不是都骟过，作品没有交代，想必多数是骟过的。但不管是太监式的坐骑，还是坐骑式的太监，天上人间都有不少这样的人物，他们虽然地位不高，但兴风作浪起来，可不得了，历史常常因这些人物的搅和而改变方向。说起来也是制度的问题，并不能把责任都推在这些人物身上。

古往今来的历史证明，缺少约束的权力可以使人堕落成魔鬼，同样也可以使神仙退化为妖怪。有主子的势力可以依仗而缺少约束，坐骑们就很容易做出越轨之举。最为关键的是，这些坐骑的犯罪是零风险的。即使他们的罪行败露，也有主子为自己扛着，有主子的权力和关系网，天下再大的事情都能摆平，总能大事化小，小事化了。正是因为有了这把过硬的保护伞，那些坐骑们才争先恐后，跑到下界，捞一把是一把。

这些神仙大佬的坐骑来到人间后，没有一个是行善做好事的，全都以妖魔的面目出现，为非作歹，祸害地方。对他们的所作所为，以其主子高强的法术和神通，显然都是心知肚明的。说不知道，那是做样子给孙悟空看的。问题在于，既然知道自己坐骑在下界的种种罪行，为什么那些神仙大佬们迟迟不出面解决？可见，他们对坐骑在下界的犯罪行为是默许和纵容的。说不定那些坐骑还时不时的弄点土特产，来孝敬他们。

最能证明这一点的是，那些坐骑在下界为非作歹时，他们的主子装聋作哑，人间苦难再深重，也不见他们出面干预。而一旦那些坐骑战斗失利，眼看就要被孙悟空打死时，他们却纷纷出马，效率奇高。何其丑也，真是枉受了人间的祭祀和膜拜。

这些神仙大佬们屈尊出马的目的只有一个，那就是为自己的坐骑求情。人间的苦难与坐骑的生死在他们心目中孰轻孰重，明眼人都看得出来。“看我份上，一发都饶了吧”。这是他们常说的一句话。谁都知道，以他们在神仙社会的身份和地位，这个“份上”的分量有多重。对已经被招安，被纳入神仙管理体制的孙悟空来说，面对这样的求情，他除了应允，没有其他更好的选择。除非他再次大闹天宫，或放弃西天取经。无法想象，如果没有孙悟空，这些坐骑还要在人间横行多久。

在这种奇特的神仙管理机制下，坐骑们干些违法乱纪的勾当，也就没有什么值得大惊小怪的。如果他们都做了遵纪守法的好公民，那才让人感到奇怪呢。

神魔国里的玄妙天机

剿除妖魔知多少

西天取经实际上也是一次降妖除怪之旅。唐僧师徒几人与其说是跋山涉水，不如说是一路打到西天。这些战斗大多是防御型的，在唐僧师徒，只求尽快赶到灵山，取得真经，至于沿途是否太平，是否有妖怪出没，如果不威胁到取经大业，他们是不大干涉的，正所谓多一事不如少一事，少一事不如没有事。虽然心高气盛、颇有些正义感的孙悟空偶尔即兴发挥，遇到不平之事或冤假错案，顺便做些行侠仗义的豪举，但其他成员并非个个赞成。大多数情况下，取经队伍是本着明哲保身这一原则行事的。

但事情往往并不按照人的意志发展，行进缓慢，面对陌生环境的取经队伍要想避开那些早有准备、摩拳擦掌的妖怪们，也没有那么容易。这些妖怪一门心思要吃唐僧肉，或与唐僧成亲，个个摆出一副不达目的誓不罢休的架势。这样一来，就严重阻碍了取经事业的进行，本来井水不犯河水的事情一下子就演变成水火不相容的局面，最后只能以对决的形式见出胜负，没有任何妥协的余地。

唐僧师徒取经路上的见闻，真是令人眼界大开，且不说有火焰山、子母河这样的异域奇景，光是碰到的妖怪就形形色色，老的、少的，男的、女的，丑的、俊的，动物变的、人装的，有来头的、本地产的。总之，什么样的妖怪都有，哪一个都不是好对付的。

不过，唐僧师徒沿途遇到的妖怪虽然不少，但真正被剿除的却并不多。这里就涉及《西游记》中一个降妖除怪的潜规则问题，那就是凡是有来头的妖怪，比如是某神仙的坐骑或门人之类，一般以教育批评为主，将其交还原主人即可，对其过去犯过的罪行哪怕是罪恶滔天也既往不咎。

何以如此？不是孙悟空不想剪除这些妖怪，而是他实在下不了手，来求情的人要么是他的上级，如观音菩萨、弥勒佛祖，要么是他的朋友，如南极仙翁。神仙的圈子也就那么大，大家抬头不见低头见，既然人家把求情的话说出来，孙悟空也就不能不买账。如果他真的不留情面，把眼前的妖怪处死，以后还怎么在神仙堆里混？西天路上有不少妖怪光靠孙悟空是无法降服的，必须到外面去请高手。如果把大家都得罪光，还到哪里去搬救兵？放过这些妖怪，他们的主子等于欠了孙悟空一个人情，以后有什么需要帮忙的事情，自然也就好解决了。相比之下，自然是放过这些有来头的妖怪最划算，孙悟空如此聪慧，哪能不明白这个道理？起初还觉得有些不妥，后来也就习惯了，并积累了不少经验。以后每次碰到妖怪，他就把重点放在对妖怪来源的追踪上。找到了其主人，问题也就解决了，反正有来头的妖怪也没法打死，何必一定要拼个你死我活。

严格说来，不光那些作恶多端的妖怪应该被处死，就是他们的主人，也都有看管不严、放纵手下的责任，按说也应该追究责任的。但问题在于，连最高领导人玉皇大帝、如来佛祖都不管，还有谁去管这个闲事呢？天庭的戒律肯定是有的，但那是给弱者制定的，一涉及地位高、有名头的神仙，戒律就不顶用了。主子没人敢惹，手下自然就有了底气，他们之所以纷纷跑到下界，为非作歹，显然也是考虑到这一点的。否则，如果抓到一个严肃处理，杀一儆百，恐怕就没人再敢私自跑到下界捣乱了。可见，这是一个制度问题，天庭、西天的管理存在着很大的漏洞。

有来头的妖怪被其主人收走了，没有靠山的土著妖怪，则根据具体情况进行处理。其中武艺高强、能派上用场的，如黑熊怪、红孩儿，打死可惜，于是观音菩萨就将其招安，网罗到自己手下。至于那些学艺不精，又没靠山的，自然没有人愿意出面搭救。对这部分妖怪，就只能按法律处理，任凭孙悟空等人处理了。自然，这样的结局是不妙的，通常是性命不保，连窝都给端了。

如此算来，西天取经路上所谓的降妖除怪属于雷声大、雨点小，遇到的妖怪虽然数量不少，但真正被剿除的却没有几个。当然，这里说的都是占山为王的妖怪头子，至于那些有名字但更多没有名字的众小妖，通常在主子被制服后，要么被孙悟空等人一窝端，要么是一哄而散。

这里做一番统计，看《西游记》中被真正剿除的、有名头的妖怪到底有多少。姑且以出场的先后顺序排列：

白骨夫人

虎力大仙、鹿力大仙、羊力大仙

蝎子精

六耳猕猴

木仙庵众妖

七绝山蛇精

七个蜘蛛精

南山大王

辟寒大王、辟暑大王、辟尘大王

九头虫虽未毙命，但也被哮天犬咬得半死不活的，姑且也计入。即使如此，这个数字也远比那些有来头、被收走的妖怪要少。

从表面上看，西天取经路上轰轰烈烈、打打杀杀，弄得很热闹，到头来仅除掉几个这样的货色，真是令人难以置信，也让人失望，但它却是活生生的现实。这样的现实很是耐人寻味。

上述这些妖怪除六耳猕猴、九头虫外，道行都不深，大多属于入门级的妖怪。他们没有到外面拜师学艺，或找个有名头的神仙做靠山，属于自学成材的土著妖怪，仗着自己的一点小本事，就在当地作威作福，称王称霸，类似于人间的地痞流氓。不过也别小看这些地痞流氓，他们本领不高，但祸害地方的能量可是不小。每个地方只要有那么几个，就足以令当地居民头疼不已。这样的妖怪被处死也是理所应当，不值得人们同情。

剿除这些妖怪并不需要费太大的功夫，像七绝山的那位蛇精，连人身还未修到，是个哑巴妖精，不用孙悟空出面，由猪八戒、沙和尚乃至白龙马上阵，都可以顺利解决。木仙庵的众妖就是猪八戒独自处理的。三打白骨精看起来挺艰难，但障碍全在唐僧那里，否则，如果真刀真枪地打起来，孙悟空早就把她消灭了。

这些道行不深的妖怪们虽然武艺不精、法术有限，但他们对地方的危害则是相当严重，就其破坏性来说，甚至比盗匪还大。如不及时剪除，等到他们羽毛丰满、发展壮大再去解决，可就要费大功夫了。不过，等到那个时候，他们也就没有性命之忧了，因为武功高的妖怪可有接受招安一条路，做天庭或菩萨的巡山或童子之类。如果再和那些有名头的神仙攀上亲、套上近乎，则更无后顾之忧，可以放手为非作歹、胡作非为了。出了问题，自有人来出面摆平，孙悟空也无可奈何。

同样是妖怪，结局却如此不同。有来头的，作孽再多，也安然无事；没靠山的，犯点小错，就被处死。后者被处死，固然是罪有应得，但对前者的处理方式，显然不能让人服气，明摆着不公平，但真正的公平到哪里去找呢？连最有正义感的孙悟空都已经向潜规则妥协，还能指望谁？

都说人间社会黑暗，神仙世界也光明不到哪里去。唐僧师徒的取经大业拯救不了几个人，他们固然处死了一些没有靠山的妖怪，但根本无法改变整个神仙世界一片混乱的格局。照此发展下去，早晚都会出事，说不定还会再次闹出孙悟空大闹天宫这样的事情来。

悟空原不习水战

孙悟空是《西游记》一书着力描写的主角，作品虽极力突出其武功高强、争强好胜、机智多变等特点，但并没有将其本领过分夸大，分寸把握得比较好。这表现在，它并没有把孙悟空塑造成全能型人物，而是在描写其强项的同时，也点出其缺陷和不足。比如他虽然打遍天庭无敌手，十万天兵不在话下，但在佛祖如来面前不堪一击，连人家的手掌心都翻不出去；他虽然会七十二般变化，经常向人炫耀，但在和二郎神的赌斗中，一点都没有占到上风；他虽然会筋斗云，一个跟头十万八千里，但人家大鹏金翅雕翅膀稍微扇动两下，就能赶上他。俗话说，强中自有强中手。孙悟空确实是一个高手，但还没有高到无人能及的地步。

这里专门说说孙悟空的水战功夫。

西天取经路上，无论是陆地作战，还是空中斗法，孙悟空无不挥洒自如，得心应手。不过，本领虽高，还没有高到海陆空通吃的程度。一到水里，就有些力不从心了，原因很简单，孙悟空水下的功夫不行。平时一贯嘴硬、不肯服输的他曾公开承认这一点。比如他在流沙河就这样告诉猪八戒："贤弟呀，这桩儿我不敢说嘴。水里勾当，老孙不大十分熟。若是空走，还要念诀，又念念‘避水咒’，方才走得；不然，就要变化做甚么鱼虾蟹鳖之类，我才去得。”在通天河，他再次对猪八戒说了这件事：“不瞒贤弟说，若是山里妖精，全不用你们费力；水中之事，我去不得。就是下海行江，我须要捻着“避水诀”，或者变化甚么鱼蟹之形，才去得；若是那般捻诀，却抡不得铁棒，使不得神通，打不得妖怪。”

话既然说到这个份上，看来孙悟空的水下工夫确实有所欠缺。西天取经路上，也有好几次水战，情况正如孙悟空所说的，主要是猪八戒和沙僧担任主力，冲锋陷阵，自己虽也下过几次水，但主要是为了探听消息，并没有参与作战。

何以如此？估计有两个原因：一是当年菩提祖师传艺时，漏掉了上水战这一课。二是孙悟空的猴子出身和习性。猴子一般在树上或陆地上活动，不到迫不得已，是不会下水的。可能正是这一习性影响了孙悟空的作战本领和风格。

不过根据作品的实际描写及其本人的交代，孙悟空也不是完全不能下水，水下的通行对他来说，要么念避水诀，要么变水生动物，都是没有问题的，只是战斗力受到很大影响，不能充分发挥自己的神通而已。

虽然不习水战，但孙悟空与水的缘分还是蛮深的，并从中得了不少便宜。没有水，他也成不了美猴王。正是猴子的生性怕水，才给了孙悟空出生之后第一次表现的机会。他的大胆一跳，不仅发现了一个“天造地设的家当”，而且将自己送上了猴王的宝座。这是孙悟空成长的起点，由此才开始了一个个惊心动魄的故事。

不光是美猴王的头衔，就连自己须臾不离身的兵器，也是从水下弄到的。学艺下山，孙悟空到东海龙王那里索要宝贝，拿着兵器在水里那么一比划，几下就把龙王给唬住。从此之后，龙王家族成员对孙悟空服服帖帖，随叫随到，帮了不少忙。幸亏老龙王当时没有动武，否则凭孙悟空的水下功夫，金箍棒能不能顺利拿走，还真是个问题。

当年刚出道时，大闹天宫之类的战斗主要在陆地和空中进行，没有进行过水战，孙悟空的这一缺陷也就没有暴露出来。一到西天取经的路上，问题就随之出现。西海龙太子和沙僧无论是武功还是法术，都不是孙悟空的对手，但起初收服他们的时候，却相当困难，比高老庄收猪八戒时要费劲得多。原因无他，与这两位居住在水下、战场也在水下有关。最后还是观音菩萨亲自出面，才算是把事情摆平。

西海龙太子、沙僧、猪八戒这几员水将的加盟，使取经队伍人员海陆空皆备，武力搭配就变得比较合理了。孙悟空虽然武功高强，但取经光靠他和唐僧两人肯定不行。否则，大家都是旱鸭子，遇到水战可就麻烦了。猪八戒原本就是天蓬元帅，属天庭水军的首领，用他自己的话说，“老猪当年总督天河，掌管八万水兵大众，倒学得些水性”，可见他在水下还是有两手的。沙僧原是天庭的卷帘大将，自从被贬到流沙河，主要在水中讨生活，通过自学和锻炼，水战已成为其强项。白龙马更不用说，本来就是水中一族，在水里活动肯定比陆地上感到自在。这样一来，师兄弟几人就组成了一个覆盖海陆空的立体防护网，保护着唐僧的生命安全。

西天取经路上，除了收服白龙马、沙僧外，主要有三场水战：一场是黑水河之战，一场是通天河之战，一场是碧波潭之战。三场战斗的模式差不多，基本上是沙僧、猪八戒担任先锋，打前站，孙悟空则在水上助战，发挥自己的陆地、空中优势。其间，孙悟空也都到水下探听情况。虽然并未在水下作战，但功劳也不算小。沙僧和猪八戒虽习水性，但武功有限，都无法单独解决问题，最后还是得靠孙悟空出面，请人帮忙，这才得以制伏妖魔。好在西天取经路上遇到的水怪不多，而且这些水中的妖魔水平也都不高。否则，孙悟空真得拜个师傅，专门学习一下水下作战功夫。

人无完人，金无足赤。人类如此，神仙也不例外。如果孙悟空是个全能型选手，海陆空通吃，什么都会，战无不胜，没有一点缺憾，就像佛祖如来那样，也就可敬而不可爱了。正是这一缺憾，才让读者感到孙悟空这一人物形象真实、可信。

宝贝也神奇

神仙妖魔毕竟是神仙妖魔，花样就是比人类多，哪怕是一场普通的战斗，也总能玩出一两件出奇制胜的花样来，让人在眼界大开之余，羡慕不已。从《西游记》一书的描写来看，除了通常所见的兵器、法术之外，不少神仙妖魔还热衷于拥有和使用一样神奇的东西，那就是宝贝。

法术是无形的技能，宝贝则是有形的东西，但它又和兵器不同。兵器不管轻重大小，只要冲锋陷阵，谁手里都会拿上一样。赤手空拳者要么是超一流的高手，如佛祖如来，要么是不入流的穷光蛋，如魔头手下的小妖之类，没有什么代表性，这里且不去说他。

与兵器、法术相比，宝贝的优势是十分明显的：

一是它的珍稀。宝贝这玩意儿可不是人人都有的大路货，往往出身不凡，要么是开天辟地之初昆仑山下的特产，要么是太上老君煅烧工艺的精华。总之是普天下独此一家，别无分号。有了这么一件宝贝，既能防身杀敌，也可显示身份。也正是因为宝贝的珍稀，其使用者总是随时带在身边，甚至睡觉时都不离手。每次孙悟空去偷时，都要费很大的功夫。

二是其神奇功用。既称宝贝，自有其不俗之处，或能装人身体，一时三刻化为脓水，或能套人兵器，不管对方有什么东西，照单全收。谈笑间，摆平敌人百万雄兵，哪怕你武功再高强，也只能束手就擒。一宝在手，万事不愁，何等潇洒自如。

如此珍稀，又如此神奇，难怪神仙妖魔都趋之若鹜，都想弄上一两件。以兵器取胜，靠的是真功夫，要求使用者有高超的武艺，看看孙悟空在菩提祖师那里学了多少年，就知道他混到齐天大圣的份上有多么不容易。访名山，拜名师，夏练三伏，冬练三九，这岂是一夜之间所能学来的？靠法术制敌，谈何容易？这玩意儿比武功更难学，稍微像样些的绝艺，如果没有名师指点，需要多年的修炼和摸索，越厉害的法术越难练，也不是说有就有的。名师难找，多年的修炼也不是人人都能坚持下来的。

宝贝则不然，哪怕你是刚刚出道的菜鸟，哪怕你一天武功都没有学过，只要拥有那么一件，顿时就能变成打遍天下无敌手的神仙英雄。对那些武功不高、道行不深的无名小辈来说，这无疑是个战胜强敌的捷径，就像吃了一块唐僧肉，胜过千年万年的修行一样。看来神仙妖魔也喜欢投机取巧，走捷径。西天取经路上遇到的妖魔数量虽多，但武功高强，能仅靠兵器战胜孙悟空者一个都没有，但就是因为手里有了一件宝贝，所以弄得孙悟空焦头烂额，吃尽苦头。

兵器不如法术，法术不如宝贝，这就是《西游记》一书中神仙、妖魔作战杀敌的潜规则。宝贝毕竟是宝贝，不能像兵器一样频繁地用于厮杀，否则也就不稀罕了。拥有者能用兵器、法术取胜，就不会优先使用宝贝。西天取经路上，还没有听说哪位一交手就祭出宝贝的，往往是到难以取胜的关键时刻才悄悄拿出来，收到一招制敌、反败为胜的神奇效果。

西天取经路上，唐僧师徒仿佛神仙世界里的实验品，一一领教了各路妖魔宝贝的厉害。这些宝贝可谓形形色色、千奇百怪，让人眼界大开。这里以表格形式将《西游记》一书中妖怪使用的宝贝摘要列举如下：

宝贝名称	使用者	功用
羊脂玉净瓶	金角大王	将人装进，一时三刻化为脓水，可装千人
紫金红葫芦	银角大王	将人装进，一时三刻化为脓水，可装千人
幌金绳	金角大王、银角大王	自动捆人，能松能紧
芭蕉扇	金角大王、银角大王	扇火
金刚琢	青牛精	套物
芭蕉扇	铁扇公主、牛魔王	扇灭火焰山大火，能把人扇出八万四千里
人种袋	黄眉怪	装物
紫金铃	赛太岁	于三百丈内放火、放沙、放烟
阴阳二气瓶	大鹏金翅雕	人装在瓶中，一时三刻，化为浆水

名目虽繁，花样虽多，但其中自有一定的门道和路数。总的来看，唐僧师徒西天取经路上遇到的这些宝贝具有如下两

个特点：

一是其使用者大多属非法拥有，其中有不少是妖魔从主人那里偷来的。这些妖魔当初从天庭或仙山洞府私自逃跑时，总爱顺手牵羊，偷上一两件宝贝。最贪婪的当数平顶山的金角大王、银角大王，这两位兜率宫的童子竟然一口气从太上老君那里偷了五件宝贝。这些私自逃到下界的妖魔，原先或为童子或为坐骑，在神仙世界里都是不入流的货色，并没有多少武功和法术，在下界别说称王称霸，恐怕连立足都难。一旦有了这些宝贝，则一下就成为坐镇一方、威风八面的恶霸，连孙悟空都无可奈何。

一是有些宝贝固然出身不凡，属稀世珍品，有些则原为日用品或生产用品，并不是专门用于交战的。但是到下界之后，被妖魔们发掘出神奇功用。比如金角大王、银角大王所使用的那几件宝贝，在太上老君看来，本是极普通的日常物品，“葫芦是我盛丹的，净瓶是我盛水的，宝剑是我炼魔的，扇子是我扇火的，绳子是我一根勒袍的带”。

再如小西天黄眉怪所使用的那个百战百胜、胃口奇好的袋子。这个令各路神仙豪杰闻风丧胆、束手无策的玩意儿原来不过是弥勒佛祖的后天袋子，俗名唤作“人种袋”。可一到了下界，就厉害得不得了。幸亏这些宝贝的真正主人总能在关键的时刻出场，把逃走的手下捉回去，收回宝贝。否则，有这些宝贝在，唐僧师徒的西天取经时间不知道会变得有多么漫长。

就是这些原本很普通的东西，一旦到了下界，就身价倍增，成为出奇制胜、百试不爽的独门秘器。这里面不知有些什么讲究，是不是神仙的道行高了，自己所使用的物品也会跟着沾光，获得某些魔力，就像人们通常所说的，一人得道，鸡犬升天？笔者不是神仙，所以也无法参透其中的玄机。只是这样一来，太上老君的府上含金量可就太高了，随便拿上一样，都是宝贝，达到处处是宝的程度，难怪孙悟空喝醉酒时都会不自觉地走到这里，西天取经路上，也不时地到这里讨点便宜。

除了妖魔，神仙们也喜欢使用宝贝，比如观音菩萨的那个净瓶，就经常拿在手上，形影不离。本来准备在孙悟空大闹天宫时，从天空抛下去砸他，因太上老君担心是瓷器，容易被打碎而作罢。后来在五庄观活树、降伏红孩儿时，终于派上了大用场，确实是件好东西。太上老君担心被打碎的话想必是句玩笑。以观音菩萨的法力，这件净瓶可能还不至于这么不经摔打。除了这件净瓶，就没听说观音还有其他什么值钱的家当了，连降伏红孩儿都要到天上去借宝贝，可见观音也确实是个穷菩萨。

与那些有宝贝的妖魔相比，孙悟空无疑是吃了大亏。论武功，论法术，这些家伙哪个都不是他的对手，但就是凭手里的这么一件宝贝，胜负的局面一下改变。孙悟空输得实在是不服气，实在是窝囊。

经过一次次的教训，孙悟空学乖了，也想去打宝贝的主意。在降妖除怪的过程中，他特别留意妖怪的宝贝，或偷或骗，一心想弄到手。但不幸的是，常常是这边战利品还没来得及焐热，那边宝贝的主人就找上门了，而且来头还都不小，得罪不起，只能一一归还人家。紫金红葫芦等宝贝，孙悟空看在太上老君亲自出马的份上，给他了。那个紫金铃，孙悟空本来想自己留下的，但小气的观音菩萨竟然以念紧箍咒相威胁，没有办法，也只得还她。

西天取经路上，缴获的战利品虽然不少，但到头来，一件都没捞到，孙悟空依然是两手空空。看来命中注定和宝贝无缘。好在自己有金箍棒，有七十二变，有筋斗云，完全可以靠自己的武功堂堂正正地战胜敌人。没有宝贝，也正符合取经的本意，正因为艰辛，才显得虔诚。投机取巧、走捷径，是取不到真经的。再说使用宝贝，和用暗器一样，总有些不够光明磊落的感觉。

在《西游记》一书中，有关宝贝的描写花样百出、神妙莫测，时有精彩之笔，令人眼界大开。不过要写好这些宝贝也不容易，一不小心，就会漏出破绽，就像孙悟空精于变化，但屁股、嘴脸的功夫不到，照样被猪八戒识破一样。神仙世界的东西尽管虚无缥缈，当不得真，但也要写得合情合理，能自圆其说，经得起推敲。

如果按照这一标准，作品中的宝贝描写还真存在一些令人生疑之处。这里拈出两例，说道说道。

一是那个套物的金刚琢。这件宝贝到了青牛精手里，可谓威力无比、天下无双。不管是什么东西，哪怕是水、火、雷、电，都照单全收。孙悟空的金箍棒被没收不说，他搬来的那些救兵，托塔李天王、哪吒、火德星君、水德星君、十八罗汉之类，都拿它没有办法。后来据太上老君介绍，这个金刚琢是他“过函关化胡之器，自幼炼成之宝。凭你甚么兵器、水火，俱莫能近他”。既珍稀又神奇，确实是件宝贝。

值得注意的是，这件宝贝早在孙悟空大闹天宫期间，太上老君就曾用过一次。但奇怪的是，太上老君明明知道这玩意儿“善能变化，水火不侵，又能套诸物”，但他偏偏不使用这一神奇功能，就像其坐骑青牛精那样，把孙悟空的金箍棒套走。反而把宝贝当砖头、石头一类的东西来使，从天上扔下来直接砸孙悟空。虽然也把孙悟空砸了个跟头，立了一功。但这样使用宝贝，是不是也太大材小用了？

何以如此？是因为孙悟空这样的无名小辈不值得如此大动干戈，还是其中隐藏着不可泄露的天机？幸亏太上老君的手法还比较准，把孙悟空砸了一跟头。否则，如果人没砸着，还把宝贝摔断了，岂不是让观音菩萨、玉皇大帝等神仙笑话？

二是太上老君的那把芭蕉扇。太上老君虽然家底厚实，宝贝众多，但据他向孙悟空介绍，在其所有的宝贝中，要数那把芭蕉扇最为厉害。如果青牛精“偷去我的‘芭蕉扇儿’，连我也不能奈他何矣”。降伏青牛精时，太上老君只念了个咒语，扇了一下，青牛精马上就乖乖交出金刚琢，并现出原形。可见太上老君此言非虚，这把芭蕉扇果然厉害异常，幸亏青牛精没有偷去，否则，恐怕非如来出面不能摆平了。如果如来都无法解决，那就更有看头了。可惜，作品从来没有这样写过。

按照太上老君的说法，青牛精如果偷走芭蕉扇，后果将不堪设想，自己也无能为力。但令人感到不解的是，此前还真有妖怪偷走过这把芭蕉扇，但并没有出现太上老君所说的可怕局面。

熟悉《西游记》的读者都知道，此前出场的金角大王、银角大王，即兜率宫那两个看炉的童子私走下界时，曾顺手偷走了五件宝贝，其中就有这把芭蕉扇。值得注意的是，金角大王还真使用了这把芭蕉扇。不过当时的功能好像与太上老君所言存在很大差异，似乎只能用来扇火。尽管也弄得烈火飞腾，满山赤焰，动静很大，但远不如太上老君降伏青牛精时那么厉害。同样一把扇子，为何功用竟会如此不同？莫非是童子不知道芭蕉扇的其他用途？如果真是这样，难道一头青牛竟然比一个童子知道的还多？如果他知道芭蕉扇的威力，为何只拿金刚琢而不偷芭蕉扇？

此外，还有一种可能，那就是太上老君有两把芭蕉扇：一把只能用来扇火，曾被金角大王、银角大王偷走使用过；一个则威力无比，能让妖魔失去武功，显出原形。但这样一来，太上老君一人藏了几把芭蕉扇，宝贝也就不成为宝贝了。

按照作品的交代，太上老君的这把芭蕉扇“不是凡间常有之物，也不是人工造就之物，乃是自开辟混沌以来产成的珍宝之物”。其来历和铁扇公主的那把芭蕉扇颇为相似。据灵吉菩萨介绍，铁扇公主的这把芭蕉扇“本是昆仑山后，自混沌开辟以来，天地产成的一个灵宝，乃太阴之精叶”。

这里就有一个问题，莫非开辟混沌以来，天地间生成了两把芭蕉扇？一把被太上老君拿走，一把到了铁扇公主手里。前者能扇火，后者能灭火，这样倒也合乎情理，可谓一阴一阳。如果真是这样，孙悟空蒙骗妖怪时信口胡诌的宝贝也分雌雄之事就真的变成现实了。

即使如此，也有让人看不明白的地方，太上老君属神仙里的老祖宗，开天辟地的时候就在，趁着当时人烟稀少，从昆仑山下捡了不少宝贝。但问题在于，铁扇公主的芭蕉扇是从哪里来的呢？她是孙悟空结义大哥牛魔王的妻子，道行有限，年龄远比太上老君年轻。莫非太上老君当时特意给别人留下了一把？从作品中太上老君的性格来看，他好像还没有这么大方。就是真留了那么一把，其间昆仑山有多少去找宝贝的？也轮不到铁扇公主来拿吧？那么这把扇子是怎么到了她手里的呢？越想越觉得里面有问题，可惜作品交代含糊，是找不到答案的，也只能想想而已。不过，这倒是个值得一想的话题，挺有意思的。

蹊跷的私房钱事件

西天取经，说简单也简单，说复杂也复杂。说简单，是因为从表面上看，取经不过是唐僧师徒的一次集体行走表演；说复杂，是因为取经仿佛一个浩大的佛教工程，唐僧师徒一路上跋山涉水，降妖除怪，困难重重且不说，光吃穿住宿这些后勤问题都有操不完的心。总的来看，取经队伍实行的是原始共产主义制度，即有饭同吃、有衣同穿、财产公有、共同分配。但有意思的是，别看林子不大，问题倒也不少，比如取经过程中曾暴露出猪八戒的私房钱问题。

猪八戒攒私房钱的事儿是在狮驼岭大战期间被孙悟空设计审出来的，虽然发现的时间比较晚，但并不让人感到意外。在西天取经的队伍中，数这位老兄私心最重，他本来对取经大业就没有多大兴趣，加上路途艰难、妖魔横生，风险不可谓不大，取经随时都有夭折的可能，因此信心严重不足，不时冒出散伙的念头。既然没信心，势必会打点个人的小算盘，为将来留条后路。攒私房钱想必是猪八戒未来计划的一部分。

攒私房钱，倒也符合猪八戒一贯的思想和性格，正在读者的意料之中，这事如果发生在孙悟空或沙僧身上，那才让人感到奇怪。不过，读者更感兴趣的可能是如下几个问题：猪八戒的私房钱是怎么攒起来的？为什么过了那么长时间才攒五分银子，而且还被银匠克扣了几厘？这些私房钱平日是如何保管的？作品对此交代得并不太清楚，这里稍做分析和探讨。

按说攒私房钱是一件违规的事情，因为取经大业需要大家以苦行僧的方式完成，各位成员不得拥有私人财产，沿途的吃穿住行都要靠化缘来解决。显然，猪八戒在内心是不认可这一原则的，因为他恋家，有私心，总想占点小便宜。好在其他取经成员没有这种思想，否则内部的斗争会更复杂，没等人家妖魔动手，自己就先散伙了。

西天取经，虽然历尽艰辛，不过一路上发财的机会倒有不少，“四圣试禅心”那场测试不算，在女儿国、天竺国，唐僧师徒都有泼天的大富贵可求，不过前提是唐僧给人家做上门女婿。即使不做女婿，仅靠孙悟空搭救乌鸡国国王、为朱紫国国王看病，也有无量的钱途。如果师徒几人对金钱有兴趣，就凭上面所列举的几次发财机会，大家排名进人间福布斯500强也不成问题。好在唐僧师徒志不在此，最多也就吃顿饱饭、睡场好觉而已。一路走过去，大家依旧两袖清风，保持贫寒本色，将苦行僧做到底。

不过，有私心就会有机会，攒私房钱的办法多得是。明里不准私设小金库，可以偷着来，猪八戒也正是这样做的。西天取经路上，救人性命、降妖除怪的事情多得是，虽然大的财富都被拒绝了，但利用这些机会捞点小便宜，还是不成问题的。对猪八戒来说，这都是攒私房钱的良机。估计他的私房钱就是利用这些机会攒下的。

攒私房钱容易，存私房钱可就难了，这与取经成员的生活方式有关。说起来他们的生活方式与中国古代同族共居的家族有些相似。不过，与那些同族共居的大家族相比，取经成员的共产主义生活更为彻底。在同族共居的家族中，大家虽然在一起吃饭、劳动，过着准共产主义生活，但总还有一点点个人空间，在大家庭下有着相对独立的小家庭，攒点私房钱也是被允许，最起码是被默许的。

取经成员则不然，加上白龙马，总共才那么五个人。大家整天在一起吃喝拉撒，众目睽睽之下，几乎不存在任何个人隐私。财产嘛，就那么一个破包袱，里面也就几件衣服而已，如果往里面塞点金银，一下就会被发现，而且师父唐僧也不允许这样做。即使包袱里有银子，那也是公共财产，不能算私房钱。在这样极为不利的情况下，偷偷攒私房钱而不被发现，还真不容易，确实需要一点小智慧。

不过，这点小问题难不倒颇有心计的猪八戒，他充分利用了自己的身体条件，那就是一双大耳朵。不知道他这样做是不是从孙悟空那里学来的，因为这位师兄总是把自己的兵器缩小后放在耳朵里面。猪八戒的耳朵显然比孙悟空的要大得多，里面更能放东西。不过，毕竟是耳朵，东西不能放太多，否则，身体吃不消、影响听力不说，还容易被发现。这大概是猪八戒只攒了一点私房钱的原因，否则以猪八戒之贪心，不弄个千儿八百两才怪。不过，攒一点算一点，总比没有强。

即便如此，这点私房钱也还是不好保管。西天取经路上，整天东奔西走，跋山涉水，还得经常和妖魔作战，跑来跳去的，身体活动幅度很大，那点银子说不定哪一次就给弄丢了。这样想来，猪八戒能在耳朵眼里放上几分银子，直到狮驼岭还没有丢，已经是相当不容易了。不幸的是，这个小秘密还是被人发现了，据孙悟空说，这是沙僧告诉他的，可见在取经队伍中要保守一点个人隐私该有多么困难。也许唐僧也知道这件事，但他会睁一只眼，闭一只眼，不去说破，也不会告诉孙悟空。

经过孙悟空的一番忽悠，猪八戒终于招供，说出了自己的小秘密。那点私房钱也只好变成买命钱，被孙悟空没收了。至此，猪八戒的私房钱计划宣告破产。至于此后他还有没有攒私房钱，作品没有写，但估计可能性不大了，因为经过这件事，孙悟空、沙僧可能对猪八戒盯得更紧。即便弄到钱，也没有地方可放了。

从攒私房钱这件事上也可以看出猪八戒的性格。他其实并不像孙悟空喊的那么呆，还是有不少心眼的。只不过他的心眼只表现为一些小聪明，在绝顶聪明的孙悟空面前，这点小把戏只能称作小儿科。但就是这种小儿科式的聪明，鼓动唐僧念了不少紧箍咒，让孙悟空吃够苦头，所以也是大意不得的。

私房钱事件只是西天取经路上的一个小插曲，不过细细琢磨，还是蛮有意思的。名著毕竟是名著，哪怕是一个细节，都可以让人回味上半天。

唐僧也曾打诳语

在读者的印象中，唐僧虽然有些固执、迂腐，但大体上还算得上一个至诚君子，这表现在他取经信心坚定，能经受各种色欲、钱财的诱惑和考验，诚实、淳朴，讲信用，经常教育徒弟“出家人不要说谎”，人品上还是说得过去的。就是被妖魔抓到洞穴里，也不会掩饰一下，而是一本正经地把自己的来历一股脑地都告诉人家。

但就是这么一个谦谦君子式的人物，有时也会做点出格的事情。就以打诳语为例，尽管他禁止徒弟这样做，但自己也未能免俗，而且每次都打得不同寻常，对取经事业影响深远。这里随手揭发两件，说道说道。

第一件是哄骗孙悟空戴上紧箍。唐僧刚出长安城不久，麻烦连连，不是身陷妖穴，就是遇到猛虎，往西还没走几天，两个随从就给妖怪当了夜宵，自己成为孤家寡人，惊慌失措，死命拉着人家猎户刘伯钦不撒手。这个时候遇到孙悟空，对唐僧来说，无疑是捞到一根救命稻草，精神状态也一下从先前的“孤孤凄凄”“孤身无策”“万分凄楚”变成“满心欢喜”“放怀无虑”。但好景不长，磨合期内的高兴劲和新鲜感还没有过去，这位徒弟就因打死六名强盗、嫌师父唠叨而私自开了小差，弄得唐僧再次成为孤家寡人，“孤孤零零，点头自叹，悲怨不已”，心里好不后悔。幸亏取经总指挥观音菩萨及时出面，把伪装好的紧箍送给唐僧，给他鼓劲打气，否则这位师父可真是寸步难行了。

紧箍在手，孙悟空也被东海老龙王的一堂品德修养课给劝了回来。但怎样才能给孙悟空戴上，这也是一个大问题。按照唐僧平日做事的风格，如果把观音菩萨设圈套的事情原原本本地说出来，这个紧箍肯定戴不到孙悟空的头上去。但唐僧又实在想留住这个法术高强的徒弟，不仅要留住，而且还要能驾驭，让他死心塌地地为自己卖命。于是，便改变了自己做人的原则，采取骗术，配合观音，一步步将孙悟空引入设计好的圈套。

从作品的描写来看，唐僧的说谎水平还是蛮高的，丝毫没有破绽，显然不像一个新手，难怪聪明的孙悟空也会上当。唐僧不仅把观音送的衣帽说成是自己“小时穿戴的”，而且还诱骗孙悟空，那顶帽子“若戴了，不用教经，就会念经”，那件衣服“若穿了，不用演礼，就会行礼”。可见唐僧打诳语是经过充分准备的。

这一招之所以能得手，跟孙悟空对唐僧的信任有关。他肯定没有想到，这么一位貌似忠厚、淳朴的僧人竟然也会说谎，而且说得脸不变色心不跳。其实，貌似忠厚的人才真正危险，轻易不说谎的人才最具欺骗性，因为对方很容易被表面所迷惑，缺乏应有的警惕。可以想象，如果孙悟空存有戒心的话，就是一百个唐僧一起出主意也无法把紧箍戴到他头上。

按说拜师父、收徒弟是双方自愿的事情，勉强不得的。但当时正是卖方市场，西天取经，路途遥远，困难重重，根本找不到自愿加盟的高手，于是只好采取哄骗的办法，拉人上钩，有一个算一个。其实不光是孙悟空，猪八戒也是这样连拉带拽，被裹挟进取经队伍的。放弃以理服人的教育方式，反而以肉体折磨的形式来强迫人家给自己做徒弟，唐僧的师父资格其实是有问题的。

不管怎样，唐僧的这次撒谎可谓大有收获。有了紧箍，这位法术高强的大徒弟只得俯首帖耳，死心塌地地保他去取经了。没有这次的谎话，在孙悟空缺席的状态下，后面的白龙马、沙和尚、猪八戒，唐僧一个也收服不了，说不定还会成为他们的口中之食。可见降伏孙悟空，是唐僧西天取经过程中的一个关键环节。

但就是这样，唐僧还得便宜卖乖，先后两次驱逐这位被自己骗来的徒弟。当初求着人家来，现在却要赶人家走，说起来也是不够厚道、不负责任的。孙悟空两次被逐时，都强烈要求去掉头上的紧箍，由此可见，他之所以不愿离开，并不是因为热爱取经事业，也不是对唐僧有多深的感情，主要是因为这顶紧箍。如果紧箍真的被去掉，唐僧还敢这样牛气十足吗？他要不要孙悟空是一回事，孙悟空愿不愿意跟他取经还另说呢。没有紧箍咒，孙悟空可能请都请不回来。波月洞收服黄袍怪时，猪八戒费了半天劲，又是说好话，又是采用激将法，才把孙悟空请回来。没有紧箍咒，肯定不会再有第二次。可见紧箍咒才是其中关键。

为了自己的利益，以诚实自诩的唐僧打了一个大大的诳语，骗徒弟孙悟空戴上紧箍，拣了个便宜。由此可以看出，唐僧做人的原则有时也是可以打折扣的，关键要看值不值得，有没有赚头。当然，唐僧也可以冠冕堂皇地为自己辩解：我的所作所为都是为了神圣的取经事业，在坚持大原则的前提下，牺牲点小立场，这不过是革命的策略问题。

第二件是因打死强盗而驱逐孙悟空。按唐僧的平日表现，即使在妖魔洞穴里也要如实说出自己的来历，不打诳语的。但这次唐僧却一反常态，不仅没有向强盗说出自己的真实情况，还把责任都推给孙悟空："二位大王，且莫动手，我有个小徒弟，在后面就到。他身上有几两银子，把与你吧。"原因很简单，是难耐皮肉之苦，被强盗给打怕了，正如作品所交代的："长老一生不会说谎，遇着这急难处，没奈何，只得打个诳语。"可见这位师父的意志也不够坚强。危急时刻就拿别人垫背，这固然不会给神通广大的孙悟空带来多大麻烦，但从道义上来说也是不够光彩的。假如后面来的不是孙悟空，而是刚出长安城时所带的那两个随从，唐僧难道不会这样做吗？我们不能不生出这样的疑问。

打完诳语，这位师父自己得以解脱，却把难题留给了徒弟孙悟空。在得了机会后，唐僧“跳上马，顾不得行者，操着鞭，一跑跑回旧路”。在这个时候他是肯定不会说出“他姓孙，我姓陈，各居异姓。冤有头，债有主，切莫告我取经僧人”这样绝情的话来的。

按说既然自己不负责任，也管不了，后面的事情干脆放手交给徒弟处理好了。可气的是，这位师父偏不这样，他管不了人家，却对自己人厉害得不行。明明面对强盗的追赶，自己吓得没了主意：“徒弟啊，贼兵追至，怎生奈何！”而徒弟一旦出面，准备动手，他又恼火得不行，反复念紧箍咒；明明劝告徒弟不要杀生，自己却威胁孙悟空要念紧箍咒，“把你脑浆都勒出来”。恶贯满盈的强盗不准杀，难道自己的徒弟孙悟空就可以杀吗？将徒弟的脑浆勒出来，这算不算杀生？

自己没本事，管不了，又埋怨徒弟管得不好，指手画脚。其结果是可以想见的，师徒俩发生严重冲突，孙悟空再次遭到驱逐，六耳猕猴乘虚而入，搅得大家都不安生。可以说，这场冲突中，没有一个赢家，孙悟空固然受尽委屈和磨难，唐僧也没有得到什么好处。

遇到危险时，拿别人垫背；出了问题，却躲得比谁都快。这种缺乏信义、有失道德水准的事情就是一个普通人都未必会做，更别说是一位德行高深的僧人。但唐僧就能当着众徒弟的面做出来。

情急之下，为了保命，也可以违反做人原则，打诳语，这大概是唐僧做人的潜规则。有的读者认为唐僧自私、绝情，这不是没有道理的。

能抵御情色、物欲的诱惑，却不能勘破生死关。唐僧虽然熟读佛经，但修行仍然不够，说起来还是俗人一个。

西方瓜果也神奇

《西游记》一书不愧是神魔小说，不仅所写人物神奇、事件神奇，就连其中的一草一木也都透着那么一些仙气，都有其不同凡响之处，让人看得眼花缭乱、心动不已。比如混沌初分、天开地辟的时候，在昆仑山山脚下的一缕仙藤上结了一个紫金红葫芦，这个葫芦可不是一般的葫芦，它能装下一千人；同样，混沌开辟之后，昆仑山后天地产成的一把芭蕉扇，不仅能灭火气，而且能将人扇到八万四千里外，说起来都是令人羡慕的好东西。如果出生得足够早，像太上老君那样在昆仑山下经常溜达，捡到几片珍贵的植物叶子或神奇的果实，那该多好？既能靠此谋生，又可当兵器使用，在神仙社会的日子肯定要好过许多。

草木如此神奇，作品中的瓜果也同样不同一般。因为这些瓜果，还曾引发了两场惊心动魄的神仙战争，这可以称得上是神仙社会空前绝后的瓜果战争。

为这些瓜果而大动肝火，打得死去活来，看起来有些可笑，似乎神仙们的气度小了些。但如果了解了这些瓜果的神奇功效，就不会再这样想了，甚至会觉得为此进行一场战争还很值。

神仙社会中名气最大的莫过于天庭里的蟠桃了。这些蟠桃出身不凡，功效神奇，更为重要的是，由此举办的蟠桃大会还是衡量神仙身份、地位的一个标准，里面的学问可大着呢。

这些蟠桃共三千六百株。根据蟠桃园土地的介绍：

> 前面一千二百株，花微果小，三千年一熟，人吃了成仙了道，体健身轻。中间一千二百株，层花甘实，六千年一熟，人吃了霞举飞升，长生不老。后面一千二百株，紫纹缃核，九千年一熟，人吃了与天地齐寿，日月同庚。

不知道土地这里所说的三千年、六千年、九千年是指天上的时间还是指人间的时间，因为两者的差别极大。俗话说，天上一天，人间一年。如果是指天上时间的话，这些蟠桃的成熟期就更为惊人了。不管是哪一种记时方法，蟠桃成熟一次都很不容易，想吃的话要有足够的耐心，其珍贵程度由此可见。

东西确实是好东西，难怪玉皇大帝要专门设立蟠桃园这一天庭政府管理机构，并安排锄树力士、运水力士、修桃力士、打扫力士等许多专业技术人才进行维护。与漫长艰难的修炼相比，吃蟠桃实际上是修仙成道的一条捷径。一个桃子下肚，能抵得上数千年的苦修，不管是凡人还是神仙、妖魔，面对这样的诱惑，很难不动心。

不过，对已完成学业并在生死簿上销去名字的齐天大圣孙悟空来说，他对这些蟠桃的兴趣并不在此。喜欢吃桃是一个猴子的本能。自然，他也不傻，知道哪个地方的桃子最珍贵，因此专挑最后一排树上的桃子来吃，以至于仙女们采摘时，都找不到几个熟的果实。

作者这样写似乎太夸张了，要知道后面有整整一千二百株桃树。桃树这么多，孙悟空的食量又不大，也没有把蟠桃当饭吃，只是要“吃个尝新”，而且还是以偷偷摸摸的方式进行的。要把如此多的桃子吃得所剩无几，那得什么食量，吃多少天？这似乎有些不合情理，不过是作者强调孙悟空偷吃的桃子太多罢了。

问题的关键并不在孙悟空到底吃了多少蟠桃，而在他有没有资格来吃。这个资格与蟠桃大会的入场券是联系在一起的。天庭的蟠桃大会可不像当下流行的文化搭台、经贸唱戏的那种大会，比如蟠桃节、猕猴桃节、李子节之类，这种已经开滥的大会只要有钱、有兴趣，谁都可以参加，多多益善，没什么门槛。蟠桃大会则不然，它是神仙们的一场大聚会。

让我们先看一看仙女们所提供的会员名单：

西天佛老、菩萨、圣僧、罗汉，南方南极观音，东方崇恩圣帝、十洲三岛仙翁，北方北极玄灵，中央黄极黄角大仙，这个是五方五老。还有五斗星君，上八洞三清四帝、太乙天仙等众，中八洞玉皇、九垒、海岳神仙，下八洞幽冥教主、注世地仙，各宫各殿大小尊神。

如此大规模的聚会，得消耗多少蟠桃，多少美味佳肴？这种排场也只有玉皇大帝才能摆得起来。好在蟠桃的生长期很长，蟠桃会几千年才举办那么一次，否则年年举办的话，天庭政府的财政想必也会吃紧的。

以齐天大圣名号之响亮，竟然不在如此庞大的与会成员名单中，这相当于被无视，确实说不过去。难怪孙悟空听到之后，心里很不高兴，将七衣仙女用定身法定住，一个人跑到会场上大吃大喝一番，随后又打包，带回去给花果山的猴子们尝尝鲜。最后闹得天翻地覆，无法收场，直到佛祖如来亲自出面，才解决了这场蟠桃战争。

比起天庭的蟠桃，五庄观的那颗人参果树一点都不逊色。还是看看土地神的如下介绍吧：

这宝贝，三千年一开花，一千年一结果，再三千年方得成熟。短头一万年，只结得三十个。有缘的，闻一闻，就活三百六十岁；吃一个，就活四万七千年。

与天庭的蟠桃相比，人参果的成熟期更长，数量也更少，就连形状都神奇无比，竟然和三朝未满的小孩相似，以至于唐僧怎样劝都不愿意吃。这样一来，人参果就显得更为珍贵。它不像蟠桃那样，属于天庭的公共资源，让谁吃不让谁吃，请谁不请谁参加蟠桃大会，都是“自有旧规”的，名单大概要由玉皇大帝御前会议讨论解决，不可随意增减。人参果属于地祖镇元子的私有财产，想让谁吃，就让谁吃，完全由自己做主。但就是这样，还是吃出了问题，差点连树都保不住。

偷吃人参果一事，从道义上来讲，自然是孙悟空的不是。不过说起来镇元子也是有一定责任的，责任在他做事考虑不周。到天庭开会前，他吩咐童子，人参果只给唐僧一人吃，同时还要防备孙悟空等人罗唣，让清风、明月偷偷摸摸进行。这样的做法有些欠妥。孙悟空在天庭偷吃蟠桃、大闹天宫的事情他肯定知道。与其防备孙悟空，弄得大家不愉快，还不如索性大方些，多摘两个，给师徒四人每人一个。这样一来，既显得主人好客，又结交了朋友。大家尝尝鲜，感主人之盛情，自然也就不好意思再去偷了。

为了省两个人参果，结果被孙悟空偷吃，把树弄倒。虽然后来皆大欢喜，但由于惊动了观音菩萨、三老等神仙，无奈之下镇元子只得举办一次人参果会。这样一来，不仅没有节省人参果，反而被多吃了十三个。显然，镇元子失算了，估计大家散会走后，他会为之心疼不已。可见，东西再珍贵，也是身外之物，大方些未必就是浪费，小气些也不见得就能节省。人参果战争就是一个教训。

除了蟠桃和人参果，《西游记》一书中还有一些关于瓜果的描写是值得探讨的。西天取经路上，唐僧师徒基本上是靠化缘来解决吃饭问题的，经常是饱一顿、饥一顿，温饱没有保证。有时化不到缘，还要靠孙悟空到外面采摘一些瓜果来解决问题，对此作品多有描写。不过有些地方的描写则让人感到疑惑。这里举两个例子。

一个例子是小雷音收降黄眉怪。黄眉怪这家伙的袋子特别厉害，和青牛精的金刚琢有一拼，弄得孙悟空到处搬救兵都无济于事。就在他束手无策的时候，弥勒佛出现了。于是两人设计，弥勒佛变成瓜农，孙悟空变成熟瓜，狠狠惩罚了一下黄眉怪。

上述描写看起来顺理成章，好像没什么问题，但问题恰恰就出在这里，出在那个熟瓜上面。

按照作品的描写，唐僧师徒走到小雷音的时候，“又值冬残，正是那三春之日”。此时的自然景观是：

草芽遍地绿，柳眼满堤青。一岭桃花红锦浣，半溪烟水碧罗明。几多风雨，无限心情。日晒花心艳，燕衔苔蕊轻。山色王维画浓淡，鸟声季子舌纵横。芳菲铺绣无人赏，蝶舞蜂歌却有情。

这个时候正值阴历三月，属春初，小草刚发芽，桃花盛开，不管是甜瓜还是西瓜，都刚种下不久，连开花的时间还没到，更不用说会有熟瓜了。当然，现在利用温室大棚技术，做到这一点并不难。但在唐朝的时候，人们还没有掌握这个技术，再说，弥勒佛的瓜园是直接开在地面上的，并没有使用大棚，除非他施展了法术。自然，这种法术对他和孙悟空来说都是小事一桩。

但问题在于，黄眉怪怎么就那么容易上当？如果他稍有农业常识的话，会很容易看出这种反季节瓜果背后的猫腻，轻易不敢下口。看来他是在主人那里享受惯了，缺少必要的农业常识，因此才稀里糊涂地上了当。作为读者，对这种反季节瓜果不合情理的描写还是感到有些疑惑的。

另一个例子是黄花观吃茶。唐僧师徒路过黄花观，那位道士本来招待得挺热情的。但在听了几位蜘蛛精师妹的小报告后，心生歹意，遂弄了几个下过毒的红枣儿进行报复。这些红枣儿都是新摘的，据道士说，是“才然在后面亲自寻果子，止有这十二个红枣，做四钟茶奉敬”。这样说来，枣子也确实存在问题。

且看作品的描写，唐僧师徒途经盘丝洞和黄花观的时间是“秋去冬残，又值春光明媚”。这个时候离枣子成熟的时间还早得很。显然，道士洞穴后面的枣子成熟得过早了，枣树可是没法用大棚栽培的，是不是神仙的枣树也和一般的枣树不一样，被施展了法术呢？作品并没有交代。如此反常的枣子按说精明如孙悟空者应该能看出问题，奇怪的是，他只是觉得那位道人的神情、举止异常，并没有看出枣子的问题来。

不管是西瓜、甜瓜还是红枣，在自然条件下都不会在春天成熟，何况是在西天取经路上。细细推敲，作者这种反季节的描写好像并没有什么深意，不过是随手而写。估计是作者疏忽了，在设计情节时，忽略了前面的时令交代。当然也有另外一种可能，那就是作者是位城里人，对农村生活不熟悉，一不小心写穿帮了。好在作品里所写的神奇之物还很多，也就没有必要再进行细究了。

女妖何以裹小脚

唐僧带领众徒弟，西天取经，历时十四年，跋涉十万八千里，这对法术高强，腾云驾雾像家常便饭一样的神仙妖魔们来说，自然是小菜一碟，不值得大惊小怪。然对肉眼凡胎的人类来讲，这绝对是一个创举，是一个奇迹。漫长的取经行程固然十分辛苦，但也不是没有收获，沿途所见奇景奇观、所闻奇人奇事，一个整天守在家里的人无论如何是想象不来的。取经虽然是件苦差事，但也自有它的好处，那就是可以开眼界，长见识。一路行走的过程也是一个不断学习的过程。通过沿途各地风土人情的描写和展示，可以窥见作者心目中的世界景象，这也是一个很有趣的话题。

西天路上，唐僧师徒经过了许多国家，仅牒文上盖印的就有宝象国、乌鸡国、车迟国、西梁女国、祭赛国、朱紫国、狮驼国、比丘国、灭法国等国家，此外还有一些地方政府如凤仙郡、玉华州、金平府等。加上那些虽没有倒换关文，但从中取道过的国家，如乌斯藏国、天竺国等。这样算起来，大大小小共经过了十几个国家。“离家三里远，别是一乡风”。离家三里远，乡风便存在差异，更不用说不同的国家之间了。按照唐僧的这一说法，取经沿途这么多国家，其风土人情自然是形形色色、五花八门，让人大开眼界的了。

按说地域相差如此之大，每个国家的自然风物和文化景观都应该有所不同，最为明显的莫过于语言了。别说不同国家之间存在着语言差异，就是同一个国家乃至同一个地区，人们所操的语言也往往不尽相同。比如在中国的南方，方言众多，甚至隔一座山、跨一条河，都会有不同的方言。但是有趣得很，在《西游记》作者的笔下，早在唐代，人类就已进入大同社会了。何以言此？从作品的具体描写来看，从大唐帝国到天竺灵山，十万八千里之间，无论是唐僧还是沿途的居民，都是操着同一种语言，相互之间的交流根本不成问题，连方言问题都不存在。而且不光是人类，就连天庭、冥界、西天等神仙妖魔扎堆的地方，所使用的语言竟然也完全相同。在作品中，汉语成为天上人间通用的标准语言，所到之处，通行无阻。这个如此美妙的景象即使是在中国和平崛起的今天，国人也是不敢想象的，就是目下在全世界极为风行的英语也没有普及到这种程度，而作者于几百年前就已通过艺术手段实现了。从这个角度来看，《西游记》不愧是一部奇书，读它不仅可以得智慧，长见闻，而且还可以增强民族自尊心。

在《西游记》所描写的天上人间世界里，不仅大家语言一样，文字一样，就连自然景观、政治制度、人物长相、衣着打扮、风俗习惯也都一样。比如天竺国的外郡金平府，临近灵山，离东土大唐的距离遥遥数万里，中间隔着许多国家，令人惊奇的是，这里竟然也过元宵节，也看花灯。看来在唐僧师徒到西天取经，学习印度文化之前，已有一位先哲专门到西方传播中国文化，而且效果还不错，使当地的风俗人情彻底中国化。否则，没有这么彻底的铺垫工作，唐僧经过那么多国家，岂不是要带上许多翻译？如果真是这样，西天取经路上可是要热闹、有趣得多了。

走在西天路上，除了山势险恶、道路崎岖，经常有妖魔出没外，沿途所见风土人情与大唐帝国的基本上没有什么差别。在作者的笔下，中华文化成了全球通用文化，这样的情景让那些宣称二十一世纪是中国的世纪、儒家文化拯救全世界的预言家们看了，肯定会振奋不已，因为《西游记》这部小说已十分生动形象地为他们描绘了这一光辉、美好的前景。

需要说明的是，东土大唐文化风俗中好的东西西天路上的诸国吸收了很多，不过坏的东西他们好像也学习了不少，可谓“全盘东化”。比如女性的裹脚，虽然这玩意儿确实可以称得上“国粹”，但它好像并不能为国争光，用糟粕之类的贬义词来形容它也不算冤枉。按照时下颇为时髦的新国学提倡者的分法，这应该属于旧国学研究的范围。从作品的描写来看，西天路上各个国家的女性中似乎也流行裹脚这一陋俗，而且不光是人类，就连那些女妖们也在赶这个时髦。

细细算来，西天路上还真有不少女妖裹过脚。

“凤嘴弓鞋三寸，龙须膝裤金销”，这是铁扇公主出场时的打扮，倒也符合“三寸金莲”的标准。“缃裙半露弓鞋小，翠袖微舒粉腕长”，显然，玉面公主也是裹过脚的。妻子和小妾都裹小脚，可见牛魔王在娶媳妇时，深受中华文化的影响，还挺注意脚的问题。

“弓鞋弯凤嘴，绫袜锦拖泥”，这是那位要嫁给唐僧的女妖杏仙的打扮，说得不是很明确，但她的鞋子和铁扇公主是一个型号的，应该也是小脚。只是不知道这棵成精的杏树是用什么方式裹的脚。

“飘扬翠袖，低笼着玉笋纤纤；摇曳缃裙，半露出金莲窄窄”“膝腕半围团，金莲三寸窄”，这是那几个女蜘蛛精的打扮和模样。好家伙，连西天路上的蜘蛛也是三寸金莲，真是让人眼界大开。

“那女子脚小，挪步艰难”，这是孙悟空对那位女老鼠精所变女子形象的描绘，并道出了裹脚的弊端：行走艰难。不过这位老鼠精可不是因为哄骗唐僧才变成小脚女人的，人家可是个货真价实的裹脚老鼠。“一对金莲刚半折，十指如同春笋发”，这是老鼠精原来的模样。一只老鼠装扮成这个模样，想想都让人感到有些滑稽。

西天路上竟然有如此多的小脚女妖，着实让人长见识、开眼界。小脚文化从东土大唐传到西天乐土，从人间传到仙界，可谓风行全球，发扬光大。好在裹脚对那些女妖的生活不会造成太大影响，因为她们有法术，走路困难，还可以腾云驾雾，照样能和孙悟空厮杀打斗。但对人间那些弱女子来说可就不一样了，说起裹脚的历史，中国古代的女性绝对是有一把辛酸泪的。

这里还有一个有趣的问题，根据文献记载，裹脚是从五代两宋时期才开始在民间出现的，盛行于明清两代。唐太宗当政的时候，民间还没有这个风俗，那时侯大脚、丰腴的女性最为风光，莫非西天的妖怪能预知未来？只是这时尚引领得过早了一些。小说毕竟是小说，允许虚构和夸张，文学作品是当不得真的，较真的考证有些煞风景。

何以《西游记》一书会出现如此超前的描写？这显然与作者的生活阅历、知识背景及世界观有关。《西游记》的作者到底是谁，目前学术界还有很大的争议，不管是不是吴承恩，他是明代人，这是可以确定的。从作品的实际内容来看，这位作者主要生活在中国内地，没有到过西域乃至印度，这也是可以肯定的，他对西天路上风土人情的描写，或依据笔记野史中的记载，或得自民间的传闻，自然也包括他个人的想象。总之，这些描写并非写实，多为虚构。

尽管丝绸之路被一些史学家们说得挺热闹，好像熙熙攘攘、车水马龙的样子。其实，那个时代走过这条路的人是相当少的，除了做生意的商人、征战的将士，就是被贬谪的囚徒，一般人没有特殊的缘由是不会到那么偏远的地方去的。

长期以来，人们对西域的认识还停留在《山海经》《博物志》的水平上，对于当地的自然景观、风土人情，并不了解。

《西游记》虽然是神魔小说，但唐僧师徒取经主要还是在人间，它毕竟需要以现实生活为蓝本。对一个没有西域生活经验乃至见闻的作家来说，他只能凭借个人有限的生活阅历、见闻及想象来描写。因此作品中才会出现这种世界大同的奇特景象。只要看一看鸦片战争期间，人们对异域世界的认识水平和其间闹出的荒唐笑话，就不难理解《西游记》为何对西天取经路上的风土人情有这样的描写了。

如果作者晚生几百年，有机会做一次环球旅行的话，他肯定就不会这样写了。不过真是那样的话，也就没有《西游记》了。人生就是这样奇妙，它给你一些东西，必然要以另一些东西的缺失为代价，占尽天下便宜的人是没有的。凡人如此，神仙也是同样。

历史毕竟是历史，生活在特定历史时期的人只能走到当时社会文化条件所能允许的程度，而不可能走得更远，否则就不是人，而是神仙了。如果《西游记》一书的作者将唐僧师徒西天取经路上的风土人情写得像今天的海外游记那样真实、确切，那才真是有问题呢！

取经用时多少年

行程十万八千里，用时十四年的西天取经是一场漫长而艰辛的旅程。虽然在取经队伍中，孙悟空、猪八戒、沙僧、白龙马都是神仙，有着腾云驾雾的本领，但他们是按照人类行走的方式陪伴唐僧走完取经路程的。师徒几人用坚韧不拔的精神和毅力创造了一个奇迹，一个在天上人间都值得称赞的奇迹。

取经具体的里程和时间本来是不成问题的，因为作品中有十分明确的交代。在完成取经大业、功德完满后，唐僧曾专门向唐太宗汇报这一问题："总记菩萨之言，有十万八千里之远。途中未曾记数。只知经过了一十四遍寒暑。日日山，日日岭。遇林不小，遇水宽洪。"对于时间问题，观音菩萨向如来汇报工作时说得更为具体："弟子当年领金旨向东土寻取经之人，今已成功，共计得一十四年，乃五千零四十日，还少八日，不合藏数。"这样，唐僧师徒取经所用时间应该是五千零四十八日。

不过按观音菩萨原先的设计，可不是这么长的时间，而是两三年。当初接受如来旨意，寻找取经人、考察取经路线的时候，她曾亲口告诉负责接待工作的金顶大仙："未定，约摸二三年，或可至此。”结果，害得那位大仙在灵山悬望了很多年。可见观音菩萨的法力也有限，还未达到准确预知未来的水平，甚至还不如肉眼凡胎的唐僧。唐僧倒是对困难估计得较足些，临走前曾对徒弟们交代：“我去之后，或三二年，或五七年，但看那山门里松枝头向东，我即回来。”不过在面对唐太宗的提问时，唐僧则回答说是三年，以表示信心。可见观音所说的藏数问题属于事后诸葛，是她根据唐僧实际取经行程进行的改动，根本不是事先的安排。

十四年，对那些与天地同寿的神仙们来说，确实不算什么。按照天上一天，人间一年的说法，在天庭居民们眼里，这不过是区区十四天，正好两个星期。但它对生在俗尘、肉眼凡胎的唐僧来讲，可不是一个简单的数字，它意味着人生中最为宝贵的年华。在人类短暂的一生中，能有几个十四年？虽然是满纸荒唐言，但在十四年的背后，却是一把辛酸泪。

漫漫十四年的峥嵘岁月是怎样度过的？让我们根据作品的描写，进行一番较为详细的考察。

通观全书，作者对时序的描写还是比较注意的，一般在唐僧师徒到达某个地方之前，总要先大体交代一下季节时令，或直接交代，或通过景观的描绘进行暗示。比如唐僧师徒几人走到黄风岭的时候，“早又至夏景炎天。但见那花尽蝶无情叙，树高蝉有声喧。野蚕成茧火榴妍，沼内新荷出现”。“夏景炎天”，这一交代非常清楚，毫不含糊。有的地方就连日期都交代得很具体，比如唐僧师徒到金平府的时候，慈云寺的僧人告诉他们：“今日乃正月十三。”

不仅季节时令交代得比较清楚，有时连来往两个地方之间所需要的时间也说得很具体，比如唐僧师徒在鹰愁涧收了白龙马后，“行有两个月太平之路”，到了观音院。再比如收服红孩儿之后，“行经一个月”，到了黑水河。根据唐僧师徒行走的速度，大体上可以推测出鹰愁涧到观音院、火云洞到黑水河的距离。

由于作品对时令及路程交代得较为清楚、详细，这里笔者根据相关线索，尝试为唐僧师徒的西天取经大业做一个粗略的年表。需要说明的是，《西游记》一书为神魔小说，并非写实作品，与现实生活有很大的差距，加之作者也没有做到处处交代，所以很难做到精确。笔者姑妄言之，也请读者诸君姑妄观之。

第一年

贞观十三年九月望前三日，唐僧从长安出发。

秋深时节，唐僧双叉岭遇险。

腊月寒天，鹰愁涧收白龙马。

第二年

早春时候，观音院丢袈裟。

春融时节，高老庄收八戒。

夏景炎天，黄风岭降妖。

历夏经秋，流沙河收沙僧。

又值九秋，四圣试禅心。

第三年

春夏时节，过五庄观、三打白骨精。

第四年

又是三春景候，平顶山降金角大王、银角大王。

秋尽冬初时节，途经乌鸡国降妖。在乌鸡国宝林寺前，唐僧曾感叹："我记得离了长安城，在路上春尽夏来，秋残冬至，有四五个年头，怎么还不能得到?"

从乌鸡国夜行晓住，将半月有余，至火云洞收红孩儿。

此后行经一个月，到黑水河降妖。

第五年

早春天气，车迟国降妖。

春尽夏残，又是秋光天气，通天河降妖。具体时间为七月。

正遇严冬之景，金兜山降妖。

第六年

又值早春天气，途经西梁女国。

朱明时节。孙悟空第二次被逐，六耳猕猴乘虚捣乱。

又值三秋霜景，火焰山三调芭蕉扇。

秋末冬初时序，祭赛国除妖。

第七年

冬残春至，木仙庵唐僧谈诗。

第八年

又值冬残，正是那三春之日，小雷音降伏黄眉怪。

春深花放之时，途经七绝山。

光阴迅速，又值炎天，朱紫国降妖。

第九年

秋去冬残，又值春光明媚，盘丝洞、黄花观降妖。

夏尽秋初，新凉透体，大战狮驼岭。

又经数月，早值冬天，比丘国降妖。

第十年

冬残春尽，无底洞降老鼠精。

不觉夏时，途经灭法国。

夏天，隐雾山降妖。

十二月，凤仙郡求雨。

第十一年

又值深秋之候，玉华县降妖。在玉华县，唐僧曾告诉郡王：“贫僧在路，已经过一十四遍寒暑矣。”

第十二年

正月，金平府观灯降妖。

春深时，天竺国降妖。在这里，唐僧告诉驿丞：“今已历过十四载，苦经了些万水千山，方到此处。”

正是春尽夏初时节，途经铜台府。

又经六七日，到灵山。

这个年表是根据作品提供的相关线索编制而成的，算来算去，只有十二年的时间，和唐僧、观音取经所用十四年的说法并不一致。这主要有两个原因：一个原因是其中有些年份作者没有交代，使用诸如“餐风宿水，行罢多时”“水宿风餐，披霜冒露”之类的词语给省略过去了。毕竟《西游记》

不是传记文学，没有必要把每年每月的事情都交代得一清二楚。作者不交代，年表自然就显示不出来。另外一个原因则可能是作者的疏忽。比如取经走到天竺国下郡玉华县的时候，正是深秋时节。唐僧在交谈时，曾告诉郡王："贫僧在路，已经过一十四遍寒暑矣。"可是到天竺国国都时，他又告诉驿丞："今已历过十四载，苦经了些万水千山，方到此处。"按照作品的描写，唐僧师徒离开玉华县后，正月十五在金平府观灯，到天竺国国都时已是第二年春天了。按通常的计时习惯，一般不会在第一年秋天说经过十四年后，第二年春天还说经过十四年。显然，唐僧在玉华县的说法是错误的。可能是唐僧取经时间过长，算不清楚了。当然，更大的可能是作者疏忽了。他这一疏忽不要紧，做西天取经年表的人可就犯难了。

大体说来，《西游记》一书尽管系虚构想象之作，但作者还是比较注意交代时令的，风物景观、风土人情的描写大体上和所交代的时令相符，时有精彩之笔。比如唐僧离开长安，刚踏上取经路程的那部分内容，将秋天的肃杀凄凉与西上取经的艰难困苦有机地融为一体，营造出一种颇为悲壮、哀婉的氛围，很有艺术感染力。通天河降妖，时令则成为重要的故事要素，这也是全书较为出彩的部分。

不过，如果细细考较，还是能发现一些问题的，这表现在，有些人物、情节的描写和所交代的时令不够一致。以火云洞收服红孩儿这段故事为例。唐僧师徒走到六百里钻头号山的时候，应该是在冬天。因为他们离开乌鸡国时，“正值秋尽冬初时节”，后来又“夜住晓行，将半月有余”，而到达这里。这时候的景观是“红梅翠行，绿柏青松”，可见天已经相当寒冷了。在此情况下，红孩儿竟然不顾时令，变成一个“赤条条的，身上无衣”的七岁顽童，而且告诉唐僧，自己“在此已吊三天三夜，更没一个人来行走”。这显然是一个破绽过于明显的谎言，但凡有些生活经验的人都知道这是不可能的。一个七岁的小孩子在冬天被吊了三天三夜，竟然还好好地活着，而且喊救命的声音如此响亮，这足以说明他不是凡人，而是一个妖怪。

但令人感到奇怪的是，如此明显的破绽，不仅肉眼凡胎的唐僧看不出来，就连一心要揭穿红孩儿妖魔真相的孙悟空也不曾说破，这实在是不合情理。更为离奇的是，降伏红孩儿之后，孙悟空等人发现唐僧竟然“赤条条，捆在院中哭哩”。唐僧从被抓到解救，只有几天的时间。这么冷的大冬天，唐僧赤条条地捆在院子里，竟然一点问题也没有，这大概是随行的丁甲、功曹、伽蓝、揭谛等神仙暗中保护的结果。否则，换成一般人，小命早就不保了。

不合情理的还不止这一处，比如孙悟空后来变成苍蝇到洞里探听情况，这里的描写也是有问题的，因为冬天一般是不会有苍蝇的。何以如此？估计是作者写到这里的时候，忘记了前文交代的时令，按照夏天的情况来写了。

这样的疏忽在全书中还能找到一些，限于篇幅，不再赘述。俗话说，千虑一失。创作这么长的小说，有点小小的瑕疵也是可以理解的，并无损于作品的经典地位，挑毛病归挑毛病，对这一点也是要加以说明的。

一段看不明白的神仙恋情

读《西游记》一书中的降妖除怪故事有时感觉像是在看侦探小说，不是吗？西天取经路上，唐僧师徒本来走得好好的，忽然间冒出一个妖魔，带着一群小妖，拦路打劫，横生波澜。这些妖魔或相貌怪异，或法术奇特，或宝贝非常。他们到底是何许人，原形究竟是什么，出身如何，是天上私自下凡的，还是本地自学成才的，不管是故事中的孙悟空，还是替古人担忧的读者，起初都是一头雾水，弄不明白。

随着情节的发展，线索逐渐清晰，妖魔的真面目也就慢慢显露出来。最后，这些妖魔或是被打死，或是被主人收走。临终告别前，都有一个必不可少的仪式，那就是现出原形。至此，一段恩怨才正式浮出水面，读者也因此获得了一种恍然大悟后的解脱感。全书的魅力也正在于此。

藏头露尾，引而不发，这是典型的卖关子手段。如果作品一开始就把事情的来龙去脉说清楚，降妖除怪故事也就没有什么看头了。卖关子的魅力由此可见，《西游记》的作者不愧是行家里手，比如波月洞收降黄袍怪这一段，关子就卖得相当不错。

大战黄袍怪是《西游记》一书中颇为精彩的段落，它把降妖除怪与取经成员内部的矛盾有机地交织在一起，写得一波三折，惊心动魄，引人入胜。初读这段故事，似乎有些看不明白：这位黄袍怪显得有些另类，其他妖怪挖空心思，拼着小命，千方百计想吃唐僧肉，而这位老兄对此好像兴趣不大，并没有提前打探消息之类的举动，只是唐僧送上门来，才将其抓获。捉到之后也没有特别珍视，在听到压寨夫人的一番言论后，他竟然把唐僧放走，这在西天取经路上可谓绝无仅有的举动。

原因何在？说起来颇让人感到意外：这位老兄的心思不在长生不老、与天地同寿，而在自己的老婆。照此说来，黄袍怪倒是一个爱美人不爱唐僧的情种了。如此多情的妖怪着实稀见。西天取经路上，哭着喊着要和唐僧成亲的女妖怪倒有不少，但她们基本上不是为了爱情，而是有着配元阳、得长生的功利目的，与黄袍怪相比，显然低了一个档次，人家黄袍怪才是真正的爱情主义者。

如此浪漫的情种妖怪出身如何，来历如何，其间隐藏着什么秘密，这无疑是吸引读者的一个重要问题。

后来，黄袍怪听从夫人劝说，到宝象国的国王老岳父那里认亲。当时的唐僧已经是孤家寡人，抓住他易如反掌，但黄袍怪只是玩了个障眼法，把唐僧变成老虎。可见他对唐僧根本没有兴趣，倒是对国王自己的女婿身份更为关心。这位黄袍怪确实是不同凡响，他对情感问题的关心程度远远超过对现实利益的追逐。

黄袍怪此举也使取经队伍陷入空前的危机。取经队伍已经溃不成军，到了需要坐骑白龙马亲自出面、收拾残局的程度。这在西天取经路上可是空前绝后的一次。

直到孙悟空再次出山，谜底才彻底揭开。原来这位黄袍怪是天上的星宿下凡，说起来这也是唐僧师徒在西天取经路上遇到的身份最高的妖怪。其他的妖怪要么是神仙身边的童子，要么是菩萨、天尊的坐骑。这位老兄则是地地道道的天庭政府官员。了解了这一点，发生在其身边的蹊跷事情也就可以水落石出了。

从作品的描写来看，在天庭上，除了玉皇大帝妻妾成群，发号施令，过着幸福生活之外，其他众神大概都过着单身汉的日子。否则，身为二十八星宿之一的奎木狼怎么会出现感情问题？以他的身份和条件，在天庭找个三妻四妾应该不成问题，也犯不着冒这么大风险，拐带披香殿侍女私奔。

奎木狼之所以如此胆大妄为，与天庭政府的管理混乱有关。这位老兄私自跑到下界十三年，按照天上人间的时间换算，在天上也有十三天。在这么长的一段时间里，一位天庭重要公务员失踪，竟然没有人发现。可见其管理已经混乱到什么程度，着实需要孙悟空这样的新生力量去闹上一闹了。

因为出身星宿，早已获得参加蟠桃大会的入场券，解决了长生不老的问题，所以他对唐僧也就没有多大兴趣。再说唐僧取经需要天庭大量配合的“天庭政府文件”估计也已传达到他这一级干部。他就是有吃唐僧肉的心思，也不敢轻举妄动。有此背景，他的表现自然和其他妖怪不同。他下界的主要目的不是别的，就是要了结一段因缘。从人性的角度来看，这个要求好像也不算过分。

不过，知道黄袍怪的来历，还不能解决所有的问题。这对神仙情人私自跑到下界后，出现了种种反常情况，有些还是让人看不明白。

首先，两人下凡的方式不同。黄袍怪属直接跑到下界，这种方式比较高级，因为原有的法术、记忆都可以原封不动地带过来。那位披香殿侍女则以投胎的方式下凡，结果原先的天庭记忆全部被抹去，等于换了个人，只知道自己在人间社会的活动。

何以如此？是不是奎木狼道行高些，可以跳出轮回的束缚，而披香殿侍女神通不大，必须经过投胎这种比较低级的形式下凡呢？好像也不是这样。比如月宫里的仙女和白兔，按说前者的道行要比后者高，但在下凡到天竺国的时候，仙女通过投胎的方式，而白兔则直接到下界为妖。再比如猪八戒因犯罪被贬，他也是以投胎方式来到下界的，虽然形貌发生改变，成为猪精，但原先在天庭的记忆则全部保留下来。这里面有什么讲究吗？是有一定的规律，还是因个体不同而出现差异？作品没有交代，读者自然也看不明白。

其次，两人下凡后的情感发生了很大变化。据奎木狼的说法，两人是发生私情后，相约下凡的。照此说来，披香殿侍女是心甘情愿的。但令人感到奇怪的是，到了下界，这位披香殿侍女脱胎变成宝象国的三公主后，似乎将原先的约定忘得一干二净。尽管和奎木狼生活了十三年，而且生了两个孩子，但她却有着深深的负罪感，认为这是“败坏人伦，有伤风化”，责备自己是“天地间一大罪人”，心里一直想着逃走，利用一切可能的机会给父亲送信，让其营救自己。唐僧就是靠帮她送信，才逃过一劫的。当孙悟空担心她舍不得黄袍怪时，她决然答道:“我怎的舍不得他？其稽留于此者，不得已耳！”

可见，这位侍女根本不认可这段姻缘。在她心目中，父母的重要性远远超过这位和自己生活了十三年的郎君。俗话说，日久生情。从这位三公主的表现来看，她和黄袍怪连这种程度都没达到。当然，迫于黄袍怪的淫威，她在表面上不敢流露出来，以逢场作戏的方式保护自己。只是不知道奎木狼如果得知这一情况，心中当作何感想。

问题在于，披香殿侍女何以前后判若两人，发生如此大的变化。是投胎过程中出现什么问题了吗？

还有一种可能，那就是披香殿侍女是被奎木狼威逼或拐骗到下界的。因为两人私情的情况都是奎木狼一个人说的，属于典型的一面之词。按照奎木狼的叙述，这场私情还是披香殿侍女主动开始的，“欲与臣私通，臣恐点污了天宫胜境，他思凡先下界去，托生于皇宫内院，是臣不负前期，变作妖魔，占了名山，摄他到洞府，与他配了一十三年夫妻”。奎木狼的这番话明显有水分，经不起推敲，而且不够地道，有推卸责任的用意。如果是威逼、拐带披香殿侍女下凡，罪行显然要比两人私通下凡重得多。如果说是披香殿侍女的主动勾引，则罪责更轻。

具体情况因作品交代的含糊而难以确知，本来玉皇大帝是可以调查清楚此事的，但他一来急着为自己遮羞，毕竟是手下发生的丑事，自己脸上也不好看；二来急于将孙悟空打发走。最后竟然以罚奎木狼到兜率宫烧火的方式草草了事。与猪八戒、沙僧此前的境遇相比，这样的处罚明显不公。

从黄袍怪一厢情愿、三公主逢场作戏的描写来看，其中肯定是存在问题的。作者应该知道这样写存在前后不一致的问题，但他为什么还要写得这样扑朔迷离呢？是偶然的疏忽，还是有意为之？如果是有意为之，这里面有什么讲究吗？

想来想去，这段神仙之间的儿女私情还真是有点让人看不明白。神仙的事情嘛，正如俗话说的“天机不可泄露”，肉眼凡胎如我辈者看不明白也是正常的，如果什么都弄明白了，自己不也成了神仙吗？

悟空也有落泪时

在读者的印象中，啼哭落泪似乎是唐僧的专利。这位老兄虽然是个大男人，但似乎过于脆弱了些。西天取经路上，但凡遇到点问题和障碍，就开始眼泪汪汪的，全然不顾手下徒弟们的感受。好在大家已经习惯了，见怪不怪，也就不当回事。如果他忽然不哭了，大家才会觉得奇怪。再说大家取经也并不全是为了他，更多的是为了自己，为自己赎罪。作为一个堂堂五尺男儿，即使再文弱、再无能，动不动就掉眼泪，总是不大好的，读者对唐僧较为负面的印象显然与他的爱哭有关。

俗话说，男儿有泪不轻弹，只是未到伤心时。男儿毕竟也是人，是人就有七情六欲。碰到特别委屈、特别伤心的事情，再勇武刚强的男子也会落下几滴英雄泪。英雄落泪不仅不会被人耻笑，相反，还会被人赞为侠骨柔肠。当然，这也是有前提的，那就是哭的次数不能太多，否则就没有这种效果了。

从《西游记》一书的实际描写来看，取经成员中曾经落泪的也不只唐僧一人，其他几位也都多多少少地掉过眼泪。仔细阅读作品，会发现一个令人感到惊奇的现象，那就是除了唐僧之外，第二个爱哭的就数孙悟空了。他不仅哭过，而且还称得上是爱哭，这似乎与读者心目中的孙悟空形象存在着很大差异。但作品白纸黑字，上面写得清清楚楚，是谁也无法否认的。如何看待孙悟空的落泪现象，是个颇为有趣也颇为耐人寻味的问题。

一位在斩妖台上被刀砍斧剁、火烧雷劈，在八卦炉里煅炼了七七四十九天，在五指山下被压了五百年都不当一回事的盖世英雄，竟然会频频落泪，这着实有些出人意料。很难把素来以坚毅、刚强著称的孙悟空和“落泪”两个字联系起来。但现实就是现实，尽管很残酷。就是这样一位顶天立地的勇武英雄，在西天取经路上不时落下英雄泪，甚至达到号啕大哭的程度。

需要强调的是，孙悟空的眼泪大多数是委屈之泪，它不是为自己而落，而是为历经坎坷的取经事业，为他的那位脓包师父唐僧。在加入取经队伍之前，孙悟空经历的挫折和磨难也不算少，但从没掉过一滴眼泪。大闹天宫期间，处境是多么艰难？被压在五指山下，精神有多么痛苦？孙悟空都咬咬牙坚持了下来。偏偏在跟着唐僧取经之后，孙悟空的眼泪就再也没有断过。

何以如此？原因很简单，个人所处的境况发生了根本的变化，环境改造了人。取经之前，孙悟空没有任何人生的包袱和负担，他的言行完全出于主动，可以放手去做自己喜欢的事情。一人做事一人当，捅出天大的娄子也由自己来堵，怨不得他人。因此也就不会有落泪的事情发生。

一旦加入取经队伍，情况就完全不同了。孙悟空要担负保护唐僧的重任，这就意味着，他所做的事情不仅仅是为了自己，更多是为了他人。做什么，怎么去做，也不是自己说了算，而是要听从他人。主动权的丧失必然会造成个人选择与他人意志的对立和冲突。

于是孙悟空的处境就变得颇为艰难：在外，他要与强敌进行殊死搏斗；在内，还要应付师父和师弟们无休止的内耗。做事瞻前顾后，拖泥带水，自然也就无法像先前那么自在、从容。碰到法术高强、心狠手辣的妖怪，猪八戒、沙僧这两位师弟虽然动静很大，但根本帮不了什么忙，几乎都是孙悟空一个人在打拼，遇到再大、再棘手的问题都得由他自己来解决。功劳大，付出的成本也不小。与妖魔作战，受些皮肉之苦倒还可以忍受，最为头疼和伤心的是内部的纷争。孙悟空的行为经常不被师父、师弟们理解，受委屈、受埋怨更是家常便饭。面对种种内外的重压和不公正的待遇，再坚强的汉子也会有力不从心之感，由此触景生情，落下几滴伤心泪，可以说是再正常不过的感情宣泄。

孙悟空的眼泪是地地道道的英雄泪，男儿有泪不轻弹，只是未到伤心处，为自己而流的眼泪固然可以引起他人的怜悯，但得不到人们的敬佩。孙悟空的眼泪是为他人，为事业而流的，使人敬佩的无疑是后者。

孙悟空第一次落泪，是在三打白骨精，被唐僧逐出师门之后。这件事的来龙去脉、是非曲直，读者都有自己的看法，不少戏剧、电影据此改编，可见其受关注的程度。在回花果山的路上，孙悟空经过东洋大海，思前想后，感伤不已，“止不住腮边泪坠”。这是典型的委屈之泪。自己如此忠心耿耿，降妖除怪，反而被师父严重误解，最后竟然落到被驱逐出局的境地。面对荒诞而残酷的现实，他真正感到了无奈。除了落泪之外，孙悟空再也想不出更好的办法。

有第一次，就会有第二次、第三次……这样的委屈和磨难不过是刚刚开始，更大的考验和挑战还在后头。于是我们看到，一向以坚强、刚毅著称的孙悟空一次又一次地落下了他的英雄泪：

被银角大王用法术压在山下，他“遇苦思三藏，逢灾念圣僧”，“珠泪如雨”；

压龙洞变成小妖，必须向老妖婆跪拜，受辱于人，他为难得“脱脱的哭起来”；

被红孩儿用三昧真火烧得火气攻心，三魂出舍，醒来后，“止不住泪滴腮边”；

大战青牛精，金箍棒被金刚琢套走后，一个人感到束手无策，感到凄惨，“扑梭梭两眼滴泪”；

打死几个人间盗匪，再次遭到唐僧的驱逐。在观音面前，他“止不住泪如涌泉，放声大哭”；

在小雷音寺，黄眉怪的褡包一次次把搬来的救兵装走，他一筹莫展，十分无奈，“怅望悲啼”；

在黄花观，被妖道的金光弄得力软筋麻，浑身疼痛，“止不住眼中流泪”；

大战狮驼岭，不幸被妖怪抓住，装到阴阳二气瓶中，饱受摧残，弄得痛苦不堪，“忍不住吊下泪来”；

狮驼岭误听师父唐僧被吃的谣言，更是泪水不断，先是“泪似泉涌”“心如刀搅，泪似水流”“放声大哭”，随后在如来面前，“两泪悲啼”“泪如泉涌，悲声不绝”；

在无底洞口，好不容易才搭救上来的唐僧再次被女妖抓走。当着猪八戒、沙僧的面，孙悟空“止不住眼中流泪”；

在折岳连环洞，唐僧被妖怪用“分瓣梅花计”抓走，他“止不住腮边泪滴”。随后，又被妖怪的假人头骗走几滴眼泪，“没奈何就哭”。

这样粗略算起来，西天取经路上，孙悟空少说也哭了十四次以上。似乎越是到后面，越容易落泪。每次落泪的时候，孙悟空总要喊着唐僧倾诉。显然，这些眼泪都是为他而洒的，一是放心不下自己师父，二是感叹取经的艰辛。可惜这些哭声唐僧大多是听不到的。因为孙悟空痛哭的时候，他正被捆在妖怪的洞穴里任人宰割呢。如果唐僧听到这些哭声，不知做何感想，别的不说，想必念紧箍咒的次数会减少一些。

就艺术表达效果来看，《西游记》一书写孙悟空会哭比写他不知眼泪为何物显然要好些，因为它写出了孙悟空性格的另一面，更有人性、更为真实的一面。有了这些眼泪，孙悟空的形象就变得更为丰满，也更为真切。它不仅无损于孙悟空的英雄形象，反而更能显出其人格的高大。

不过，也有美中不足的地方，那就是全书后半部所写孙悟空落泪的次数似乎太多了些。男儿有泪不轻弹，不到万不得已，是不能让他掉泪的。次数一多，就没有意思了。

就笔者个人的判断，在孙悟空十几次的哭声中，有一半以上是没有必要，完全可以避免的。如果遇到那么一点儿挫折和困难，就泪流不止，那就不是孙悟空，而是唐僧了。再者，哭的次数有限，感人的效果会很好；哭的次数一多，就会适得其反，有损孙悟空的形象。

到后来，孙悟空的哭还受到师弟猪八戒的奚落："不要哭，一哭就脓包了！"这本来是说唐僧的话，现在竟然用到了孙悟空身上，而且是出自猪八戒之口，显然是有损其形象的，也与孙悟空平日的性格不符。以孙悟空之心高气盛、自尊心之强，加之又是大师兄，他是不会在两个师弟面前随便落泪的。作者这样写，也许是为了突出孙悟空对师父唐僧的感情和对取经事业的忠诚，但实际上是得不偿失的，完全可以换个写法。

总之一句话，孙悟空是可以落泪的，但次数不能太多。

进贡的礼品哪儿去了

历尽千辛万苦、经过十四番春秋，终于赶到灵山圣境，没想到这里也并非想象中的净土，倒像一个经文交易市场，起初吹得神圣无比的经文竟然需要以物易物的交换才能到手，这无疑让颇见过一些世面的孙悟空等人深感震惊，顿时产生一种被骗的感觉。早知道如此，从大唐东土多带些银两直接购买就是，何必让师徒几人费如此大功夫。不过话再说回来，当初如果直接叫卖经文，也许人家大唐就不派人来了。先打着免费的旗号，把人哄过来，再找个名目变相收费，这个计策不可谓不巧。虽然收费的金额不高，不过是一个紫金钵盂，但问题并不在收费的多少，而在该不该收费。只要收一文钱，取经的性质就变了。这是一个原则问题。把一个商业行为用慈善的名目加以包装，倒也符合时下文化搭台、经贸唱戏的规则。可见如来在佛经的市场开发方面还是动了一番脑筋的。

经文既然在人家手里，就只能按照人家的规矩来，又不能去偷去抢，孙悟空降妖的本领固然挺高，但有紧箍咒在，他在这里是无法逞凶的。何况就连佛界的老大如来都默许这种潜规则，其他人还敢有什么异议？再说费了那么大功夫，走了十四年才来到灵山，不取回真经，怎么向唐太宗交代？于是，唐僧师徒无计可施，只得可怜巴巴地将自己吃饭的家伙——紫金钵盂拱手送出，换得经文，这才算是功德圆满。

不进点贡，就只能弄一大堆白纸回家，要不是燃灯古佛派手下揭穿真相，唐僧师徒还一直蒙在鼓里。等回到东土大唐，兴冲冲打开包裹，发现取到的都是无字经书，那情景要多尴尬就有多尴尬。《西游记》结尾的这一描写让读者在吃惊之余，也生出许多思考，可谓言有尽而意无穷，名著的魅力也许就在此吧。

其实，这件事的发生也不算太突然，因为作品在前面的描写中已略有涉及，在金平府降妖的过程中，见多识广的孙悟空似乎已意识到这一问题。与火云洞、狮驼岭等地方的残酷厮杀不同，金平府的降妖不仅显得轻松，而且还颇有收益。之所以如此不同寻常，就在于妖怪的身份特殊——三位犀牛精。当战斗还在进行中时，猪八戒就预感到这场战斗是有油水的："且拿住他，锯下角来，倒值好几两银子哩！"这一想法显然得到了孙悟空的认同。于是，一场降妖救师父的战斗不知不觉改变了性质，变成了一场捕猎稀有动物的战斗。

战斗的结局没有悬念，在四位星官和西海龙王的帮助下，孙悟空等人没有费太大的气力就将三个妖怪降伏。由于三个妖怪属自学成才，既不是菩萨或星尊的坐骑，也没有哪个有名头的神仙做靠山，加上一身都是宝，自然是难逃一死。于是，胜利结束后，大家颇为难得地进行了战利品的瓜分：西海龙王降妖有功，分到一头锯过角的犀牛，主要吃肉。六只最为值钱的犀牛角中，四只送给派员参战的玉皇大帝，一只留在金平府做镇府之宝，还有一只，孙悟空公开声明："我们带一只去，献灵山佛祖。"

大概是快到灵山的缘故吧，在人际关系方面越来越娴熟的孙悟空在心态上发生了一些微妙的变化，他似乎开始考虑如何拿到经文的问题。孙悟空此举的目的是进贡，向如来表示取经的诚意，因为没有借此谋取什么私利，所以也称不上行贿，这和阿傩、伽叶利用传经机会强行索取财物，性质完全不同。前者是人之常情，送者送得名正言顺，收者收得心安理得；后者则属于潜规则，是摆不上桌面的。

但令人奇怪的是，到了西天之后，孙悟空并没有把犀牛角拿出来奉献给如来，是一时激动忘记了吗？好像又不是，因为直到阿傩、伽叶勒索的时候，唐僧还表示"无物奉承"，只得拿出紫金钵盂凑数。显然，这时犀牛角不在师徒几人身上，否则，有了这个值钱的东西，何至于如此为难？

这里就出现了一个问题，那只准备到灵山献给佛祖如来的犀牛角究竟到哪里去了？送人了吗？好像没有，因为此后的天竺国招亲和铜台府遇祸都没有需要花钱的地方，再说作品也没有这样的描写。是路上遗失了吗？以孙悟空之聪明伶俐和过人神通，这种可能性似乎也不大。

这样，就只能从作者这方面找原因了。估计在他原先的构思中，有孙悟空灵山进献犀牛角的情节，等写到后面，又产生了新的想法，觉得写成阿傩、伽叶向唐僧师徒勒索效果会更好一些，于是便采用了新的写法。后面写完后，却忘记对原先的伏笔进行修改，造成前后文的不能照应。否则就很难解释犀牛角的下落究竟何在。

迷失的那只犀牛角，只能从作者那里去找。

严重超标的七十二变

七十二变是孙悟空引以为自豪的拿手绝活，也是他西天取经路上战胜妖魔的独门绝艺。这门绝艺为当年学艺时菩提祖师所传。老师父本来正好端端地讲课，忽然心血来潮，要单独给孙悟空辅导，弄出三灾利害的话题来，说得活灵活现，吓得孙悟空毛骨悚然，师父也不喊了，直叫菩提祖师“老爷”，叩头礼拜，请教躲避三灾之法，这才学到变化这门法术。菩提祖师传艺之前，提出天罡数和地煞数的两种方案，一心想多学几手的孙悟空自然愿意“多里捞摸”，反正艺多不压身，变化多些总比少些要好，于是毫不犹豫地表示要学地煞数。菩提祖师传授口诀后，孙悟空“自修自炼”，将七十二般变化熟练掌握，让同门的师兄弟们羡慕不已。

从作品的实际描写来看，孙悟空的七十二般变化显然不是一个虚数，而是实指，否则也就没有必要区分天罡数和地煞数了。在《西游记》一书中，孙悟空频频采用变化战术，屡收奇效，其变化之丰富多端，着实令人大开眼界。作者用了很多笔墨描写孙悟空的七十二般变化，时有精彩之笔。比如孙悟空与二郎神、牛魔王的赌斗变化，在车迟国与三位国师的斗法等，都是读者们津津乐道、百看不厌的情节。

这里提出一个有些煞风景或者说是较真的问题，《西游记》一书到底描写了孙悟空的多少种变化？这些变化是否超出了七十二的范围？

当年菩提祖师传艺时，并没有列出七十二变的具体清单。所谓七十二般变化，到底是有固定的变化范围，还是在不超出七十二的范围内可以自由选择，这恐怕只有菩提祖师和孙悟空两人知道，否则就不是独门绝艺，而是人人都会的大路货了。

天机固然不可泄露，不过，将全书细细翻阅一遍，还是能看出一些端倪的。下面先从统计工作做起。

从全书的实际描写来看，孙悟空的变化大体上可以分为两种：一种是自身进行的变化，另一种是利用他物进行的变化。

其中孙悟空自身进行的变化主要有如下一些：

一、在师兄弟面前表演变松树。

二、与哪吒作战，变三头六臂。

三、偷吃蟠桃，变成二寸长的小人。

四、变成赤脚大仙，大闹蟠桃会。

五—十二、与二郎神赌斗变化，先后变法天象地的巨身、麻雀儿、大鹚老、鱼儿、水蛇、花鸨、土地庙儿、二郎神。

十三、观音院变蜜蜂儿。

十四—十五、黑风山变金池长老、仙丹。

十六、高老庄变高翠兰。

十七、黄风岭变花脚蚊虫。

十八、五庄观将腿变成熟铁腿。

十九、波月洞变百花羞公主。

二十—二十六、平顶山变蟭蟟虫、啄木虫儿、老真人、苍蝇儿、小妖儿、倚海龙、老妖婆。

二十七—二十八、乌鸡国变白兔儿、立帝货。

二十九—三十、火云洞变销金包袱、牛魔王。

三十一—三十五、车迟国变云水全真、元始天尊、蜈蚣、老道士、枣核钉儿。

三十六—三十八、通天河、陈家庄变陈关保、猪虱子、长脚虾婆。

三十九—四十一、金山洞变麻苍蝇儿、促织儿、黄皮虼蚤。

四十二、剿除杨姓强盗时变小和尚。

四十三—四十九、火焰山变螃蟹、海东青、乌凤、丹凤、饿虎、金眼狻猊、赖象。

五十、祭赛国变九头虫。

五十一—五十二、小雷音变蝙蝠、大熟瓜。

五十三—五十六、朱紫国变猛虫儿、道童、小妖有来有去、春娇。

五十七、盘丝洞变饿老鹰。

五十八、黄花观变穿山甲。

五十九—六十三、狮驼岭变总钻风、小钻风、金苍蝇、小妖儿、穿宫的妖怪。

六十四、比丘国变唐僧。

六十五、禅林寺变成年纪十二三岁的小和尚。

六十六、无底洞变红桃子。

六十七—六十九、灭法国扑灯蛾儿、老鼠、蝼蚁儿。

七十—七十一、隐雾山折岳连环洞变水老鼠、有翅的蚂蚁儿。

七十二—七十三、虎口洞变蝴蝶儿、小妖古怪刁钻。

七十四、宣英洞变火焰虫儿。

七十五—七十六、铜台府变蠓虫儿、浪荡游神。

上述统计，只列举第一次变化时的情况。比如孙悟空曾多次变成蟭蟟虫到妖怪洞穴中探听消息，这里只算一种，其他重复的则略去。

从上述统计中可以看出孙悟空变化的一些特点或偏好，他特别喜欢变成昆虫、小动物之类小巧的生物。这可能与孙悟空矮小精瘦的身材有关。能变什么，不能变什么，大概和神仙的原形有关，比如猪八戒就变不来这些，他只能变一些大而笨的东西，正如他本人所说的："我只会变山、变树、变石头、变癞象、变水牛，变大胖汉还可，若变小女儿，有几分难哩。”果然在陈家庄变一秤金时，只能变出头脸，身体、肚子则变不过来。如果不是孙悟空吹口仙气帮忙，掉包计肯定玩不成。

当然，孙悟空变小生物较多，也与作战的需要有关。因为他多数情况下是为了探听情报，了解敌情。妖魔的洞穴都有专人把守，防范森严，变成飞虫一类的小生物既可麻痹敌人，行动又很方便，自然是一种很好的选择。不过也只有孙悟空具备这种才能，取经队伍的其他成员猪八戒、沙僧都不行，他们除了硬闯，没有其他办法。

除了自身的变化之外，孙悟空还时常借助他物进行变化。这种变化形式又可分为两种：一种是拔下身上毫毛、吹口仙气进行变化，一种利用其他物品进行变化。相比之下，前者运用得更为频繁，花样也更多一些。这也容易理解，毫毛本来就是身体的一部分，随身携带，数量繁多，使用起来自然也方便些。

孙悟空利用自身毫毛进行的变化主要有如下一些：

一、与混世魔王作战，变二三百个小猴。

二、与哪吒作战，变自己的本相。

三、大闹蟠桃会，变瞌睡虫。

四、与如来斗法，变浓墨双毫笔。

五、五行山打虎，变牛耳尖刀。

六、云栈洞收八戒，变三股麻绳。

七—十三、平顶山变紫金红葫芦、铜钱、巴山虎、倚海龙、大烧饼、幌金绳、假葫芦。

十四、宝林寺变红金漆匣儿。

十五、火云洞变几个小妖。

十六—十八、车迟国变木鱼儿、黄犬、饿鹰。

十九—二十、祭赛山变戒刀、斑斓猛虎。

二十一、小雷音寺变梅花头五瓣钻。

二十二—二十六、朱紫国变丝线、虱子、跳蚤、臭虫、金铃。

二十七—三十四、盘丝洞变黄、麻、鸟戎、白、雕、鱼、鹞、双角叉儿棒。

三十五—四十、狮驼岭变金漆牌儿、金刚钻、竹片、绵绳、四十丈长短的绳儿。

四十一、铜太府变三十条绳索。

大体说来，孙悟空最喜欢用毫毛复制自己，或变成和自己同类的小猴。在和妖魔战斗特别是对方人数较多时，孙悟空经常使用这一手，而且效果奇佳。本来一个孙悟空就很难对付了，现在一下子冒出一大堆孙悟空，不仅凭空多了一群帮手，威力大增，而且在心理上也给对方造成很大压力。

说起来孙悟空的这一手绝艺也颇符合现代克隆技术的原

理。稍微牵强附会一些，甚至可以把孙悟空称作人类克隆技术的先驱和鼻祖，他不仅早在一千多年前就已熟练掌握了这门高科技，还在西天取经路上频繁演示，这可是地球人都知道的事实，谁都无法否认。

孙悟空利用其他物品进行的变化虽然不算太多，但也有一些，主要有如下数种：

一、在五庄观将柳树变成唐僧师徒四人，将石狮子变为本尊。

二—五、在车迟国将皇后的袄、裙变成破烂流丢一口钟，将金箍棒变剃刀，将道袍变直裰。

六、在小雷音将金箍棒变钢钻儿。

七、在比丘国将唐僧变成自己。

八、在灭法国将金箍棒变成三尖头的钻儿。

从统计数字上来看，孙悟空利用其他物品进行的变化要少一些，大多是临时发挥、随机应变，远不如拔自己的毫毛来得方便。

将上述三种变化的情况相加，就会得到一个十分有趣的数字。《西游记》一书所写孙悟空的变化竟然达到一百二十五种，即使不借助毫毛、金箍棒等外物，自身的变化也有七十六种。要知道菩提祖师当年传授给孙悟空的可只有七十二变，但他在实际运用时严重“超标”了。

这到底是怎么回事呢？是不是孙悟空聪明过人、悟性特好，由原先的七十二变触类旁通，又无师自通地练成了一些呢？恐怕不是。因为孙悟空在向敌手炫耀时，一直称自己会七十二变，而没有会百变、千变等其他说法。

这样，唯一的解释就是，作者一不小心写穿帮，写超标了。这位老兄在《西游记》一书中极力突出孙悟空的善于变化，放手大写特写，一时写得高兴，没想到最后竟写出一百二十多种变化来。自然，他更没有想到，几百年后，还真有笔者这种不解风情的人来较真，颇为细致地将全书统计一番。早知如此，还不如干脆将孙悟空的变化设计成一百八十变、三百六十变或九百九十九变之类。这样就可以放开手脚，爱怎么写就怎么写，也就不会再有穿帮、超标的担心了。

人小棒大的奇特景观

孙悟空之所以能在神仙世界叱咤风云，横行无阻，最后完成取经大业，除了筋斗云、七十二变等高超本领之外，随身不离的金箍棒更是立了大功。从作品的描写来看，孙悟空对这件从东海龙宫弄到的定海神针可谓喜爱有加，应用自如，达到了人棒合一的融洽程度。一旦失去，就会感到无所适从，手足无措，比如西天取经路上金箍棒被青牛精的金刚琢套走后，孙悟空竟然两眼滴泪，凄惨不已，可见他对自己这件兵器感情之深。后来到天上求助，孙悟空一改自己以往大大咧咧的习惯，正如葛仙翁所言，变得“前倨后恭”了，何以如此？缺少金箍棒，底气不足。孙悟空的回答也很简单：“不是甚前倨后恭，老孙于今没棒弄了。”金箍棒对孙悟空的重要性，由此可见一斑。

孙悟空如此喜爱金箍棒，自然是有原因的。一是其来历不凡，出身高贵。它原本是大禹治水时一个用来测定江海深浅的定子，用神铁铸造。即使不被用作兵器，也是一件难得的文物。二是其威力巨大，重达一万三千五百斤。不用说打，光是压，就能把人压成肉饼。更为重要的是，它是如意金箍棒，能够按照主人的心愿随意变化大小，或变化成其他东西。否则，如此巨大的铁棒，威力固然无比，拿也不好拿，用也不方便用，是无法用作兵器的。

东西再好，也得有喜欢它、充分发挥其作用的主人。如果功力不够，连棒子都拿不起来，自然也就无法使用。金箍棒遇到孙悟空，可谓天作之合，就在孙悟空到东海龙宫求兵器的那几天，这根定海神针竟然“霞光艳艳，瑞气腾腾”，可见是天生的缘分。难怪孙悟空得到后，喜不自胜。

通常情况下，孙悟空将金箍棒缩小成绣花针大小，放在耳朵里面，既能随时使用，又不占地方，很是方便。作战时则将其取出，迎风一晃，变成“碗来粗细一条铁棒”，“碗来粗细，丈二长短”。这是孙悟空使用金箍棒时的常见尺寸，大概他觉得这个尺寸用起来最顺手，作战效果也最好。

不过细细想来，似乎有点不对劲。这样的尺寸还是蛮大的，如果拿在身材魁梧、高高大大的猪八戒、沙和尚或牛魔王手里倒没什么，问题在于，这种尺寸的金箍棒被身材瘦小的孙悟空拿在手里，该是怎样一幕奇特景象？

按照作品的描写，孙悟空“身不满四尺”，“身躯鄙猥，面容羸瘦，不满四尺”。如此算来，孙悟空的身材和一个六七岁的儿童差不多，而且是营养不良的那种。好在是个猴子，如果成年人长成孙悟空这样的身材，就是侏儒了。与取经队伍的其他成员相比，孙悟空的身材是最不起眼的。俗话说，人不可貌相，海水不可斗量。这话用在孙悟空身上，倒正合适。

由孙悟空如此低矮瘦小的身材，不难想象他的双手有多小。以一个孩童般单薄的小手，去拿一根碗口粗细、丈二长短的金箍棒，并且冲锋陷阵，降妖除魔，这该是怎样一幕奇特的场景？

首先面临的一个问题是，孙悟空的小手如何拿得了这么粗的巨棒。作品里所说的碗有多大？姑且不算那种特大号的海碗，就是日常用来吃饭的碗，也是相当粗的，和一棵中型的树木差不多。一米多一点的身材两臂张开，能抱住金箍棒就不错了，用两只孩童般的小手，如何拿得住？拿都拿不住，恐怕使用起来也不会那么方便。金箍棒本是可以随意变化的，孙悟空为什么不把尺寸调小一些呢？小一些用起来不更得心应手吗？

其次，人和棒大小悬殊，显得不够协调。一边是身材瘦小、不满四尺的猴子，一边是碗来粗细、丈二长短的金箍棒，这该是一幕多么滑稽的景象。问题在于，案头阅读时还不觉得有太大的问题，一旦转换成付诸视觉的图像，问题就来了。因为这里存在一个构图和比例协调的问题，视觉艺术是特别强调美感的。

就笔者所见，无论是根据《西游记》改编的连环画、戏曲，还是根据这部作品改编的电影、电视剧，没有一个是按照原作尺寸和比例来塑造孙悟空这一人物形象的。显然，那些改编者们也都意识到了这一问题，并进行了相应的调整。

通常的做法是，让孙悟空的身材再高一些，否则与取经队伍的其他成员反差太大，不够美观；让金箍棒细一些短一些，与孙悟空的身材更为协调。

人与棒之间何以形成如此大的反差？会不会是作者有意为之？其中莫非隐藏着什么深意？从作品的实际描写来看，这更像作者写作中产生的一种疏误。正如苏兴先生所说的："作者写作有很大的随意性，往往不顾生理与物理的特点，任墨汁流泻。"类似的问题在全书中还有一些，比如西天路上的女妖精大多裹小脚之类。神魔小说所写虽然大多为神怪精灵，可以大胆虚构夸张，不必顾及内容的真实性，但总得符合情理，即建立在艺术虚构基础上的情理，人小棒大的现象似乎就不够符合情理。

阅读《西游记》，其中的一些描写是不能深究的，一深究起来就会发现许多问题，这样做，也有些煞风景。如此说来，还是像陶渊明所说的，不求甚解的好。

写在后面的话

书稿完成，照例要写上几句，对这本小书的写作情况稍作介绍，也算是向读者诸君汇报工作吧。

按照丛书的设计和编辑的要求，这本小书的写法与一般学术论著不同，“文笔要轻松流畅，生动幽默”。应该说，这个要求并不低，但我还是愿意一试。平常习惯于撰写那种引经据典、板着面孔说话的高头讲章，总想从字里行间发现什么微言大义，不知不觉间思维方式发生异变，对作品的感觉变得迟钝，这大概是专业研究者的通病吧。与一般的文学爱好者相比，少了许多阅读的乐趣。这种现象显然是不正常的，最起码笔者本人是这样认为的。因此很想从研究回到欣赏层面，用普通读者的目光来重新阅读作品，体会名著所特有的语言之美、人物之美、情节之美。这本小书就是笔者的这种尝试，至于是否成功，还有待读者诸君的评判。

由于落脚在欣赏，因此在写作过程中，有意识地避开相关研究资料，尽量不看其他学者的研究论著，只面对作品，反复阅读，力求保持阅读原著所获得的那份新鲜感和审美愉悦，表达自己最真切、最直接的感受，哪怕是很粗糙、很不成熟的想法。全书以随笔的形式来写，没有严密的结构与框架，基本上是凭着自己的兴致来写，写的都是自己想说的话。不必像一般的学术论著那样，为了保持内容的系统和完整，人为地加进许多水分。由于小书是分专题来写的，每篇文章围绕一个话题来谈，站在不同的角度和立场，对同一人物、事件的看法势必存在较大的差异，甚至一些篇目的观点明显相左，自相矛盾。这是有意而为之，也是要向读者诸君交代的。

当然，完全不参考他人的研究著作也是不可能的。笔者写作这本小书所依据的作品版本是刘兴汉校点、苏兴批点的《西游记》新批本，江苏古籍出版社一九九四年版。这个整理本最为出彩之处是苏兴先生的批点。苏兴先生是笔者十分仰慕的一位前辈学者，在这个新批本中，苏兴先生一改以往严肃、审慎的姿态，代之以轻松、幽默的笔调，时有隽思妙语，读其批点是一种享受。笔者在写作过程中，在观点和写法上曾受到苏兴先生的启发，这是要特别加以说明的。

尽管笔者力求将小书写得轻松些、生动些，但整个写作过程并不轻松。从二〇〇五年暑假动笔到现在，前后用了半年多的时间，其间还有各种各样的事情要做。因此，只能采取见缝插针的方式，本来应该是轻松愉快的写作逐渐变成一种压力，好在紧赶慢赶，终于完成全书。先是写成草稿，后来又推敲润饰了一遍，虽然时间很紧，但态度还是蛮认真的。

在我近几年的写作计划中，是没有这本小书的。小书的完成离不开两位朋友的帮助：一位是我的师兄纪德君，是他策划这套丛书并推荐笔者承担本书的写作任务；另一位是本书的责任编辑卢欣欣女士，是她的鼓励和督促使笔者投入本书的写作，并按时完成书稿。《西游记》一书虽然从小就读过多遍，但从没想到为它写一本专书。没有这两位朋友的支持和帮助，也就没有这本小书。这里要向他们表示真诚的感谢。

最后还要向购买并阅读本书的读者诸君表示感谢，希望这本小书能给你们带去一些快乐，没有浪费你们宝贵的时间。小书如存在疏漏或不当之处，敬请批评指正。如有什么建议和想法，也请来函告知。

二〇〇六年一月四日

修订版后记

时间过得真快，从小书最初完稿到如今修订再版，转眼间十二年过去了，差不多也是唐僧师徒一路跋涉到西天所用的时间。对于天上的神仙来说，这不过是区区两个星期，但对我来说，则是人生的一大块，也许是七分之一，也许是六分之一乃至五分之一。总之，不知不觉间完成了从青年到中年的转变，这本小书可以说是我人生的一个标记。

小书出版后，受到了一些读者的喜爱，其间不断有亲友向我索书。遗憾的是，出版社的发行似乎出了问题，尽管书印得并不算少，但要买到并不太容易，从小书刚出版时就是如此，最近在网上竟然卖到一本将近二百元的高价。这并不是我想看到的，写这本小书就是想和读者分享自己阅读《西游记》的心得体会，自然是希望读者容易得到，而且不需要花太多的钱。因此一直有再版的打算，其间也和两家出版社谈过，但都未能如愿。

感谢陈小林先生对小书的关注，他几年前就曾表达过希望我修订再版的想法，现在终于落实下来，这是一件让人开心的事情。于是认真进行修订，主要工作包括如下一些：一是小书出版时，被责编删除了四篇，分别是《基层干部不好当》《神仙的会议不好开》《一场乱了规矩的阴阳官司》《一段看不明白的神仙恋情》，这次予以恢复；二是增写了一篇《西游记不是低幼读物》作为前言，表明笔者对《西游记》的态度，提倡对纸质版、对作品原文的阅读；三是对书中的错别字及不当之处进行了修改。这样修订之后，与原书有了一些不同，算是有所改进吧。

陈颖女士对小书的修改提出了许多宝贵的意见，在此深表感谢。

二〇一八年七月一日